통증의 맛

통증의 맛
어린이문학의 현실과 미래

초판 1쇄 발행 • 2019년 11월 22일

지은이 • 이충일
펴낸이 • 강일우
책임편집 • 정편집실·유병록
조판 • 박지현
펴낸곳 • (주)창비
등록 • 1986년 8월 5일 제85호
주소 • 10881 경기도 파주시 회동길 184
전화 • 031-955-3333
팩시밀리 • 영업 031-955-3399 편집 031-955-3400
홈페이지 • www.changbikids.com
전자우편 • enfant@changbi.com

ⓒ 이충일 2019
ISBN 978-89-364-4753-3 03810

이충일
평론집

통증의 맛

― 어린이문학의 현실과 미래 ―

창비

후기와 서문 사이

어린이와 문학, 상당히 난해한 조합이다. 초등학교 교사가 되고, 어린이문학에 발을 들여놓으면서 이들의 관계성은 나에게 중요한 숙제였다. 초창기만 하더라도 나는, 이들을 목적어 자리에 배치하는 것이 최적의 조합이라고 생각했다. 어린이를 위한 문학, 그러한 문학을 실천하는 교육. 뭔가 고결하면서도 호기가 느껴지는 이 문장이 한동안 나를 두근거리게 했다. 그런데 시간이 지날수록 '어린이를 위한 문학'이라는 표현이 자꾸 거슬렸다. 문학은 '쓸모없음'을 통해 '진짜 쓸모'가 무엇인지를 오롯이 드러내는 양식일진대, 도대체가 이 말은 목적성이 지나치게 뚜렷하지 않은가 말이다. 게다가 도덕적인 훈계를 늘어놓거나 현실과는 동떨어진 순진무구한 세계를 노래한 텍스트조차도 어린이를 위한다는 명분을 내세워 온 점도 마음에 걸렸다.

단단한 구심력을 갖기 위한 새로운 배열이 필요했다. '어린이'와 '문학'을 주어의 자리에 놓았더니 현실에 발 디딜 수 있는 중력이 생겨나는 듯했다. 이 중력은 '문학이란 무엇인가?', '어린이란 어떤 존재인가?'와 같은 원론적인 질문들을 끌고 왔다. 언뜻 보기엔 너무 빤해서 고리타분하게 느껴지는 질문들이다. 하지만 두 질문에 답하고, 기어코 상관관계를 산출해 내는 것이야말로 비평의 소임일 터. 요컨대 '어린이'와 '문학'이 서로 충돌하고 겹치며 만나는 지점을 탐문하고, 둘이 조우할 수 있는 꼭짓점을 최대한 많이 찾아내는 것이 비평가의 역할인 것이다.

이 평론집은 앞의 두 질문 사이에서 찾아낸 불완전한 답변들이다. 돌이켜 보면 시행착오의 연속이었으니 일종의 오답 노트라 해도 과언이 아니다. 가장 믿는 구석인 '어린이'에 대해서도 허방에 빠지기가 일쑤였다. '업은 아이 삼 년 찾는다'는 속담처럼, 가까이 있다고 더 잘 아는 것은 아니었다. 어느 순간 나는, '그들을 잘 모른다'고 고백할 용기가 필요했다. 겉모습으로 예단하지 않고, 이면을 응시하기 위한 기다림의 시간이 필요했다. 그러면서 서서히 깨달았던 것 같다. 그들에게 무슨 말을 해야 하는지보다 무슨 말을 하면 안 되는지가 더 중요하다는 것을. 말하여지지 않은 것을 듣고, 보이지 않은 것을 가만히 응시해야 한다는 것을. 그런데 이것은 텍스트를 대하는 비평가의 자세와 별반 다르지 않았다.

허구의 세계는 내가 현실의 아이들을 이해할 수 있는 창(窓)이자 거울이었다. 아이들의 진짜 모습을 보고, 나를 되돌아보게 하는 훌륭한 중개자였던 셈이다. 물론 모든 텍스트가 그랬던 것은 아니다. 상상을 끌어안는 현실과, 현실을 끌어안는 상상이 한 몸으로 존재하는 텍스트에서만 느낄 수 있는 희열이자 성찰이었다. 상상력은 현실과 욕망의 차이를 지우는 게 아니라 좁히는 것임을 증명하는 텍스트, 그곳엔 여지없이 '진짜 아이'가 있었다. 내가 보고 싶은 아이, 내가 바라는 아이가 아니라 현실 어딘가에 생생하게 숨 쉬고 있는 박 아무개 김 아무개 말이다. 그 아이들은 자신의 욕망과 상처에 대해서 조곤조곤 들려주었다.

그 이야기들은 딱 하나로 비끄러매기 어려운, 다층적인 매력을 품고 있었다. 흥성거리는 축제인가 싶은데 날카로운 현실인식을 담고 있기도 하고, 희희낙락한 인물과 웃긴 상황들 속에 잘팍한 슬픔이 배어 나오기도 했다. 겉으로 보기엔 싸느랗고 서늘한 이야기인데, 깊은 아랫목에는 따뜻한 밥 한 공기가 슬며시 놓여 있기도 했다. 나는 이 오묘한 지점 위에서 서성이길 좋아했다. 그곳에 건실한 희망이 자리하고 있다고 믿기 때문이다. 헛된 낙관이 아닌 희망으로 충일한 서사에서 느끼는 긍정의 힘 말이다.

이렇게 온축된 긍정과 희망이야말로 현실을 이기는 힘이라 할 것이다. 그것은 다름 아닌 성장이 갖추어야 할 미덕이기도 하다. 아동문학을 흔히 '성장의 서사'라 일컫는데, 이 성장은 불가불 통증을 동반한다. 엎드려 기던 아이가 걷기 시작하면, 다시 기어 다니던 시절로 회귀하지 않는다. 무릎이 까이는 아픔을 통해 제대로 걷고 뛰는 법을 터득해 나갈 뿐이다. 상처가 없는 성장은 거짓인 셈이다. 또한 통증은 일종의 신호이다. 어딘가에 문제가 생겼음을 알려 준다. 아픔을 동반하니 당장에는 반가울 리 없지만 이것이 아니면 고장이 났다는 사실조차 알기 힘들다. 통증이 없는 병만큼 위험한 것도 없지 않은가.

이 평론집의 제목인 '통증의 맛'은 성장으로 나아가는 '진통'과 우리 삶을 향한 '신호'라는 이중적 의미를 담고 있다. 1부에는 일상이 얼버무린 문제들, 그중 가장 긴급하고 민감하다고 판단되는 주제들을 모았다. 민주주의와 시민성, 어린이라는 독자, 교과서와 젠더 등은 앞으로도 우리가 지속적으로 탐색해 나가야 할 과제들일 것이다. 2부는 시대상과 장르론 등을 다룬 글이 주를 이룬다. 가족과 역사 서사가 아동문학의 보편적 영역에 가깝다면 추리동화, 다문화동화 등은 2000년대 아동문학의 특수한 단면을 보여 주는 글이라 하겠다. 3부는 서평 형식으로 쓴 글을 모았다. 평론에 비하면 비록 짧은 글이지만 동시, 동화, 청소년소설 등 당시에 주목할 만한 작품을 한 권 한 권 깊이 있게 읽을 수 있다는 점은 장점일 것이다.

평론은 남의 글을 숙주 삼아 쓰는 글이다. 남의 글에 기생할 수밖에 없는 게 평론의 숙명인 것이다. 그만큼 조심스럽고 정확한 글쓰기가 필요하다는 것을 모르지 않는다. 하지만 앎과 실천 사이에 존재하는 거리는, 내 의지만으로 좁혀지는 것은 아니다. 첫 평론집이다 보니 그 거리가 여간 넓지 않다. 캄캄한 밤에 쓰는 서문임에도 부족한 지점들이 한낮처럼 떠오르니 부끄러움을 감출 곳이 없다. 기왕 잡은 손을 놓지 않고 뚜벅뚜벅 걸어가, 이 거리를 조금씩 좁혀 나가는 수밖에는 없을 듯하다.

감사한 분들이 참으로 많다. 살면 살수록 쌓이는 게 사람 빚인가 보다. 별을 바라보며 산다는 것의 의미를 깨닫게 해 주신 선생님들, 가난하지 않게 사는 법을 일깨워 준 문우들, 웅크리는 나를 뒤에서 꼭 안아 주는 가족에게 다정한 인사를 건넨다. 모두가 내 인생의 빚이요 빛이다. 어수선한 글을 정연한 책으로 담아내 준 창비와 담당 편집자께도 각별한 고마움을 전한다. 끝으로 어른이 된 나의 제자들, 녀석들에게 이 책이 작은 위로가 되었으면 하는 바람이다. 더 나은 세상을 위해 우리 모두가 어기차게 걸어가고 있음을, 부디 잊지 말기를!

2019년 10월
이충일

차례

제3부

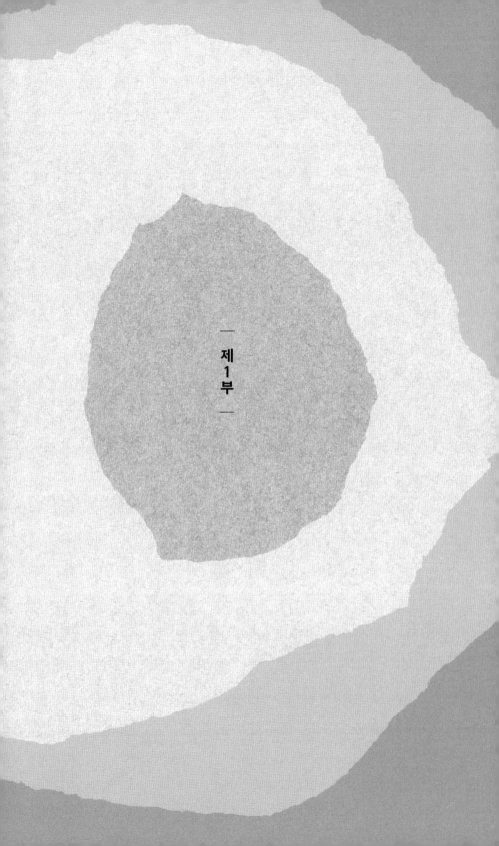

제
1
부

민주주의와 시민, 그 모순에 대한 문답

1. 통증의 시작: 모순의 대면

돌이켜 보면, 내가 보고 경험했던 민주주의의 풍경들은 모순덩어리 그 자체였다. 어린 시절을 대학가 주변에서 보냈던 나는 최루탄 가스가 방역차의 소독약만큼이나 익숙했지만 데모(demo)라는 말 속에는 늘 알 수 없는 공포감 같은 게 있었다. 훗날 데모가 국민이라는 뜻임을 알게 됐을 때, 설마 농담이 아닐까 싶었다. 1989년, 처음으로 시위라는 것에 참가했던 경험도 빼놓을 수는 없겠다. 시위라고 해 봐야 선배들을 따라 '우리 선생님들을 지켜 주세요'라는 피켓을 들고 동네 한 바퀴를 돌았던 게 고작이었지만, 그로 인한 파장은 상당했다. 맨 앞에 나섰던 선배는 유기정학 처분을 받았고, 우리가 지키고자 했던 선생님들은 더 빨리 학교를 떠나야만 했다. '정치·경제' 시간에 배운 헌법 제21조 '집회 결사의 자유'는 그로부터 2년 후인 학력고사 때 써먹었던 것으로 기억한다.

그 시절 그만큼의 공포감은 아니더라도 국가는 여전히 전체주의로 무장한 '외설적 아버지'로 군림하고 있다. 교과서에서 배운 민주주의와 현실의 괴리도 여전하다. 촛불이 밝혀진 곳에는 어김없이 헌법 제1조의 구호가 등장한다. "대한민국은 민주공화국이다. 대한민국의 주권은 국민에게 있다!" 대한민국의 국민, 즉 국가의 주인들이 시시때때로 자신들이 주인임을 선포하고 나서는 이 상황이야말로 현재 진행 중인 모순의 단면이 아니겠나. 누구보다도 표현의 자유를 생명처럼 여겨야 할 언론은 외려 검열기관의 입장을 비호하기에 급급하다. 학교는 또 어떠한가? 명목상으로는 '전인적 민주시민을 양성하기 위한' 곳이라지만, 실제로는 감시와 복종의 시스템이 완강하게 작동하는 곳이다. 자유를 상징해 왔던 시민이 복종이라는 뒤틀린 관성으로 자리 잡게 된 데에는 학교도 결코 무관치 않을 것이다.

그러함에도 불구하고 희망을 이야기할 수 있는 곳 역시 광장이고 학교다. 다행스럽게도 현실의 무릎이 꺾일 때마다 광장은 더욱더 시끄럽게 성장해 왔다. 대학생들의 전유물로 치부됐던 데모가 다양한 시민계층에 다채로운 방식으로 확산된 것도 우리 민주주의가 이루어 낸 소중한 자산이다. 보수적인 옹벽으로 둘러싸인 학교의 변화도 예사롭지 않다. 비록 지역별 편차는 있겠으나, 민주시민의 진정한 의미를 탐문하기 시작했고, 학교를 민주주의 실천의 장으로 바꾸어 보자는 움직임도 포착되고 있다. 다만 그간의 변화 과정을 복기해 본다면, 변화를 이끌어 온 주체가 아이들이 아닌 관료기관 쪽이었다는 점에서 아쉬움이 있는 게 사실이다. 여기저기에서 아이들보다 어른들의 성장통이 심하다는 볼멘소리가 나오는 것도 무리는 아니다. 어쩌면 아이들이 겪어야 할 통증은 아직 시작되지도 않았는지 모른다.

아동문학이 민감한 촉수를 뻗어야 하는 지점이 여기에 있다. 통증을 유발할 만한 곳을 찾아서 그들의 마음을 흔들어 놓아야 한다. 그것은 아이들이 일상에서 일어나는 모순을 적극적으로 대면하는 일로부터 시작되어야 할 것이다. 자명한 것들에 질문을 던져 보면 갑자기 낯설어지는 문장들이 적지 않다. 학교의 주인은 학생이다, 전교어린이회는 독립적인 자치 기구이다, 동아리는 학생의 적성과 진로 개발을 위한 것이다 등등에 물음표를 달아 보면 단박에 느낌이 온다. 일상에 물음표를 제기하는 순간 진통은 시작된다. 여기에서 다룰 작품들은 그 진통을 위한 의미 있는 문답이 될 듯하다. 미덕으로 삼을 만한 것들은 각론에서, 짚어 봐야 할 흠결들은 결론에서 따져 보기로 하자.

2. 평화, 시장판과 어떻게 통하였는가

"평화는 단순히 전쟁이 없는 것이 아니라 정의의 결과다." 지난 2014년 청와대 환영식에서 프란치스코 교황이 한 말이다. 평화는 그 고상한 외양과는 달리 정의를 향한 투쟁의 산물이고, 불가불 카오스를 동반하기 마련이다. 『기호 3번 안석뽕』(창비 2013)의 작가 진형민도 '안석뽕'을 통해 이 말을 거든 적이 있다. "시끄럽게 하지 않으면 아무것도 달라지지 않는다."(143면)

뭐니 뭐니 해도 진형민 작품의 힘은 생동감 넘치는 캐릭터와 희희낙락하는 서사에 있다. 여기에 단단한 현실감으로 주제의식의 깊이를 확보하는데, 서사의 굴착 지점을 따라가다 보면 늘 권위에 대한 도전과 마주치게 된다. 겉으로는 흥성거리는 축제인 듯 보이지만, 그 안을 들춰

보면 현실에 대한 전복을 꾀하고 있다는 점에서 그의 작품은 카니발적 세계와 통한다. 가끔은 캐리커처처럼 과장된 캐릭터와 극화된 설정 앞에 잠시 머뭇거리게 되는 것도 사실은 카니발적 속성과 무관치 않아 보인다. 그가 내놓은 작품 세 편 모두에서 이러한 특징이 포착되지만, 그중에서도 『기호 3번 안석뿡』이 단연 돋보인다.

『기호 3번 안석뿡』은 얼떨결에 전교 회장 선거에 나서게 된 안석진의 좌충우돌 출마기를 다룬 작품이다. 회장 선거라는 다소 진부한 소재는 학교가 떠들썩한 시장판으로 바뀌는 순간부터 일순 신선한 소재로 도약한다. 이 새로움은 기존 질서와 습속에 대한 전복을 의미한다. 시장판 아이들의 출마는 그동안 전교 회장 선거가 내포하고 있던 우월성의 기준에 의문을 제기한다. 주인공 안석진(안석뿡)과 그의 선거운동원인 조지호(조조), 김을하(기무라)는 일종의 마이너 부류에 속한 아이들이다. 부모님은 재래시장에서 가게를 운영하고, 성적은 바닥 쪽을 책임지는 형편인 데다 삽화가 아니더라도 이들의 외모가 출중하지 않다는 사실은 충분히 예측할 수 있다. 그렇다고 남다른 정의감을 가진 영웅적 인물이냐면 이 또한 아니올시다. 굳이 출마의 변을 찾는다면, 잘난 척하는 반장 고경태가 고까웠던 기무라의 마음과 좋아하는 여자아이에게 환심을 살 수 있을까 하는 안석뿡의 사심이 적당히 뒤섞인 결과일 뿐이다. 이들은 비범하거나 특별히 의로운 인물도 아니다. 그럼에도 결코 평범하지 않으며, 보통 아이들에게서 쉽게 찾아볼 수 없는 파뜩파뜩한 생동감이 넘친다. 그 힘의 근원은 무엇일까?

이 작품의 주요 무대는 학교지만 실제 서사를 추동하는 힘은 재래시장을 통해 발휘된다. 할머니 고무줄치마를 추켜 입고 군밤타령에 엉덩이를 들썩이는 선거운동이나, 주인공과 조력자의 구분이 모호할 만큼의 끈끈한 연대는 재래시장이라는 공통분모가 있기에 설득력을 얻는다. 초등학교 선거 이야기 속에 대기업과 소상인들의 갈등 문제가 이물감 없이 삽입될 수 있는 것도 재래시장의 파급력일 것이다. 시장판 아이들이 학교를 들썩이게 할 때, 부모님의 생활 터전이자 이들이 나고 자란 문덕시장은 대형마트가 들어서서 심각한 위기에 직면하게 된다. 민주시민의 권리를 행사 중인 학교 현장과 재래시장 활성화 및 대기업 영업 규제라는 이슈가 자연스럽게 맞물리면서 사회적 약자들의 연대와 표현의 자유에까지 주제의식이 확장된다.

두 가지의 서사가 씨줄과 날줄로 교차되어 있듯, 인물의 주된 활동 영역도 나뉘어 있다. 안석뽕과 그 친구들이 학교 안을 이끌어 간다면, 학교 밖은 철학관을 운영하는 거붕 선생과 '백발마녀'라 불리는 백보리가 주도해 나간다. 두 인물은 흡사 무협소설에 등장하는 기인에게서 풍기는 미스터리한 이미지로 독자들의 호기심을 자극한다. 이들의 정체는 골리앗과 맞서 싸우는 위대한 전사인바, 기운을 꾹꾹 눌러 밟는다는 부적과 지구에서 가장 끈덕진 생명력을 자랑하는 바퀴벌레만이 이들의 신무기다. 거붕 선생은 부적으로, 백보리는 바퀴벌레로 피마트의 횡포에 맞서 싸우려 했던 것이다. 얼떨결에 참가한 회장 선거 이야기가 사회적 이슈로 비약하였다가 다시 카니발적 상상력으로 도약하는 순간이 바로 이 장면이다. 여기에서 도덕적 인과율은 의미를 상실한다. 이 우스꽝스러운 장면들은 현실을 향해 들고 선 구부러진 거울이자 유쾌한 카니발적 상상력으로서 의미를 갖게 될 뿐이다.

다시 회장 선거 현장으로 돌아가 보자. 고경태가 회장으로 당선됐으니, 독자들이 기대했을 법한 기적은 끝내 일어나지 않았다. 그러나 '전투에서는 졌지만 전쟁에서는 이겼다'라던 누군가의 말처럼 선거의 패배는 더 큰 희망을 품게 한다. 안석뽕은 자신이 얼마나 전교 회장이 되고 싶었는지를 비로소 깨달았고, 동시에 진정한 회장 후보감을 알아볼 수 있는 밝은 눈도 얻게 됐다. 비록 성공에 이르지는 못했지만, 억지스럽게 성공한 것보다 한층 더 의미 있는 패배가 아닐 수 없다. 이들로 인해 문덕시장이 다시 시끄러워졌으니, 누가 실패한 결말이라 할 수 있겠나. "시끄럽게 하지 않으면 아무것도 달라지지 않는다"라는 것을 깨달은 이들에게 실패는 가당치도 않다. 이들의 카오스(시장판)가 코스모스(평화)를 꿈꾸게 하는 이유도 이 때문이다.

3. 민주적 의사결정, 다수결인가 다수자 중심인가?

민주주의 관련 책을 읽으면서 플라톤과 아리스토텔레스가 했던 말이 내내 개운치가 않았다. 내가 궁금한 것은 그 위대한 철학자들이 왜 민주제를 일컬어 중우정치니, 빈민정치니 하며 떨떠름한 반응을 보였던 것이었을까 하는 점이다. 플라톤식으로 말하면 대중은 현명한 판단을 내리기를 귀찮아하고 선동가에게 현혹되거나 군중심리에 따라 움직이는 어리석은 집단에 가깝다. 이 말에 대한 본질적인 논의는 접어 두더라도 민주 '공화국(共和國)' 체제를 살고 있는 우리가 저 어리석은 대중은 아닌지 곰곰이 씹어 볼 필요는 있을 듯하다.

이명랑의 『재판을 신청합니다』(시공주니어 2013)는 대중이 어리석을 때, 다수결이 얼마나 위험한 의사결정 방식이 될 수 있는지를 여실히 보여 준다. 주인공 현상이가 전학 온 5학년 5반은 겉과 속이 전혀 다른 교실이다. 권위를 내려놓고 아이들에게 최대한 권한을 위임하는 선생님,

스스로 규율을 만들고 학급의 문제를 재판을 통해 해결해 나가는 아이들. 겉으로는 그야말로 이상적인 교실이다 싶은데, 알고 보니 수상쩍은 게 한둘이 아니다. 우선 이들이 학급 재판의 기준으로 설정해 놓은 십계명부터 그 공정성이 의심스럽다. 재판을 신청한 사람이 판사·검사·배심원을 구하고, 재판을 받아야 되는 사람이 변호사를 구한다는 조항이 대표적이다. 친한 친구가 별로 없는 전학생에게는 절대적으로 불리한 조항이다 보니, 재판을 받게 된 현상이가 억울했던 것은 당연했다. 이때부터 현상이를 비롯해서 재판의 피해를 받아 온 아이들은 그들이 넘어야 할 진짜 벽과 대면하게 된다.

그것은 대의민주주의에서 가장 합법적인 의사결정 방식인 '다수결'이라는 벽이다. 현상이는 선생님에게 판결의 부당함을 이야기해 보지만, '다수결로 정한 규칙이니 판결을 따라야 한다'는 답변 앞에 고개를 숙인다. 물론 아이들에게 권한을 위임한 상황에서 비록 그 내용이 마뜩잖더라도 그 권리를 바로 회수하지 않고 끝까지 지켜봐 준 선생님의 행동은 지지받아 마땅하다. 다만 여기에서 고개를 드는 문제의식은 다수와 정의의 등식이 성립하지 않을 때, 그 결과 법이 정의를 수호하기는커녕 소수의 권력을 옹호할 때, 그때 발생하는 다수결의 불합리함에 관한 것이다.

아이들은 불공정한 상황에 저항하기보다는 이 체제에 순응하는 방식을 선택하고, 이는 다시 부당한 권력을 재생산하는 결과로 이어진다. 학급에서 킹카로 불리는 혁이가 판사의 권한을 독점하고 여자아이들은 인기가 많은 한별이를 중심으로 모이게 되면서, 마침내 두 패거리에게 유리한 규칙, 그들만을 위한 법이 만들어지게 된 것이다. 이 과정에서 알림장 쓰기와 청소만 해 주기로 했던 도우미 역할이 돌연 노예 계약으로 탈바꿈한다. 끝까지 반대했던 회장 현정이도 다수의 지지 앞에서 어쩔 수 없이 묵인하게 되고, 혁이와 한별이가 5학년 5반의 실제적인 힘의 질서, 즉 법으로 올라서게 된다.

역사는 '다수＝정의'라는 등식이 얼마나 위험한지를 증명해 왔다. 시민이라는 이중성 또한 이러한 위험성을 다분히 내포하고 있다. 시민은 개별적이고 종속적인 존재다. 타자에게 간섭받지 않는 자유권을 가지고 있지만, 동시에 보이지 않는 이데올로기와 상징권력에 종속된 존재인 것이다. 주체의식이 성장하지 못한 시민이 권력 있는 타자에게 기대는 방식으로 권리를 위임할 때, 다수결은 가장 합리적인 의사결정에서 가장 비합리적인 수단으로 전락하고 만다. 『재판을 신청합니다』는 단순히 학생 자치의 당위성을 설파하는 수준을 넘어, 다수결 제도에 내포된 위험성과 민주시민의 자질에 대해 생각하게 하는 작품이라 하겠다.

한편 『목기린 씨, 타세요!』(이은정, 창비 2014)는 다수결과는 전혀 다른 의사결정 방식을 보여 준다. 취학 전후의 아이들을 대상으로 한 작품이지만, 내용의 깊이는 어른 독자들을 포용하기에도 손색이 없다. 책 뒤표지에 적혀 있는 것처럼 '차이가 차별이 되지 않는 법'을 알려 주는 이야기인데, 자칫 계몽적이기 쉬운 주제임에도 그 늪을 피해 가는 방식이 꽤나 능숙하다. 의인화된 인물에게서 느껴지는 친숙함과 목기린 씨가 처해 있는 상황에 자연스럽게 독자를 동참시키는 흡인력도 상당하다. 이 작품의 가장 큰 미덕은 장애인 이동권이라는 특수한 상황을 주인의식·시민의식과 같은 보편적 영역으로 끌어올렸다는 점이다. 주인공인 목기린 씨는 몸이 불편한 장애인이면서 동시에 자신의 생각을 당당하게 표현하고 작은 힘들과 연대하여 문제를 헤쳐 나가는 이상적인 시민의 풍모를 지니고 있다.

작품 속 배경인 화목마을에는 주민들 모두가 좋아하는 마을버스가 있다. 이 버스는 화목마을 고슴도치 관장이 선거 때 약속한 것으로 마을 1번지에서 10번지까지 주민들의 형편과 바람을 하나하나 살펴서 만들어졌다. 그런데 이 마을에 목기린 씨가 이사를 오게 되면서부터 화목했던 마을에 삐죽하니 불편한 관계 하나가 생겨난다. 목기린 씨의 목은 버스 한 대를 더 올려도 해결되지 않을 만큼 까마득히 길었고, 이웃들도 그 삐죽한 목이 편했을 리 없다. 하지만 가장 불편하고 고통스러웠던 이는 목기린 씨 자신이다. 매일같이 걸어서 출퇴근해야 했던 그는 자신도 버스를 타고 싶다며 마을 관장에게 편지를 보낸다.

이 장면에서 나는 목기린 씨의 행동에 대해 아이들의 생각을 물어본 적이 있다. 안됐다는 아이들도 있었고, 어쩔 수 없다거나 심지어는 남에게 피해를 주는 행동이라는 의견도 있었다. 여기에서 피해라 함은 목기린 씨 한 명 때문에 다른 사람들이 모두 불편해질 수 있다는 것이다. 이것은 비단 아이들뿐만 아니라 보통 사람들이 장애인을 바라보는 배타적 시선과도 일맥상통하지 않을까 싶다. 공익광고의 구호처럼 함께 살아가는 이웃, 차이가 차별이 되지 않는 세상이 필요하다고는 하지만, 그 앞에는 암묵적인 조건이 따라붙는다. '우리의 안온한 질서를 침해하지 않는 한'이라는 일종의 당위적인 조건 말이다. 미디어나 책에 등장하는 장애인이나 이주노동자는 우리가 보고 싶어 하는 타자, 즉 주체의 욕망을 대신하는 인물들이 대부분이다. 욕망을 드러내는 타자는 불온한 존재가 되기 십상이다. 목기린 씨의 경우처럼 말이다.

한편 이 작품에는 다수자 중심의 인권과 정의가 지닌 모순을 드러내는 포석도 깔려 있다. 실은 여기에 놓인 돌이 이 작품의 진정한 승부수가 아닐까 싶다. 그 축을 따라가다 보면 민주주의에서 말하는 보편적 권리라는 것이, 기실 주류집단 위주의 사회적 관계의 소산이 아니냐는 질문과 마주하게 된다. 다수결 혹은 다수자 중심으로 설정된 인권과 정의는 주류집단을 대변하기에는 더없이 효율적이지만, 사회적 약자의 그것에는 무감각하기 쉽다. 이 작품은 더불어 살아가기, 즉 다원주의에서 그 해법을 찾고 있다. 그리고 그 중심에는 종속적인 나에서 주체적인 나로 거듭나고 있는 목기린 씨가 있다. 처음에 그는 편지를 통해 자신의 불편함을 호소했지만, 정작 자신이 이 문제를 해결하는 주체는 아니었다. 그 뒤에 꼬마 돼지 꾸리의 도움으로 마을버스를 개조하고, 어렵게 승차하는 데까지는 성공했지만 돌발적인 사고로 크게 다치는 사건을 겪는다. 가장 몸집이 작은 꾸리가 목기린 씨에게 알맞은 버스를 구상한다는 게 현실적으로 어려웠던 것이다. 마지막으로 목기린 씨는 편지 대신 자신이 직접 고안한 버스 설계도를 첨부한다. "관장님과 마을 주민들의 도움이 필요해요"(45면)라는 메모와 함께.

이 작품의 결론이 손쉬운 화해나 낭만적 결말과 거리를 둘 수 있는 것도 목기린 씨의 변화를 설득력 있게 보여 주기 때문이다. 결국 마을회관에서 열린 회의에서 주민들은 다수의 편의가 아닌 소수자인 목기린 씨와 공생하는 길을 선택한다. 목기린 씨의 설계도와 마을 주민들의 의견을 바탕으로 훨씬 더 그럴듯한 버스를 만들기로, 그것도 한 대가 아닌 모든 버스에 적용하기로 한 것이다. 소수와 다수의 상생을 꿈꾸는 화목 마을, 그곳에 집을 짓고 싶은 사람이 비단 나뿐일까?

4. 명예, 시민의 존엄인가 전체주의의 표상인가?

명예의 사전적 의미를 찾아보니 '세상에서 훌륭하다고 인정되는 이름이나 품성'이란다. 다시 조건 검색을 민주주의와 시민으로 좁혔더니, 시민혁명 이후 인격 존엄에 관한 중요한 덕목이라는 풀이가 이어졌다. 이번에는 조건 검색어에 민주주의 대신 국가를 넣었더니, 전체주의라는 전혀 상반된 개념이 추출됐다. 관련 검색어 중에는 맨 위에 올라와 있는 셸던 월린(Sheldon S. Wolin)이라는 인물이 호기심을 자극했다. 미국의 진보 정치학자인 그는 국가의 명예가 개인을 넘어서고 있는 지금의 민주주의를 일컬어 '전도된 전체주의'라며 신랄하게 비판하였는데, 마치 우리의 현실을 꼬집는 듯했다. 이렇듯 명예는 그 자체로는 분명 고귀한 가치이지만, 어디에 무게중심을 두느냐에 따라 민주주의나 시민의 존엄을 상징하기도 하고, 정반대로 전체주의를 대변하기도 한다.

다음 두 동화는 진정한 명예가 무엇인지를 탐색하는 작품이다. 먼저 김해우의 『내가 진짜 기자야』(바람의아이들 2015)는 얼떨결에 신문 동아리에 든 주진우가 학교 권력에 맞서 진짜 기자가 되어 가는 과정을 그렸다. 사건이 발생하고 이에 대한 탐문이 진행된다는 점에서 아이들이 좋아하는 추리서사를 닮은 데다, 동아리라는 소재는 현재 학교 현장의 화두이기도 하니, 대중성과 민감성을 두루 갖춘 셈이다. 특히 신문 동아리는 학교 울타리 안에 존재하는 모순을 보여 주기에 딱 맞는 소재가 아닐수 없다. 예나 지금이나 학교 신문은 내세우는 명분과는 달리 학교를 홍보하기 위한 기관지 성격이 다분하기 때문이다. 주진우가 지원한 신문 동아리 역시 예외는 아니다.

"신문 이름이 왜 느티나무인지 아는 사람?"

태호가 기다렸다는 듯이 손을 번쩍 들고 대답했다.

"우리 학교 교목이 느티나무잖아요. 그래서 똑같이 지은 거 아녜요?"

"맞아. 놀이터 쪽에 느티나무 있는 거 알지? 우리 학교에 처음 부임해 온 교장 선생님이 심은 건데, 나무가 학교를 잘 지켜 주길 바라는 마음으로 심으신 거래. 신문 이름을 느티나무로 지은 것도 우리가 만든 신문이 학교를 잘 지켜 주길 바랐기 때문이야." (15~16면)

이 장면을 통해 느티나무 신문부의 정체성은 선명하게 드러난다. 상황이 이렇다 보니 학교 급식을 개선해 달라거나 더 즐거운 체육대회를 고민해 보자는 주진우의 기사는 학교의 이미지를 실추시키는 골칫덩어리 취급을 받게 된다. 설상가상으로 같은 동아리 아이들마저 주진우를 '삐딱이'라며 비아냥거린다. 진실을 말하는 용기 있는 주체는 조직의 안녕과 명예 앞에 '찌질이'가 되어 간다. 개인과 학교의 명예를 내세운 팽팽한 줄다리기는 학교 폭력 사건에 이르러 정점으로 치닫는다. 학교 폭력의 가해자와 피해자가 뒤바뀐 현실을 바로잡으려는 주진우 기자, 하지만 학교는 권위로써 그의 성대에 자물쇠를 채우려 한다.

앞서 말한 것처럼 민주주의 국가에서 명예라 함은 그 주인들의 존엄성, 즉 시민의 존엄을 의미한다. 더욱이 전인적 민주시민을 양성하는 기관이라면 결코 이 명제로부터 자유로울 수 없을 것이다. 그러함에도 학생을 불러다가 거짓 해명을 강요하고, 그것도 뜻대로 되지 않자 부모님을 모시고 오라고 협박하는 교장의 모습은 명예의 진정한 출처가 어디인지를 되돌아보게 한다. 유독 학교의 명예를 내세우는 우리의 풍토가,

사실은 전도된 전체주의의 단면이 아닐까.

이와 비슷한 사례가 저학년동화 『신고해도 되나요?』(이정아, 문학동네 2014)에서도 접수된 적이 있다. 저학년동화답게 익살스러움과 경쾌한 리듬감이 주를 이루는데, 현실에 대한 비판은 주진우의 그것에 밀리지 않는다. 무엇보다 이 작품의 미덕은 아이들의 익살스러움에서 해학과 풍자의 품위가 느껴진다는 사실이다. 저학년 아이들은 잠깐의 유혹에도 마음이 요동치고, 앞으로의 일보다는 눈앞에 있는 놀이와 재미에 충실하기 마련이다. 거짓말하고 슈퍼에 다녀오고, 불량 식품을 먹으면 안 되는 것을 모르진 않지만 결국에는 욕망을 선택하길 마다하지 않는 이 작품 속 아이들처럼 말이다. 그러다 보니 저학년동화에서 사건은 뚜렷한 인과관계보다 즉흥적이고 돌발적인 상황에서 발생하기 마련이다. 주인공 헌재가 불량 식품을 신고하게 된 상황 역시 느닷없이 날아든 돌이 여기저기 튀다가 재수 없이 헌재의 뒤통수를 강타한 꼴이다. 불량 식품에서 애벌레가 나오자 아이들은 인형극에서 배웠던 대로 신고를 하자며 한껏 신이 난다. 최신 휴대전화를 갖고 있다는 이유로 얼떨결에 등떠밀린 산철이가 선생님 책상에서 몰래 자기 전화기를 빼 오고, 분위기를 주도했던 경수가 112 버튼을 누르고, 두 번째 통화음이 울릴 즈음 갑자기 휴대전화가 헌재에게 떠넘겨졌던 것.

시종 작품을 맴돌고 있는 유머 감각은 어른들의 위선과 허위를 타격하는 '짱돌'이기도 하다. 짱돌이 향한 지점은, 아이들의 신고로 경찰이 출동하면서 교감 선생님이 헌재와 경수를 불러서 반성문을 쓰게 했던 교무실. 인형극까지 보여 주며 불량 식품의 유해성을 알리고 신고의식을 고취시켰던 학교가 정작 이것을 실천한 아이들에게 벌을 주는 어처구니없는 상황이 연출된 것이다. 이 아이들에게 내려진 죄목은 주진우의 그것과 다르지 않다.

> "쯧쯧, 너 하나 때문에 학교가 발칵 뒤집혔어. 다른 반도 다 수업 못 하고
> 소란해지고, 교장 선생님이나 너희 담임 선생님 입장이 아주 곤란해졌단 말
> 이다. 또, 이 일이 밖에 알려지면 사람들이 우리 학교를 뭐라고 그러겠냐?"
> (80면)

작품 속 교감 선생님에게 학교 앞에서 불량 식품을 팔고 안 팔고는 별로 중요해 보이지 않는다. 이 아이들로 인해 학교가 시끄러워지고, 그래서 학교의 이미지가 실추될까 싶어 화가 나 있을 뿐이다. 그러나 아이들은 교감 선생님의 이러한 속내를 정확하게 알 리가 없다. 그러다 보니 반성문이라는 게 뭔지, 뭘 잘못해서 쓰는 건지도 모르고 반성문을 쓰게 되는 우스꽝스러운 일이 벌어지게 된다. 이 우스꽝스러움에는 규율과 법으로 포장된 어른 세계에 대한 냉소가 가득하다. 헌재와 경수가 쓴 반성문은 기실 어른들의 위선을 폭로하는 보고서다. 신고해서 죄송하다는 헌재의 말은 일종의 허위 자백에 가깝고, 아팟치를 샀어야 했다는 경수의 말은 어른들에 대한 비웃음과 다르지 않다. 작가의 유머가 저학년의 그것처럼 마냥 가볍지만은 않은 이유다. 해학과 풍자야말로 시민들이 권력자들과 싸워 왔던 비폭력적 저항의 수단이 아니던가. 헌재에게 튕긴 돌은 우연일지 모르겠지만, 어른에게 날아온 짱돌은 분명 의도된 타격이다. 학교의 주인은 학생이라고 하면서 늘 학교의 명예를 내세우는 뒤틀린 관성에 대한 의미 있는 타격인 것이다.

5. 결말, 낙관은 희망을 담보하는가?

현실의 모순이라는 게 들추고 나면 '아, 이거 진짜 문제네?' 싶지만, 들추기 전까지는 지극히 당연한, 심지어는 가장 평화로운 일상의 한 자락처럼 존재한다. 어쩌면 모순과의 대면은 안락하고 평안했던 일상을 거부하는 일이자 진실과 대면하기 위한 출발점인지 모른다. 지금까지 살펴본 작품들은 이러한 맥락 위에서 선별되었는데, 그 분석의 핵심은 민주주의를 지탱하고 있는 숭고한 가치들, 그 안에 담긴 이중성에 관한 것이었다. 그러나 일련의 작품을 읽으면서 자주 공통적으로 발견되는 불편함이 적지 않았는데, 이제는 그것에 관해 적어 보려 한다.

앞당겨 말하면 이렇다. 낙관적인 결말은 넘쳐 나는데 그 안에 희망찬 기운이 충만하지 못하다는 것. 비관적 결말이 희망을 거절하는 것이 아니듯, 낙관적 결말이 곧 희망으로 전화되는 것은 아닐 터. 문제의 핵심은 낙관적 승리냐 비관적 패배냐가 아닌, 희망이라는 엔진을 장착했느냐에 달려 있다. 낙관적 세계가 '언제나 이루어진다'라는 주문이라면, 희망적 서사는 '그러함에도 이루어질 수 있다'는 의지의 표현일 것이다. 닫힌 결말에서 일어나는 낭만적이고 일시적인 화해는 낙관적일 수는 있어도 희망적 서사라 할 수는 없다. 특히 '정의는 승리한다'라는 의식이 강하게 작동하는 작품일수록, 낙관과 희망의 차이를 곰곰이 되씹어 봐야 한다. 결국은 정의가 승리했고 민주주의가 회복되었는데, 뒷맛이 개운치 않고 맥이 풀리는 느낌이 든다면, 그것은 희망이 부재하기 때문일 것이다. 앞의 작품들을 기준으로 본다면, 이러한 문제는 크게 두 가지 층위에서 노출되고 있는 듯하다. 주제의식의 과잉과 손쉬운 해결책이 표면적 층위라면, 정의를 획득하는 과정에서 드러나는 윤리성의 문제는 심연적 층위라 하겠다.

『재판을 신청합니다』와 『내가 진짜 기자야』의 경우는 전자 쪽에 가깝다. 인물의 입을 통해 제시되는 공익적인 메시지, 급작스럽게 빨라지는 결말이 대표적이다. 『재판을 신청합니다』에서는 교실 법정이라는 소재답게 대화가 차지하는 비중이 높은데, 한두 발씩 앞서 있는 대사와 직설적으로 구사되는 화법으로 인해 독자가 고민할 수 있는 여백을 너무 많이 잡아먹고 말았다. 무엇보다 억압돼 있던 인물들을 더 세밀하게 살피지 못한 것은 가장 아쉬운 대목이다. 성숙한 시민성을 지닌 이들이 주변을 각성시키고, 결국 질서를 회복시키는 방식은 어쩐지 엘리트 민주주의를 떠올리게 한다. 후반부로 갈수록 핵심 인물의 비중을 조금씩 줄이면서 침묵하던 아이들을 서사의 중심에 불러 세웠더라면 어쩌했을까. 흔들리고 갈등하며 점점 단단해지는 그들의 내면을 주밀하게 그렸더라면, 마지막에 울려 퍼진 아이들의 웃음소리는 한층 더 통쾌하고 미더웠을 것이다.

한편 『내가 진짜 기자야』는 어른들의 설레발이 기자정신을 퇴색시킨 경우라 하겠다. 주진우의 학교는 문제적인 반면, 그의 가족(어른)들은 이보다 든든할 수 없을 만큼 이상적이다. 현직 기자인 삼촌과 회사와의 갈등으로 해직된 아빠, 현실적인 듯 비현실적인 엄마. 신문과 기자에 대해 알아 가고 사회적 문제를 끄집어내기에 더없이 좋은 구성이지만 이들의 영향력이 커지면서 그만큼 서사의 긴장감은 느슨해지고 말았다. 가족들의 입을 통해 전달되는 신문과 기자에 대한 정보 제공도 그렇지만, 무엇보다 엄마를 내세워 단박에 매듭을 풀어버린 결말은 너무나 손쉬운 선택이었다. 아이들의 자치권과 신문의 편집권을 다루는 현장이라면, 큰 것 한 방보다는 작은 돌로 끈덕지게 몰아붙이는 정석(定石)의 묵직함이 필요하지 않았을까. 여기에서 '작은 돌'이라 함은 주진우 주변에 있던 신문부 친구들이 될 것이다. 어린이 기자들의 연대가 이 문제를 푸는 열쇠가 되었더라면 엄마의 영웅담도, 힘 빠지는 결말도 모두 피해 갈 수 있었을 것이다.

이런 맥락에서 안석뿡의 실패는 지면서 이기는 허허실실의 미덕을 보여 준 셈이다. 실패한 선거가 성급하게 봉합된 성공보다 한층 기운차고 희망적이라는 것을 보여 주었기 때문이다. 그러나 기대감이 과도했던 탓일까. 진형민의 근작 『소리 질러, 운동장』(창비 2015)은 전작의 장점들이 많이 희석된 느낌이다. 학교를 시장판으로 뒤집어 놓은 호방한 외침은 그 음역대가 확 단순해지고 말았는데, 그 이유를 찾기란 어렵지 않다. 누구보다 정정당당하게 임해야 할 경기에서 '족집게'라는 반칙이 사용됐던 것. 불합리한 권력에 저항하는 것만큼이나 정당하지 않은 방식에 유혹되지 않는 것 또한 문학의 윤리에서 중요한 덕목일 것이다. 7대 7 무승부로 끝난 경기인데, 마치 9회 말 역전패를 당한 듯 허탈감이 드는 것도 이 때문이다.

문학의 윤리성이라는 맥락에서 보자면 『신고해도 되나요?』도 그냥 넘어가기는 어렵다. 앞서 언급한 바와 같이 어른들의 허위를 타격하기 위한 장소로 교무실을 설정한 것은 정확한 선택이었으나 문방구는 좌표가 잘못 찍힌 게 분명해 보인다. 불량 식품 근절이라는 도덕적 규범이 내포된 것도 불편하거니와 더 큰 문제는 문방구 할아버지를 신고 대상으로 삼은 것이 부적절하다는 데 있다. 유머가 해학과 풍자의 경지에 오르는 것은 그 대상이 세상의 허위를 폭로할 수 있는 권력자이거나 비인간적인 존재일 때 가능한 일이다. 이 작품에서 문방구 할아버지는 식품

위생법을 어긴 경범죄자 중 하나일 뿐, 사회적으로나 아이들에게 큰 해악을 끼쳤다고 보기는 어렵다. 신고를 해 놓고 엉엉 우는 할아버지가 불쌍하게 느껴졌다는 대목은 일면 무책임하기까지 하다. 민주시민의 신고정신을 문학의 윤리성이라는 맥락 위에 놓고 본다면, 교무실은 옳았으되 문방구는 자충수였던 셈이다.

인정하기는 싫지만 우리는 이제 노력이 성공을 보장하지 않는 시대를 살고 있다. "하면 된다!"라는 말이 그 힘을 현격히 잃게 된 것도 이 때문이다. 그러나 현실의 무릎이 꺾인 자리에서 희망의 씨앗을 뿌려 온 것이 바로 문학이 아니던가. 그 씨앗이 언제나 열매로 이어진다는 낙관론은 거짓에 가깝지만, 그러함에도 불구하고 불가능하지 않다는 희망론은 참에 가깝다. 부디 우리 아동문학이 참된 희망을 통해 이 모순된 현실을 견디는 진정한 힘이 되어 주길 바란다.

어린이 독자라는 비평적 과제

1. 독자반응비평을 위한 서론

독자(讀者). 말 그대로 누군가가 쓴 글을 읽는 사람이다. 철저히 수용적인 입장이지만 독자가 없으면 작가도 존재할 수 없으니 둘의 관계는 '상호 의존적'이라고 봐야 할 것이다.[1] 그러나 이것은 사전에서 제시한 합의점일 뿐, 실제 독자의 위상은 시대와 작가, 장르에 따라 달리 호명돼 왔다. 대체로 독자는 계몽해야 할 대상이라는 시각이 지배적이었고, '대중―독자'라는 호명 방식은 그러한 인식의 산물이라 하겠다.[2] 이 말 속에는 작품의 선택과 감상의 주체성을 누군가에게 내어 준, 이른바 수동적인 독자라는 의미가 강하게 배어 있기 때문이다.

---

1 한국문학평론가협회 『문학비평용어사전』 상, 국학자료원 2006, 501면.
2 같은 곳. "대중문학의 독자는 스스로 자신의 위상을 낮추고 작가와 출판사의 상업적 의도에 좌지우지되는 경우이다."

그런데 최근 들어 이러한 인식에 견제구를 던지는 이들이 등장하였으니, 그들은 다름 아닌 대중 독자 자신들이다. 성인 독서 동아리의 성장이 단적인 사례다. 한 달에 책 한 권도 읽지 않는 대한민국 성인, 그나마도 남들 다 읽는 책을 따라 읽던 그들이 스스로 책을 찾아 읽고 토론하는 모임을 만들기 시작한 것이다.[3] 이것은 아이들에게 좋은 책을 권하기 위해 시작됐던 기존의 독서 동아리와는 그 성격이 사뭇 다르다. 오직 '나'를 위한 주체적인 독서면서 맥락을 해석하고 공유하는 공동체를 이루고 있다는 점이 특이하다. 이 밖에도 대중 독자가 문화 생산의 주체로 거듭나고 있는 징후는 온라인에서 어렵지 않게 발견할 수 있다. 저자나 출판사가 독자의 목소리에 한층 긴장감을 느끼게 된 것도 이 때문이다.

그렇다면 지금 여기, 우리 아동문학에서 '어린이―독자'는 어떤 존재로 호명되고 있는가? 성인문학에서와는 달리 생경하게 느껴지는 질문이 아닐 수 없다. 우리는 이 문항에 자신 있게 응답할 만한 사례 보고서를 지니고 있지 않다. 구체적인 경험에 합리적 인식이 덧붙여진 결과물을 '사례 보고서'라고 한다면 말이다. 어린이라는 독자는 그저 어른들의 관념 속에 존재하다가 시시각각 필요한 모습으로 호명되어 왔음을 부인하기 어렵다. 어느 때는 신비한 상상력과 비상한 감정을 지닌 '이상 독자'였다가, 어느 순간에는 자극적인 소재와 순간적인 즐거움만 추구하는 '백치 독자'로 곤두박질치기도 한다. 알쏭달쏭하고 잡힐 듯 말 듯 한 게 어린이의 특징일지 모르나, 어쩌면 그것은 어른들의 변명이 아닐는지.

---

3 비블리 대표 허윤은 독서 동아리를 "독자들이 가진 삶의 맥락을 공유함으로써 텍스트에 새 생명을 불어넣는 공간"이라 평했다. 한기호 외 「ISSUE 2016 출판계 키워드 30」, 『기획회의』 제429호(2016.12) 44면.

그런 의미에서 '아동청소년문학의 대중성'을 주제로 한 월간 『어린이와 문학』 대토론회는 독자를 논의의 중심에 세웠다는 점만으로도 반갑게 다가왔다.[4] 김지은의 발제문은 대중성이 형성되는 다양한 변인과 함께 아동문학에서 고민해야 할 대중성의 방향에 대해서 진지하게 생각해 볼 수 있는 계기를 제공했다. 그런데 논의가 진행될수록 점점 더 '알 수 없는' '모호한' 미궁으로 빠져드는 것 같다는 청자들의 반응은 어찌 된 영문일까? 그 이유는 발제자와 청자 사이에 오갔던 대화 곳곳에서 발견된다. 그중에서도 어린이들의 자발적 선택을 지지해 주자는 발제자의 주장과 "동심천사주의에서 주장하는 절대 무오류의 어린이"[5]처럼 인식될 수 있다는 배봉기의 반론이 부딪친 지점을 주목할 필요가 있겠다. 어린이의 자발적 선택에 대한 존중, 그것만을 신뢰했을 때 발생하는 위험성은 각각 참에 가까운 진술이다. 그러나 어린이 독자를 연구하는 입장에서는 두 가지를 모두 수용하지 않는다면 완전한 참에 이르기 어렵다. 대중성 논의가 점점 미궁에 빠진 것은 어린이 독자를 바라보는 인식의 차이가 상당한 영향을 미친 것으로 보인다.

어린이 독자는 무지개떡의 단면처럼 다양하다. 다만 그 지층의 단면들은 현장 탐문이 전제되지 않고는 실체를 가늠하기 어렵다. 김지은의 말마따나 "어린이가 추구하고 원하는 것, 그게 바로 우리에게 필요한 아동문학"[6]이라면 그들이 원하는 바가 무엇인지를 전사(轉寫)하고 관찰하면서 체계적인 언어로 정리할 필요가 있다. 더군다나 어린이라는 대중은 스스로를 입증하는 데 취약하고, 그것을 대신 해 줄 어른을 필요로

---

4 「2016년 여름 대토론회 현장 중계」, 『어린이와 문학』 2016년 10월호.
5 같은 글 47면.
6 같은 글 50면.

하지 않는가. 그러나 이른바 독자반응비평이니 수용미학이니 하는 쪽은 아동문학 비평에서 라이선스를 발급받지 못한 불모의 영역이다. 의지할 만한 지팡이가 없다 보니 어떻게 풀어 가야 할지 난감한 게 사실이다. 어린이들의 말이 직접 오갔던 현장은 진실되나 지엽적이고, 말하여지지 않은 곳은 광범위하나 자의적이기 십상이다. 이냥 고민하던 끝에 닿은 결론은, 우선 현장의 사실을 담보할 수 있는 곳을 바탕으로 의미 있는 지점에 다만 몇 군데라도 주석을 달아 놓자는 것이다. 그 안에 비평적 해석을 꼼꼼히 채워 넣고, 독자 반응이라는 목록 어디쯤엔가 꽂아 놓는 일은 이다음으로 미뤄 두더라도 말이다. 이 글 전체가 서론인 까닭이다.

2. 불려 나온 독자와 그들이 불러낸 것

어린이책은 아이와 어른이라는 이중의 독자를 갖는다. 어른도 내포 독자에 포함되어 있다. 그러나 실상 어른의 역할은 어린이책을 읽기보다는 어린이들을 특정 도서의 독자로 호명하는 일에 집중되어 있는 게 사실이다. 그들의 선택 기준은 대개 교육적 효용성과 맞닿아 있다.

몇 해 전에 있었던 일이다. 우리 반 학생 한 명이 겨울방학 과제물이라며 종이 석 장을 들고 왔는데, 그 종이에는 서울대 추천 인문 고전 시리즈 50권의 목록이 빼곡하게 적혀 있었다. 한 권씩 읽을 때마다 붉은색 펜으로 꾹꾹 지워 나간 흔적이 손에 묻을 듯 선명했다. 읽은 소감에 대해 묻자 "여러 번 토가 나올 뻔했는데, 새 휴대폰이 생긴다는 생각으로 꾹, 참았어요"라며 겸연쩍게 웃었다. 이 아이가 이른바 인문 고전 읽기

프로젝트라는 것을 시작하게 된 배경에는 어느 인문학 관련 도서를 감명 깊게 읽은 엄마의 뜨거운 교육열이 자리하고 있었다. 엄마는 '세상을 지배하는 0.1퍼센트 천재'가 될 아들의 모습을 꿈꾸었을 뿐, 정작 아이의 반응에는 큰 관심이 없었던 듯하다. 집 안에 있던 학습만화와 일부 동화책들은 팔려 나갔고, 책꽂이는 이내 인문 고전들로 꽉 채워졌다고 하니, 엄마의 야심 찬 프로젝트는 이제 서막에 불과한 셈이다. 그런데 이 프로젝트가 계속되기 위해서는 또 다른 외적 보상을 필요로 한다. 엄마의 강압적 요구가 별다른 충돌 없이 관철될 수 있었던 계기인, 휴대폰 같은 것 말이다. 엄밀하게 말해서 이 프로젝트는 책과 휴대폰에 대한 욕망이 맞교환된 것이다.

그런데 재미있는 것은 학습만화가 팔려 간 자리에 고전들이 채워졌지만, 욕망의 교환이라는 점에서는 두 책의 운명이 결코 다르지 않다는 점이다. 학습만화의 성공이야말로 어른과 아이의 이중적 욕망이 내밀하게 연결된 덕분이기 때문이다. 어린이책 역사상 가장 많이 팔렸다고 알려진 'Why' 시리즈(예림당 2001~)를 선두로, '마법 천자문' 시리즈(아울북 2003~), '만화로 보는 그리스 로마 신화' 시리즈(가나출판사 초판 2001; 개정판 2005)도 스테디셀러로 자리를 굳혔고, 최근에는 역사 분야에 대한 관심에 힘입어 '용선생 만화 한국사' 시리즈(사회평론 2016~)가 큰 사랑을 받고 있다. 지난해(2016) 출판 동향을 정리한 보고서에도 이러한 흐름은 고스란히 담겨 있다.[7] 학습만화의 인기가 꺾일 날이 과연 오기나 할는지 궁금할 정도다.

교육적 효용성이 미치는 범위는 아동문학이라고 예외는 아니다. 교

---

7 어린이·청소년 분야는 공부법이나 학습만화가 주류를 차지하고 있다. 「예스24, 2016년 상반기 베스트셀러 분석」(http://ch.yes24.com/Article/View/30885).

과서 수록작이 베스트셀러로 이어지는 패턴은 단적인 예일 것이다. 연초 교보문고 인터넷 서점에서 집계한 아동 부문 판매 순위(2017. 1. 3)만 보더라도, 상위 20위 안에 든 책 중에서 순수하게 문학 도서로 분류할 수 있는 책은 총 8권인데 그중 5권이 교과서에 실린 작품이다.[8] 나머지 3권도 학교의 영향력과 무관해 보이지 않는다. 그림책『이게 정말 나일까?』(요시타케 신스케 글·그림, 주니어김영사 2015)는 저학년 교과서의 연계 도서로 적극 활용되고 있으며,『책 먹는 여우』(프란치스카 비어만 글·그림, 주니어김영사 2001),『책 먹는 여우와 이야기 도둑』(프란치스카 비어만 글·그림, 주니어김영사 2015)은 학교에서 대표적인 필독서로 꼽힌다. 순위를 넓혀서 20위권 밖을 살펴보더라도 교과서의 위세는 꺾임이 없다.[9]

물론 교과서에 실린 작품이 많이 읽힌다는 것, 그 자체를 비판할 일은 아니다. 학습목표에 맞게 발췌한 부분만을 읽는 것보다야 작품을 온전히 읽는 것이 훨씬 낫다는 것에 반대할 사람이 누가 있겠나. 여기에서 지적하고자 하는 것은 교과서가 어른들의 욕망의 경유지가 되고 있다는 사실이다. 어른이 강제하는 독서는 심미적 체험이 되기는커녕 학습의 연장이라는 인식만 심어 줄 우려가 크다. 교과서 수록 도서를 내려놓은 아이들이 애니메이션이나 게임, 추리와 같이 단순한 재미를 추구하는 책들로 향하는 것도 이와 무관치 않아 보인다. 베스트셀러에 오른 작

---

8 안네 프랑크『안네의 일기』(지경사 2008); 유순희『지우개 따먹기 법칙』(푸른책들 2011); 배유안『초정리 편지』(창비 2006); 이호백『세상에서 제일 힘센 수탉』(재미마주 1997); 이영서『책과 노니는 집』(문학동네 2009). 이상 무순.

9 양인자 외『날 좀 내버려 둬』(푸른책들 2009); 김영주『짜장 짬뽕 탕수육』(재미마주 1999); 박성배『행복한 비밀 하나』(푸른책들 2012); 이은재『잘못 뽑은 반장』(주니어김영사 2009); 고정욱『가방 들어 주는 아이』(사계절 2002) 등 교과서 수록작이 다수를 차지한다.

품을 원그래프로 그린다면 크게 교육용, 오락용 두 가지 색깔로 이분화할 수 있을 정도다. 상위권에 있는 『도티&잠뜰 TV 외계인 학교 1, 2』(샌드박스네트워크 글·그림, 대원키즈 2016), 『신비아파트 고스트볼의 비밀 2』(서울문화사 편집부 엮음, 서울문화사 2016), 『프리파라&프리즘스톤 퍼펙트월드』(소학관 편집부 엮음, 학산문화사 2016) 등은 애니메이션이나 게임과 연계된 오락 콘텐츠용 도서들이다. 부모들이 이러한 책에 자발적으로 지갑을 열었을 것 같지는 않다. 다만 (부모가 판단하기에) 좋은 책을 읽은 자녀에게 주는 일종의 보상 차원에서의 구매라면 납득할 수 있겠다. 흡사 부모와 아이의 욕망이 절충점을 찾았던 '학습+만화'의 조합처럼 말이다.

'고전—휴대폰', '학습—만화', '교과서—오락'으로 형성된 독서 패키지는 '부모(교사)—아이'가 원하는 바를 절묘하게 만족시키는 것처럼 보인다. 그러나 부모와 아이가 동상이몽을 꾸는 동안 정작 원하는 바를 취하는 쪽은 해당 출판사들이다. 혹자는 이렇게라도 강제하고 통제하기 때문에 그나마 책을 읽게 되는 것이라고 항변할 수도 있겠다. 자발성에 기댈 경우 아이들은 늘 얄팍한 재미를 찾기 때문에 그냥 놓아두면 안된다는 이유를 들먹이며 말이다. 물론 전혀 일리가 없는 말은 아니다. 한데 아이들의 자발성이 작동되는 상황을 자세히 들여다보면 꼭 그렇지만은 않은 것 같다.

3. 자발적인 독자, 탐색되지 않은 텍스트

『창비어린이』 2016년 겨울호 '인기 대출 도서의 비밀'이라는 고정란에는 '지원이와 병관이' 시리즈(고대영 글 김영진 그림, 길벗어린이 2006~)에 대한 글이 실렸다. 학교 도서실의 인기 대출 도서로 꼽힌 것인데, 주변 선생님들 역시 크게 공감하는 분위기였다. 그러고 보면 도서실은 구매력과 상관없이 아이들이 원하는 책이 무엇인가를 알아보는 데 최적의 장소가 아닐 수 없다. 만약 학교에서 정한 필독서가 아님에도 부지런히 대출되는 책이 있다면, 그것은 분명 아이들의 자발성을 탐문하기 위한 적절한 대상인 셈이다.

서둘러 서울, 경기, 전남에 있는 학교 도서관 사서 교사들에게 자문을 구했다.[10] 인기 대출 도서 중에서 특별히 반응이 뜨거운 책에는 별표를 붙여 달라고 하여 여섯 학교의 현황을 취합한 결과, '윔피 키드' 시리즈 (제프 키니 글·그림, 초판 푸른날개 2008; 개정판 아이세움 2016)와 '나무집' 시리즈 (앤디 그리피스 글 테리 덴톤 그림, 시공주니어 2015~)에 가장 많은 별이 모아졌다.[11] 경기도의 한 사서 교사에 따르면 이 책들은 "몰래 숨겨 놓고 읽을 정도"라며, 필독서에서는 찾아보기 힘든 현상이라는 점을 확인시켜 주었다. 이러한 인기는 도서 구매의 지표를 통해서도 재확인됐다. 나무집 시리즈는 2016년 최고의 인기 도서로,[12] 윔피 키드 시리즈의 저자 제프 키니(Jeff Kinney)는 가장 인세를 많이 받은 작가로 이름을 올렸다.[13] 제프 키니는 지난해(2016) 12월 한국 초등학교를 방문해서 아이들의 열광

---

10 서울사대부속초등학교, 경기 가평초등학교, 경기 숲속초등학교, 경기 예당초등학교, 경기 한마음초등학교, 전남 광양동초등학교.

11 윔피 키드 시리즈는 여섯 학교 모두에서, 나무집 시리즈는 다섯 학교에서 별표를 받았다.

12 장은수 「'윔피 키드'와 '나무집' 시리즈」, 『기획회의』 제429호(2016. 12) 46면.

13 경제 전문지 『포브스』의 발표에 따르면 미국의 대표적인 도서 판매 집계 기관인 닐스 북 스캔의 조사 결과 2016년 아동문학 저자 분야에서 제프 키니가 10년간 부동의 1위를 지키던 조앤 K. 롤링을 밀어내고 인세를 가장 많이 받은 작가로 등극했다.

적인 환영을 받기도 했다.

한편 저학년 쪽에서는 지원이와 병관이 시리즈와 더불어 '100층짜리 집' 시리즈(이와이 도시오 글·그림, 북뱅크 2009~)에 대한 응답이 가장 많았다. 지역 공립도서관인 동탄 복합문화센터 사서 교사는, 지원이와 병관이 시리즈는 "이 도서관에서 테이핑을 가장 많이 한 어린이책일 것"이라며, "6~7세용 유아실에 비치돼 있지만 중·고학년 아이들도 꽤 찾는다"라는 말도 덧붙였다. 100층짜리 집 시리즈는 표면상으로는 일종의 숫자 공부 책이지만, 그것과는 무관하게 귀여운 동물들과 상상력이 버무려져 저학년 독자층을 빠르게 흡수하고 있는 듯 보였다.

인기 대출 도서에 꼽힌 작품들의 공통점은 재미를 바탕으로 아이들의 취향에 호소하고 있다는 점이다. 가장 인기가 높았던 윔피 키드 시리즈의 경우, 일기 만화라는 형식으로 일상의 유머를 구사하고 있는데, 특히 캐릭터가 상당히 매력적이다. '겁쟁이(wimpy kid)'라는 제목 그대로 주인공 그레그는 결점이 많은 지질한 캐릭터로 그려진다. 해리 포터가 수난을 이겨 내는 '언더독(underdog)' 캐릭터라면, 그레그는 탐욕적이고 분노 조절을 못하는 '도널드 덕'에 가깝다. 욕망을 마구 분출하는 캐릭터를 통해 느끼는 희열은 단순 명료하면서도 재치 있는 문장과 더불어 읽는 재미를 배가시킨다. 일기 형식에 따라 여러 편의 에피소드가 소개되는 가운데 지루함을 느낄 겨를이 없으니 속도감은 한층 배가될 수밖에. 인기 도서로 꼽힌 다른 작품들의 경우도 마찬가지다. 뚜렷한 캐릭터를 내세워 여러 편의 에피소드를 다양한 장소에 배치하는 전략을 사용하는데, 이는 마치 게임의 세계를 연상시킨다. 나무집 시리즈와 100층짜리 집 시리즈는 집 자체가 하나의 거대한 게임 공간이라 해도 과언이 아니다. 시리즈가 나올 때마다 새로운 공간에서 모험 이야기가 펼쳐진다는 공통점이 있다. 이 책들을 제대로 분석하기 위해서는 만화, 그림책, 게임 등 다양한 분야의 협업이 필요할지도 모르겠다.[14]

한편 이러한 논의 진행을 두고 문학을 재미와 맞바꾸려 하는 것이냐는 반론도 가능할 듯하다. 책이 주어야 할 것이 재미와 감동이라면, 만화나 기획용 그림책의 경우는 재미만으로도 그 가치를 충분히 입증할 수 있기 때문이다. 그런데 아이들이 느끼는 즐거움이 어떤 맥락과 맞닿아 있는지를 고민하는 것은, 문학적 측면에서도 매우 유의미하다. 단순히 삽화의 양을 늘리고, 우스꽝스러운 이야기로 가벼운 재주를 부리는 차원의 문제는 아니기 때문이다. 윔피 키드 시리즈의 경우, 아이들에게는 물론이고 어른들에게까지 대중적인 공감을 유발하는 힘이 담겨 있는바, 그 서사성의 실체가 무엇인지 톺아볼 필요가 있다는 얘기다. 개성 넘치는 가족 구성원과 어디선가 스치고 지나쳤을 법한 주변 인물들, 일상의 소재를 신선하게 탈바꿈시키는 상상력은 세계 어린이들에게 통하는 보편적 감각을 여실히 증명해 내고 있다.

도서실 인기 도서들은 적어도 애니메이션이나 게임 캐릭터와 연계된 오락용 책들과는 확연히 다른 코너에 꽂혀 있는 작품들이다. 이것은 어린이 독자가 느끼는 재미라는 것이, 다양한 수준에서 작동될 수 있음을 의미한다. 재미는 흥미와 관심이라는 감정의 영역부터 알고자 하는 욕구나 그 충족에서 오는 인지적 영역까지 포괄적인 의미망을 갖는다. 다만 오싹한 공포, 짜릿한 스릴, 수수께끼 놀이 등이 자발성을 담보로 한다면, 이제 우리가 살펴볼 곳은 조금 다른 지점이 될 것이다.

---

14 윔피 키드 시리즈의 작가 제프 키니가 만화가이자 온라인 게임 창업자라는 점, 100층짜리 집 시리즈의 작가 이와이 도시오는 미디어 아티스트이자 애니메이션 기획자라는 점 등도 고려하지 않을 수 없겠다.

4. 독자의 발견, 발견하는 독자

책을 읽은 아이들이 처음으로 내놓는 반응은 대개 좋다, 별로다 정도로 단순하다. 한데 그 이유를 들어 보면, 같은 이유인데도 근거가 달라지는 경우가 적지 않다. 이를테면 교훈적이어서 좋았다는 아이가 있고 그렇기 때문에 별로라는 아이가 있다. 결말이 확실하지 않아서 실망했다는 아이가 있는가 하면, 그 점이 외려 좋았다는 아이도 있다. 이국적이거나 낯선 소재가 새롭게 느껴졌다는 아이가 있는 반면, 무슨 얘긴지 이해가 안 됐다는 아이도 있다. 과연 어떤 아이의 의견을 신뢰해야 하는지 고민스러운 것도 이 때문이다.

수용이론이나 독자반응이론에서는 이러한 특징을 기대지평[15]이라는 개념으로 설명해 보인다. 텍스트는 하나지만 독자에 따라 작품은 여럿이 될 수 있으며, 그것은 개인마다 독서 경험이나 배경지식 등과 같은 기대지평이 다르기 때문이라는 것이다. 그러니까 책에 대한 호불호의 반응은 독자가 기대하던 지점과 해당 작품이 얼마나 잘 들어맞았는지를 보여 주는 셈이다. 자발성의 순도가 높은 책들은 대부분 이 기대 지평이 안정적으로 접속한 경우라 하겠다.

그런데 독자의 기대치에 딱 부합한다고 해서 좋은 작품이라고 말하기는 어렵다. 독자의 기대는 방향을 보여 주는 부표일지언정, 그것 자체가 최종 목적지는 아닌 것이다. 독자의 기대를 충족하면서 동시에 배반

---

15 "기대지평은 문화적 규범이나 경험, 기대 등과 같은 것들로 구성되며, 기대지평을 근거로 하여 독자는 문학 텍스트를 이해하고 해석한다." 한국문학평론가협회 『문학비평 용어사전』 상, 332면.

하는 도전, 기대에 도달했지만 동시에 넘어서는 시도가 필요한데, 토론은 그 확장을 위한 가장 매력적인 방식 중 하나이다. 수동적 독서의 예로 지목되는 교과서 수록작들도 해석 공동체를 관통한다면 이야기는 달라질 수 있다. 4학년 2학기 국어 교과서에 실려 있는 고정욱의 『가방 들어 주는 아이』를 사례로 보자. 교과서에는 이 작품을 토대로 제작된 드라마 영상이 소개되어 있는데, 아이들의 첫 반응은 대부분 긍정 일색이었다. 예전에 재미있게 읽었던 책인데, 드라마로 보니까 더 실감 났다는 아이들이 가장 많았다. 좀처럼 이견이 없을 것 같은 순간, 한 아이의 질문이 작은 균열을 일으키기 시작했다.

> 서준: 영택이가 석우를 도와주는 것이 선물 때문은 아닐까요? 장애인 친구 석우네 집은 엄청 부자고, 도와주는 아이 영택이는 엄청 가난하잖아요.
>
> 현정: 드라마라서 그런 거 아닐까요? 드라마는 원래 저 정도 부잣집에서 살잖아요.
>
> 한결: 사실 저도 서준이와 비슷한 생각이 들었어요. 마지막에 계속 가방을 들어 준다고 했는데 모범상을 받지 않아도 그랬을까 싶어요. 솔직히 전교생 앞에서 상까지 받았는데 갑자기 가방을 안 들어 주기도 좀 그렇지 않나요?

가끔 아이들의 독서 반응 중 의구심이 드는 대목이 있다. 그들의 기대치가 온전히 자신의 것인지, 아니면 부모나 어른들에 의해 학습된 것인지가 불명확할 때다. 『가방 들어 주는 아이』의 경우가 바로 그렇다. 이 책이 지니고 있는 미덕은 교훈성이라 할 것인데, 아이들은 대체로 재미있다며 만족감을 표하고 있으니 어리둥절하지 않을 수 없다. 앞에서 열거했던 재미의 요소가 무색해지는 상황이다. 그런 의미에서 토론은 '과연 내가 진정으로 원하는 책인가?'를 자문하는 데에도 유효한 전략인 듯하다. 질문의 시작은 대개 안전지대를 거부하는, 일종의 카오스 독자로부터 비롯된다. 작품은 완전무결한 것이 아니요, 도처에 은닉해 있는 빈틈을 찾아내는 데 의미가 있다고는 하지만, 실제 대다수의 아이들은 이러한 적극성과는 거리가 있다. 질문은 그 수동성을 전환시키는 출발점인 것이다. 서준이의 질문은 아이들뿐만 아니라 나의 각성을 촉발시켰고, 책을 다시 읽어 보는 계기가 되었다.

작가는 분명 어떤 보상도 바라지 않는 진정한 우정을 이야기하고자 했을 것이다. 그러나 진정한 우정으로 육박해 오는 구체적인 사건이 그려지지 않다 보니, 물질이나 상장 같은 잔상이 비집고 나오는 게 당연하다. 게다가 배려의 대상이 된 장애인은 철저하게 타자화되고 말았다. 그들은 착하고 순종적인 타자성을 증명하는 것으로 '이웃—되기'를 시도한다. 화를 내야 할 상황에서도 참고 인내하는 석우는 욕망하는 주체와는 거리가 멀다. 자신의 생각을 스스럼없이 드러내는 영철이와는 뚜렷하게 구별되는 점이다. 그리고 아이들도 이러한 문제를 조금씩 인식하기 시작한 듯했다. 소수자의 권리를 당당히 주장했던 목기린 씨(이은정 『목기린 씨, 타세요!』, 창비 2014)가 소환되면서 자신의 의견을 드러내는 독자들은 더욱 많아졌다. 똑같은 독자이지만 토론 이전과 이후의 그들은 사뭇 달라졌음을 느낀다. 그 변화의 진폭이 곧 독자 개개인이 확장한 지평의 넓이일 것이다.

한편 발견하는 독자의 모습은 미학적 범주에서도 심심찮게 눈에 띈다. 그림책의 경우, 그림에서 의미를 찾아내는 어린이의 감각은 어른을 능가할 때가 적지 않다. 모리스 센닥(Maurice Sendak), 존 버닝햄(John Burningham), 앤서니 브라운(Anthony Browne)의 대표작들에 대한 분석은 비록 그 표현이 유려하지 않을지언정 어린이 독자가 미성숙하다는 주장에 견제구를 던지기에는 충분해 보인다. 매끈하지 않고, 직접적이지 않기에 그들의 상상력은 외려 더욱 적극적으로 발동되는 듯하다. 동화나 소년소설에서도 마찬가지이다. 찜찜함을 남긴다며 별로 좋아하지 않는 열린 결말도 상상력을 채우는 빈틈으로 활용되는가 하면, 쉽게 드러나지 않는 진실은 갑론을박을 유도하는 빌미가 되기도 한다.

그러고 보면 토론은 아이들이 텍스트를 발견하는 과정이면서 동시에 새로운 독자가 발견되는 순간이기도 하다. 익숙한 패턴, 이해하기 쉬운 이야기, 빠른 호흡의 전개를 선호하면서도 이것과 늘 부합하지 않는, 새로운 유형의 독자들을 만날 수 있는 순간이다. 이때 아이들에게 또는 교사(어른)에게 최소한의 매뉴얼을 제공하는 것이 비평의 역할이라 할 것이다. 넘어서야 할 안전지대가 어디이며, 기꺼이 배반해야 할 가치들은 무엇인지를 제시해 놓은 매뉴얼 말이다.

5. 다시, 독자는 '독자들'이다

너무도 당연한 말이지만 독자는 곧 '독자들'이다. 텍스트는 독자나 필자의 관점에 따라 달라질 따름이지만, 대중은 그 자체로 시시각각 변화하며 요동치는 존재들이다. 게다가 '어린이 독자들'은 비끄러매기 어려울 만큼 복잡하며 어디로 튈지 모르는, 그야말로 불확실한 존재들이다.

앞서 독자를 무지개떡에 비유한 것은 그 불확실함에 조금이나마 구체성을 부여하기 위한 시도였다. 말대로라면 일곱 가지 빛깔 정도는 제시했어야 구색이 맞겠지만, 세 가지를 제시하는 데 그치고 말았다. 수동적인 독자, 자발적인 독자, 발견하는 독자로 정리할 수 있겠으나, 이 또한 뚜렷하게 구분 지을 일은 아니다. 이 모두는 결국 하나의 존재 속에 놓여 있기 때문이다. 발견하는 독자가 가장 매력적인 빛깔임은 분명하지만, 아이들이 원하는 바에 주목하지 않는다면 이 또한 어른의 욕망에 그치고 말 것이다.

한 가지는 확실해 보인다. 아이들의 상상력과 감각을 길들이지 않되 기대지평은 확장해 나가야 한다는 것. 전자가 필연성의 세계라면 후자는 가능성의 세계라 하겠다. 그중에서도 아이들 본연의 상상력과 감각을 관찰하는 일이 우선적인 과제로 보인다. 독자의 자발성이 발동되는 책들을 모아서 그 특징을 분석하는 일과 그러한 책에 대한 아이들의 반응을 분석하는 일이 동시에 진행되어야 할 것이다. 그들이 원하는 바가 무엇인지 전제되지 않고서는 기대지평의 확장도 난망하기 때문이다. 이것은 결론이자 또 다른 글을 위한 서론이다.

젠더로 풀어 본 교과서 속 문학 이야기

1. 뻔한 교과서에 딴지 걸기

'교과서적(教科書的)'이라는 말을 교과서적으로 풀어 보면 이렇다. 교과서라는 명사에 동작의 진행이나 상태를 나타내는 의존명사 '적(的)'이 붙어서 만들어진 관형사, 그런데 언제부터인가 이 말이 굳어져 명사로도 쓰이고 있음. 해당 분야에 모범이 되는 것을 뜻하지만, 판에 박혀서 현실적이지 않다는 부정적인 의미를 내포하기도 함.

딱딱하다 못해 기계적으로 느껴지는 이 설명 속에 의외로 흥미로운 점이 눈에 들어온다. 우선 꾸며 주던 말이 이름씨가 되었다는 점인데, 그만큼 많은 사람들의 입에 오르내렸다는 증거일 것이다. 그 의미는 말의 사용처에 따라 긍정과 부정으로 나뉜다. 이를테면 야구선수에게 교과서적인 스윙이라는 말은 최고의 상찬이겠으나, 해설자에게 교과서적인 해설이라는 말은 비꼬는 소리로 들리는 것처럼 말이다. 여기서 또 하나 흥미로운 것은, 교과서적이라는 말과 접속하는 대상이 정신적 영역에 가까울수록 부정적 뉘앙스가 강하다는 사실이다. 교과서적 지식, 교과서적인 사고, 교과서적인 사람. 이때 교과서는 여지없이 부정적 의미로 배치되고 만다. 진부하고 도식적이고, 현실과 동떨어진 것을 총칭하는 의미인 것이다.

문학이 교과서와 접속할 때 기대치가 낮아지는 것도 이러한 맥락이 아닐까 싶다. 문학이 세계와 불화하며 어디로 튈지 모르는 무한한 상상력을 속성으로 한다면, 교과서는 생득적으로 표준화와 사회화를 추구하기 때문이다. 내가 교과서 문학 제재에 드러난 성역할의 문제를 다뤄 본다고 했을 때, 주변 반응이 탐탁지 않았던 이유이기도 할 것이다. 어떤 이는 안 봐도 뻔한 것들의 사례를 구체적으로 열거해 주기까지 했다.

"여자보다 남자 주인공이 많을 게 뻔하고, 엄마는 주로 집안 살림하고 아빠는 회사 다니는 가장의 역할이 많겠지? 삽화에서도 성차별 문제가 심각하다는 신문 기사를 봤던 거 같은데, 사실 뭐 깜짝 놀랄 일도 아니잖아?"

분명 그의 대답은 의문문이 아닌, 자신의 생각을 확증하는 설의법에 가까웠다. 그리고 일일이 숫자를 세어야 했던 나의 지난한 시간은 그 확증에 대한 근거를 추수하는 과정과 다르지 않았다. 들인 품이 아쉽지만 떡하니 본문에 내놓기가 머쓱해진 상황이 벌어지고 만 것이다.[1]

그런데 가만히 생각해 보면 우리가 교과서를 분석하는 방식이 대체로 이런 식이었다. 남자와 여자 중에 비중이 많은 쪽은 어디인지, 삽화

---

1 3~6학년 국어 교과서에서 서사문학, 그중에서도 남자, 여자 주인공이 비교적 뚜렷하게 드러나는 작품 42편을 살펴본 결과, 여자 주인공이 차지하는 비중은 약 28퍼센트 (12명) 정도였다.

나 등장인물의 성역할이 어떤지를 표면적으로 나열하는 것 말이다. 그야말로 교과서적인 접근 방식이 아닌가. 물론 이러한 연구가 무의미하다는 뜻은 결코 아니다. 문제는 이러한 자료들을 바탕으로 본격적인 비평적 논의가 이루어지지 않고 있다는 데 있다. 교과서의 역할이 중요하다는 것을 인정하면서도 정작 문학 제재에 대한 비평적 관심은 턱없이 부족했던 게 사실이다. 어쩌면 비평가나 연구자들조차 '그 뻔한 것을'이라며 지레 확신하고 있는지도 모르겠다.

더군다나 여성주의 담론이 빠르게 성장하고 있는 상황에서 교과서 작품은 그만한 점검이 이루어지지 못하고 있는 게 사실이다. 교과서에 실릴 당시에는 별다른 문제가 없었거나 혹은 꽤 진보적인 편에 속했던 작품이었더라도 지금의 현실감각 위에서 어떤 위치에 있는지는 따져봐야 할 일이다. 또한 교과서에는 의외로 탈 교과서적인 작품도 적지 않다. 진부함의 실체를 따져 묻는 동시에 경계 밖의 텍스트는 전력을 다해 그 의미를 알려야 할 일이다. 그럼 우선 '교과서적인 영역'부터 살펴보기로 하자.[2]

2. 젠더에 오작동을 일으키는 삽화

삽화는 교과서를 구성하는 중요한 내용(content) 중 하나다. 학습자의 학습동기를 유발하는 기능에서부터 교과 내용의 이해와 전달, 기억을 돕는 기능을 수행한다. 교과서의 젠더 문제가 지적될 때마다 삽화가

2 이 글에서 다룬 교과서는 '2009 개정 교육과정'임을 밝혀 두는 바이다.

도마 위에 오르는 것도, 이미지가 기억의 전이와 밀접한 연관성이 있기 때문이다. 삽화의 문제는 국어 교과서도 예외는 아니다. 4학년만 보더라도 일상생활 속 풍경은 '아빠―회사', '엄마―가사'라는 도식이 완강하게 작용하고 있다(4-1, 78면; 4-2, 80면). 요리하는 과정을 설명하는 장면에는 여자아이가(5-1, 243면), 장난꾸러기로는 남자아이가 등장한다. 성별에 따른 직업의 위계의식도 여전하다. 정치인이나 뉴스 아나운서가 남자라면 기상 캐스터나 리포터는 여자가 담당하는 식이다(4-2, 233면).

그렇다면 문학 제재 쪽의 상황은 어떨까. 위에서 열거한 것에 비하면 표 나게 드러난 문제는 확실히 덜해 보인다. 아니 정확하게 말하자면 진지하게 고민된 바가 별로 없다 보니 발견된 사실이 그만큼 적다고 해야 할 것이다. 삽화는 그 자체가 문학작품을 구성하는 요소 중 하나다. 실제로 국어수업에서 삽화는 이야기를 예측하는 등 다양한 맥락으로 활용되고 있다. 따라서 부적절한 삽화는 작품 전체에 상당한 영향을 미치기도 한다.

그림과 친연성이 강한 시의 경우에는 더욱 세심한 접근이 필요하다. 최근 교과서의 삽화 수준이 많이 향상된 것은 부인할 수 없지만, 젠더적 감각은 여전히 둔감해 보인다. 물웅덩이에 비친 하늘과 구름과 별을 관찰하고 있거나(황베드로 「작은 것」, 4-1)[3], 나무 그늘 아래에서 감상에 젖어 있는(조정인 「목련 그늘 아래서는」, 6-1) 아이가 있다면, 여지없이 볼이 발그레한 소녀가 등장한다. 다음은 조정인의 「목련 그늘 아래서는」(15면)의 전문이다.

---

3 이 글에서 서지사항은 작가, 교과서 수록 제목, 학년-학기 순서로 표기하기로 한다. 또한 교과서 『국어』는 별도로 명시하지 않되 『국어활동』인 경우에만 '국활'로 줄여서 표기하기로 한다.

목련 아래를 지날 때는
가만가만
발소리를 죽인다

마른 가지 어디에 물새알 같은
꽃봉오리를 품었었나

톡
톡
껍질을 깨고
꽃봉오리들이
흰 부리를 내놓는다
톡톡,
하늘을 두드린다

가지마다
포롱포롱
꽃들이 하얗게 날아오른다

목련 아래를 지날 때는
목련꽃 날아갈까 봐
발소리를 죽인다

목련꽃이 피는 과정을 알에서 깨어 나오는 새에 비유한 시다. 꽃이 피는 과정에 몰입하고 있는 화자는 남다른 감수성을 지닌 아이임에 분명하다. '발소리를 죽인다'로 시작해서 마지막에 다시 '발소리를 죽인다'로 끝날 만큼 화자는 침착하면서도 섬세한 모습이다. 다만 그러한 감수성이 곧 소녀를 의미하는 것은 아닐진대, 삽화에서는 두 손을 모으고 감상에 젖어 있는 소녀를 등장시킴으로써 그 사실을 확증해 놓고 있지 않은가. 실제로 아이들은 시적 화자와 삽화 속 소녀를 동일한 인물로 인식하는 반응을 보였다. 목가적인 풍경과 티 없이 맑은 소녀라는 도식이 삽화를 매개로 자연스럽게 학습되고 있는 셈이다.

그럼 소년이 등장하는 장면은 언제일까. 짝짝이 양말(권영상 「짝짝이 양말」, 5-2)이나, 구멍 난 양말(류호철 「발가락」, 3-2)을 신고 있는 아이가 필요할 때다. 물론 텍스트 어디에도 성별을 확정 지을 만한 단서는 없다. 오직 삽화가 그 역할을 할 뿐이다. 「짝짝이 양말」을 수업할 때 일이다. 교과서에 나와 있는 질문 그대로 "시에서 말하는 이가 누구인가" 물었다. "구멍 난 양말을 신은 아이요"라는 대답이 즉각적으로 나왔고, 나머지 아이들은 모두가 그런가 보다 하는 분위기로 흘렀다. 저 아이가 한 대답이 곧 정답일 거라는 암묵적인 동의였던 셈이다. 나는 참고서 정답지에 있는 답변이 아닌 아이들의 실제 마음이 궁금했다. 그래서 이번에는 시에서 말하는 이를 그림으로 표현해 보자고 했더니, 훨씬 솔직한 마음의 소리가 들렸다. 성별이 모호하게 그려진 몇 명을 빼고는 하나같이 개구지게 생긴 남자아이들인 데다가 그 생김새가 교과서 삽화와 크게 다르지 않았던 것. 삽화 속 인물을 시의 화자와 동일시하는 경향이 다시 한번 증명된 셈이다.

한편 성별에 따라 동물을 패턴화하는 문제도 짚고 넘어가야 할 대목이다. 이를테면 '고양이―여자', '개―남자'라는 도식은 교과서에서 쉽게 찾아볼 수 있다. 3, 4학년 교과서만 하더라도 「동주의 개」(남호섭, 3-2), 「안녕, 굿모닝?」(한정영, 4-1), 「고양이야, 미안해」(원유순, 4-1) 등이 그러하다.[4] 삽화가 화자의 성별을 결정하는 것도 마찬가지이다. 5학년 교과서에 실린 시 「고양이 발자국」(유희윤, 5-1)은 시 제목 그대로 고양이 발자국만 그려 놓았어도 충분했을 뻔했다. 소녀의 등장은 이 시를 감상하는 데 괜한 선입견만 제공할 뿐이다. 고양이 발자국이 꽃으로 도약한 상상력이 소녀의 등장으로 외려 진부해진 셈이다.(다음 장에는 「고양이 발자국」을 강아지의 관점에서 쓴 시가 실려 있는데 글쓴이의 이름이 '현준'이라고 하니 남자아이일 가능성이 커 보인다.)

시만큼은 아니어도 서사 제재에서도 삽화의 오작동은 종종 발견된다. 3학년 『국어활동』(이하 '국활')에 나오는 「짜장 짬뽕 탕수육」(김영주, 3-1 국활)의 경우를 보자. 이야기는 "종민이 아버지와 어머니는 일찍부터 장사 준비를 합니다"로 시작한다. 제목에서 알 수 있듯 중국집을 운영하는 부부인데, 두 사람은 음식 재료 손질에 여념이 없다. "어머니는 양파 껍질을 한 켜 한 켜 벗겨서 바구니에 수북하게 모아"가고, 아버지는 "당근, 오이 등을 또닥또닥 자"르기에 바쁘다(244~45면). 그런데 어찌 된 영문인지 대문짝만하게 그려진 삽화에는 양파 껍질을 벗기고 있는 어머니의 모습만 오롯하다. 첫 장면을 묻는 질문에 아버지의 존재는 사라지고 "엄마가 식당 준비를 하고 있어요"라고 대답한 아이들이 많았던 것도 이 때문이다.

맞벌이 부부의 정신없는 아침 풍경은 「아무도 모를 거야, 내가 누군

---

4 여기에는 신화나 정신분석학이 동원되어야 할 필요가 있어 보인다. 이에 대해서는 마리 루이제 폰 프란츠 『융 심리학과 고양이』, 심상영 옮김, 한국심층심리연구소 2007 참조.

지」(김향금, 3-1 국활)에서도 등장한다. 본문에 제시되기론 "빨리빨리, 시간 없어"를 외치는 아빠와 "서둘러요. 늦었다고요"(15면)를 외치는 엄마의 말이 전부다. 원작이 그림책임을 감안한다면 삽화를 통해 구체적인 정보를 얻을 수밖에. 그런데 그림을 보아하니 뭔가 공평하지 않은 느낌이다. 아빠는 다리미로 자기 바지를 다리면서 한 손으로는 부인이 해 준 토스트를 먹고 있다. 바쁜 아침에 다리미질이 어디냐 하겠지만 엄마 쪽을 보면 그런 말이 무색해진다. 한 손으론 아이 머리를 빗기고, 다른 한 손으론 프라이를 구우면서 귀와 입은 전화 통화를 하느라 '열일' 중이지 않은가. 자기 머리는 '구르프'에 맡겨 둔 채로 말이다. 아빠가 들고 있는 다리미만으로는 가사일 분담의 균형을 맞추긴 어려워 보인다. 이러한 삽화들은 우리 안에 무의식적으로 내재된 성역할의 관념을 엿볼 수 있는 단면이라 할 것이다.

3. 엄마, 숭고하거나 철이 없거나

새삼스러운 말이지만 여성을 악마로 묘사하거나 어린이를 천사로 추어올리는 것은 기득권의 질서를 유지하는 수단 중 하나였다. 타자화의 메커니즘은 주체와 뚜렷하게 구별 짓기 위한 수단인데, 그 과정에서 타자는 극단적으로 다른 모습으로 호명되곤 한다. 모성주의가 마녀의 이미지 못지않게 불편한 까닭이다. 박선미의 「우리 엄마」(4-2, 144면) 전문을 보자.

자다가도 아프면

쪼르르 달려가는

응급실

약 챙겨 주고

이마에 물수건 올려 주고

밤새 따뜻한 불 환히 켜 놓는

안방 응급실

치료비 공짜

친구에게 따돌려 슬플 때

터덜터덜 찾아가는

편의점

호빵처럼 따끈한 손길

아이스크림처럼 달콤한 목소리

안방 편의점

무조건 공짜

우리 엄마는 '아플 때, 슬플 때, 언제든지' 달려오는, 아니 달려와야만 하는 존재로 요약된다. 학습목표는 비유를 아는 것이지만, 원관념과 보조관념의 관계가 너무나 익숙하다 보니 비유의 매력이나 효과를 느끼게 될지도 의문이다.[5] 자신의 경험과 연결하는 과정에서도 아이들은 마치 똑같은 부모 밑에서 자란 아이들처럼 비슷한 반응을 보였다. 그나마 짧은 몇 마디가 오갔을 뿐이다. 저학년이라면 서로 앞다투어 비슷한 경험을 쏟아 냈겠지만 4학년에겐 시큰둥할 수밖에 없다. "가슴이 넓"은 엄마, "못하는 게 없는" 아빠(박필상 「바다」, 4-1, 293면)를 자랑할 만한 시기는 이미 지났기 때문이다. 고학년에 접어든 아이들에게 부모는 그렇게 단순한 존재가 아니다.

다시 「우리 엄마」의 수업 현장으로 돌아가 보자. 실재하는 엄마의 모습이 궁금했던 나는 교과서를 덮고 이미지 카드를 꺼냈다. '엄마' 하면 연상되는 카드를 골라 보자고 했더니 감시 카메라, 입에 마개를 물린 소, 맛있는 음식, 산불 등 다양한 레퍼토리들이 책상 위에 올라왔다. 그중에서도 산불에 비유했던 아이의 설명이 가장 기억에 남는다.

"우리 엄마는 산불 같아요. 평소에는 산처럼 든든하고 아주 고마운 분이지만 열받으면 산불처럼 아주 무섭거든요. 한번 시작하면 잘 안 끝나는 것도 산불하고 비슷해요."

부모는 가장 든든한 울타리이자 나를 가장 억압하는 존재다. 아이는 산불을 통해 그 이중성을 절묘하게 설명해 내고 있지 않은가. 그에 비하면 우리의 교과서는 지나치게 신성하고 거룩한 '산'의 이미지만 강조하고 있는 것은 아닌지 곰곰이 생각해 봐야 할 대목이다.

한편 이 와중에 힘들어서 못 해 먹겠다며 집안일을 내팽개친 엄마가 등장했으니, 그것만으로도 관심이 쏠리는 일이다. 5학년 교과서에서 꽤 오랜 기간 파업을 이어 가고 있는 「엄마는 파업 중」(김희숙, 5-2)의 엄마가 바로 그 주인공이다. 모성주의라는 허물을 벗어던진 데다, 집안일에

---

5 바로 다음 장에는 이 시를 이용하여 바꾸어 쓰기를 시도한다. 예시로 「우리 할아버지」라는 시가 실려 있는데, 이때 할아버지는 '장난감이 고장 나면 쪼르르 달려가는 만물상'으로 비유되고 있으며, 무엇이든 뚝딱뚝딱 고쳐 주는 능력자임을 강조하고 있다.

파업이라는 쟁의행위를 연결시킴으로써 가사를 노동의 문제로 확장시킨 점도 신선하게 다가온다. 덕분에 「엄마는 파업 중」은 페미니즘 성향을 보여 주는 작품으로 인정받아 온 게 사실이다.

그러나 이제는 파업을 풀고 미루나무 위에서 내려올 시기가 된 듯하다. 소재나 착상이 신선하다는 평가도 더 이상은 무리가 있다. 유통기한이 짧은 이유는 엄마의 미미한 존재감과 비례한다. 집안일에 지친 엄마가 향한 곳은 아이들이 평소 놀던 아지트(미루나무 위). 재미있는 상상력이 도약할 수 있는 공간이지만 결국은 엄마의 퇴행을 증명하는 곳이 되고 말았다. 엄마는 그곳에서 자신의 힘든 점을 토로하는 것 외에 주변을 변화시키기 위한 어떠한 노력도 기울이지 않는다. 기왕에 파업이라는 단어를 선택했다면 그 주인공을 노동자로 그렸으면 하는 아쉬움이 남는다. 노동자(勞動者)란 말 그대로 힘써〔勞〕 변화를 이끌어〔動〕 가는 사람〔者〕이 아닌가. 한데 이 작품에서 서사를 이끌어 가는 주체는 큰딸 수지다. 아이의 성숙한 모습은 엄마를 철부지로 대비시킬 뿐이다. 미루나무가 파업 장소라기보다는 유아적인 도피처로 읽히는 것도 이 때문이다. 힘든 가사노동의 현실을 알렸다는 것, 이 작품의 역할은 여기까지였다고 본다. 새로운 교과서에는 한층 진보된 엄마가 등장해 주었으면 하는 바람이다.

4. 시어머니, 할머니의 또 다른 이름

시골 노인보다 도시 노인의 수가 많아졌다고 한다. 그만큼 손자들과의 접점도 커졌고, 덩달아 아동문학에서 노인이 차지하는 비중도 커지고 있다. 그런데 여전히 노인의 형상은 시골 노인을 크게 벗어나지 못하고 있는 듯하다. 가난, 질병, 사투리, 희생이라는 굴레에 갇혀 있고, 제 이름조차 갖지 못한 노인이 다반사다.[6] 그중에서도 교과서의 경우 가난한 노인의 이미지가 가장 많이 노출되고 있다. 남루한 옷차림에 국밥 한 그릇을 손자에게 양보하거나(김병규 「백 번째 손님」, 6-2), 폐휴지를 주우며 생계를 이어 가기도 한다(유순희 「우주 호텔」, 6-1; 정연철 「딱 하루만 더 아프고 싶다」, 3-2). 「발레 하는 할아버지」(신원미, 3-2), 「안녕, 굿모닝?」(한정영, 4-1)에 나오는 할아버지도 가난이라는 상황을 배면에 깔고 있기는 마찬가지이다.

그런데 할아버지와 할머니, 두 인물층 사이에는 미묘한 온도차가 존재한다. 짐작했겠지만 할아버지 쪽의 공기가 한층 따뜻한 편이다(이것은 아빠가 그려지는 양상과도 흡사하다.[7] 「염소 탓」(성명진, 5-2)의 할아버지는 할머니와 다투고 나와서는 그냥 집에 들어가기가 멋쩍은 상황이다. 애꿎은 염소를 핑계 삼아 집 안으로 딸려 들어가는 할아버지의 모습은 가부장적인 권위는커녕 어린아이처럼 귀엽기까지 하다. 또한 손자를 따라서 창문 너머로 발레 동작을 따라 하는 할아버지도 있다(신원미 「발레 하는 할아버지」, 3-2). 남자아이가 발레를 배운다는 것이 마뜩지 않으면서도 손자를 위해 몸 개그를 마다하지 않는 할아버지는 독자의 마음을 훈훈하게 한다. 유기견과 우정을 키워 나가는 할아버지도 이러한 범주 안에 있다 할 것이다(한정영 「안녕, 굿모닝?」, 4-1).

---

6 김윤 「노인 인물의 유쾌한 전복을 위하여」, 『어린이책이야기』 2016년 가을호 참조.
7 가난한 가족을 위해 몰래 20달러 지폐를 꺼내 바닥에 떨어뜨리거나(댄 클라크 「선물」, 5-2), 캠핑장에서 기타 치는 아빠의 모습으로 그려지기도 한다(이규희 「아빠 좀 빌려주세요」, 5-2).

반면에 할머니는 상대적으로 차갑거나 부정적인 이미지가 우세하다. 그 속에는 따따부따 잔소리쟁이 캐릭터가 한몫을 차지한다. 갈등의 상대는 며느리이거나 아줌마다. 버르장머리 없는 장면을 그냥 못 지나치고 엄마에게 한 바가지 잔소리를 쏟아 내던 할머니도 그렇지만(강민경 「아드님, 진지드세요」, 4-1, 국활) 가장 기억에 남는 인물은 「십자수」(이금이, 5-2, 국활) 속 할머니이다. 아들 집에 놀러 갔던 할머니는 며느리와 심한 갈등을 겪는다. 아들이 집안일을 돕고 손자가 십자수를 놓는 것이 심히 못마땅했던 것. 남녀유별(男女有別)을 외치는 할머니의 주장에 며느리도 가만히 있지 않는다. 이때 어머니의 편을 드는 남편과 짐을 싸서 나가는 시어머니의 모습은 주말 드라마의 한 장면처럼 익숙하다.

작가는 고착화된 성역할의 문제를 다루고, 선재 아빠의 변화된 모습을 초점화하고자 했을 것이다. 그러나 성숙하게 변화된 남자들에 비하면 여자들(할머니, 며느리)은 끝까지 부정적 이미지로 남아 있다. 할머니는 악한 어머니, 즉 '시어머니'의 전형으로 등장하고 홀연히 퇴장해 버린다. 성숙해진 남자들을 내세워 봉합을 시도하지만, 이는 오히려 여성의 부정적 이미지를 강화하는 빌미가 되고 말았다. 아들의 입맛을 돋워 주기 위해 예고 없이 방문을 즐기는 시어머니나 그런 시어머니가 못마땅한 며느리에게는 어떠한 변화도 일어나지 않았기 때문이다. 이 시어머니 역시 남존여비(男尊女卑) 전통이 만들어 낸 희생자라는 인식이 부족했던 것, 그 점이 못내 아쉽다.

5. 전혀 교과서적이지 않은 소녀들

앞에서도 말했듯이 양적으로 보면 문학 제재에서 여자 주인공이 차지하는 비중이 상대적으로 작은 게 사실이다. 그런데 차지하는 비중에 비하면, 문제적인 여자 주인공들이 차지하는 바가 적지 않은 편이다. 인종 간의 차별이 합법이었던 시절, 악법은 법이 아니라며 '짱돌'을 던졌던 사라(윌리엄 밀러 「사라, 버스를 타다」[8], 5-2), 바이올린 연주자를 시키려는 엄마를 향해 화려한 축구 드리블로 맞서는 롤라(로드리고 무뇨스 아비아 「나는 천재가 아니야」, 4-2, 국활), 당당한 주체로 거듭난 카밀란(데이빗 섀논 「줄무늬가 생겼어요」, 5-2, 국활), 떼쟁이 동생을 시장판에 내놓겠다며 길을 나섰던 짱짱이(임정자 「내 동생 싸게 팔아요」, 3-1) 등은 어느 남자 주인공 못지않게 개성과 호기가 넘친다. 이들은 적어도 '교과서적'이라는 말과는 어울리지 않는 인물들이다.

그리고 지금 소개할 주인공들은 좀 더 각별한 관심을 갖고 보아 주길 바란다. 첫 번째는 화려한 궁중 의상이 아닌 종이 봉지를 걸치고 왕자를 구출하러 나섰던 '종이 봉지 공주'(로버트 문치 「종이 봉지 공주」, 3-2). 서구 로맨스의 역사에서 '왕자-공주-용'이라는 삼각형 구도는 가장 애용되었던 페이지 중 하나다. 악으로 대변되는 용이 아름다운 공주를 잡아가면, 정의의 사자(왕자, 기사)가 나타나 악을 응징하고 공주를 구출하는 이야기 말이다. 이 삼각형은 남성 중심 서사를 구축하는 단단한 틀이라 해도 과언이 아니다. 요즘에는 이 시스템에 고장을 일으키려는 시도

---

8 미국 흑인 민권운동의 촉발점이 된 로자 파크스(Rosa Parks)의 이야기를 바탕으로 한 작품이다.

가 제법 있는데 「종이 봉지 공주」도 그중 하나일 것이다. 더군다나 교과서에서 만나는 것이기에 기쁨은 두 배가 되는 듯하다.

첫 번째 장을 열자마자 하트가 만발하는 공주와 시크하게 다른 쪽을 응시하는 왕자의 모습이 한눈에 들어온다. 친숙한가 싶으면서도 뭔가 낯설다. 우리가 알던 공주는 이토록 적극적으로 애정을 표현하지 않거니와 훨씬 더 화려하고 예쁘게 치장돼 있기 때문이다. 엉뚱한 상상력은 용이 공주가 아닌 왕자를 잡아가면서부터 도약하기 시작한다. 용이 내뿜은 불에 옷이 홀라당 타 버린 공주, 왕자를 구하러 가기 위해 종이 봉지로 된 옷을 입는 장면은 매우 상징적이다. 빛나는 갑옷으로 상징되는 남성의 허식을 폭로하기 위한 장치로 읽히기 때문이다. 종이 봉지 공주는 남성들과는 전혀 다른 싸움의 기술을 보여 준다. 강인한 완력과 용맹성이 아닌 말(지혜)로 싸워 이기는 방식인 것이다.

진정한 반전은 마지막 장에서 완성된다. 자신을 구하러 온 공주를 대하는 왕자의 표정이 심상치가 않다. 그의 표정에는 고마움은커녕 불만이 한가득이다. 왕자는 이 와중에 공주답지 못한 그녀의 행색이 마뜩지 않았던 것이다. 공주는 비로소 자기가 그토록 사랑했던 왕자의 진짜 모습을 볼 수 있는 눈을 갖게 된다. 왕자를 찾으러 갔다가, 진짜를 알아볼 수 있는 눈을 얻게 된 것이다. 요컨대 「종이 봉지 공주」는 여성이 남성을 구원하는 서사이자 남성에게 예속되었던 자아가 당당한 주체로 거듭나는 이야기인 것이다.

다음으로 소개할 주인공은 「무기 팔지 마세요!」(위기철, 5-2, 국활)에 나오는 보미와 제니이다. 이 작품이 『국어활동』에 실린 게 다소 아쉽지만, 공교육에 진입한 것만으로도 문학 제재의 평수가 한층 넓어진 기분이다. 두루 알다시피 이 작품의 주제는 '어린이의 작은 힘이 세상을 바꾸고 평화를 이룰 수 있다'로 요약할 수 있다. 하지만 진짜 판독해야 할 의미는 따로 있다. 세상을 바꿔야 평화가 올 수 있고, 그것은 불가불 싸움을 동반할 수도 있다는 것.

보미와 제니는 그 투쟁의 대열에 앞장선 아이들이다.「무기 팔지 마세요!」에서 무기는 폭력과 그것을 정당화하려는 '남성'들로 대변된다. 무기를 지지하는 정치인들을 늑대에 비유한 것도 같은 맥락이다. 반면에 무기의 반대편에는 '자매들'이 자리한다. 비비탄 총알 하나로 시작된 보미의 싸움은 단짝 민경이, 전교 어린이 회장 단비가 합세하면서 여자들로만 구성된 28명의 '평화 모임'이 결성되기에 이른다. 한편 지구 반대편에서는 평화 모임의 기사를 접한 제니가 평화의 시발점이 된다. 여기에 제니의 연설에 감동한 앤더슨 아줌마가 연대의 손을 내민다. 20년 동안이나 사회봉사 활동을 해 온 앤더슨 아줌마 덕분에 '늑대 손'을 가려내기 위한 평화운동은 정치인 낙선운동으로까지 이어진다. 여기서 주목해야 할 것은 '진짜 엄마'의 구성원이 노인들이라는 것, 그중에서도 할머니들이 모임을 주도하고 있다는 사실이다.

그러니까「무기 팔지 마세요!」는 무기로 상징되는 폭력에 대항하는 자매들의 힘을 보여 주는 작품이라 할 것이다. 보미, 제니, 앤더슨 아줌마는 각각 소녀와 할머니라는 정형화된 유형을 과감하게 벗어던진 인물들이다. 여성주의 관점에서 이 작품은 다시금 주목받아야 할 필요가 있어 보인다.

6. 교과서 밖에서 풀어야 할 숙제

이데올로기는 일상의 안온함과 자연스러움을 통해 강력한 힘을 발휘한다. 미디어는 그 단적인 사례다.[9] 세계 여러 나라를 대표하는 패널들이 죄다 남자들인 상황을 보면서도(JTBC 토크쇼 「비정상회담」), 우리는 그들의 입담과 다양한 문화에 감탄하기에 바쁘다. 성적인 대상으로 타자화했던 외국인 여성들의 수다(KBS 토크쇼 「미녀들의 수다」)를 떠올릴 겨를은 더더군다나 없다. 일상 속에 자연스럽게 스며든 굴절된 관습은 누군가 끄집어내기 전까지는 매우 정상적인 가치로 작동하기 마련이다.

문제의 심각성은 다르지만 교과서도 일면 미디어와 유사한 운명을 지닌다. 그렇기 때문에 당연하게 받아들여야 할 가치로 포장된 채 은밀하게 이데올로기를 실어 나르고 있는 것은 아닌지 끊임없이 의심해 봐야 한다. 앞에서 언급한 것들은 그 은밀함의 최소 깊이만을 파고든 것에 불과하지만 서둘러 재고해야 할 지점이기도 하다. 시적 화자의 성별을 삽화로 유형화하는 양상은 우리가 관습적으로 받아들이는 성역할의 단면을 보여 준다. 시와 그림의 친연성을 감안하여 삽화는 세심하게 고민되어야 할 것으로 보인다. 또한 여성(어머니, 할머니)과 남성(아버지, 할아버지)을 부정과 긍정의 이미지로 형상화하는 것, 여성을 모성과 희

---

9 존 피스크와 존 하틀리의 주장에 따르면, 미디어는 주류의 가치관을 주입하는 데 있어, 시청자들로 하여금 '나도 거기에 합의했다'라고 하는 착각에 빠트린다고 한다. 미디어가 대중에게 이질감 없이 지배 이데올로기를 주입하기가 쉬운 것도 이 때문이라는 것이다. John Fiske and John Hartely, *Reading Television*, London: Methuen 1978(페리 노들먼 『어린이 문학의 즐거움 1』, 시공주니어 2001, 211면에서 재인용).

생의 범주 안에서만 그 가치를 인정하려는 왜곡된 모성주의는 시급히 벗어나야 할 기율들이다. 덧붙여, 역사동화에 유독 남자 주인공들이 많은 것도 짚고 넘어가지 않을 수 없겠다.[10]

반대로 문학적 가치가 높은 작품들은 그 활용 방안에 대한 적극적인 고민이 필요하다. 제재 비평을 강조하는 것도 이 때문이다. '줄거리 간추리기'라는 도구적 기능에 머물렀던 「종이 봉지 공주」를 떠올려 보자. 비평적 인식을 공유했을 때 닫혀 있던 텍스트가 또 다른 상상력의 세계로 확장되지 않는가. 기존의 공주 캐릭터들과 종이 봉지 공주를 비교해 보는 수업도 흥미로울 듯하다. 애니메이션도 그렇고, 동화, 그림책, 캐릭터 등에서 할 얘기가 많을 것이다. 이 과정에서 우리 일상에 고착화된 성역할의 사례를 하나 둘 끄집어낼 수 있다면 더할 나위 없겠다. 그 사이 아무도 모르게 달성된 학습목표는 덤일 뿐이다.

교육현장에서 이른바 '온작품 읽기'를 하고 있는 「무기 팔지 마세요!」도 마찬가지이다. 좋은 작품임에도 불구하고 교과서로는 다 볼 수가 없으니, 원문 전체를 읽혀 보자는 것이 기본 취지인 게다. 온작품 읽기는 문학교육의 새로운 희망으로 부상하고 있으며, 실제로 교과서의 한계를 상당히 보완해 줄 것으로 보인다. 이때에도 교사의 비평적 안목은 상당히 중요한 덕목이다. 평화에서 젠더에 이르기까지 이 작품을 수업에서 어떤 방식으로 연주할지는 작품의 심연을 들여다본 후에야 가

---

10 「책과 노니는 집」(이영서, 5학년)의 장이, 「마지막 왕자」(강숙인, 5학년)의 마의태자, 「초정리 편지」(배유안, 4학년)의 장운 등이 그러하다. 이들은 분명 존재감이 넘치는 주인공들이지만 여자 주인공을 볼 수 없다는 점은 못내 아쉽다. 전기문까지 확대해 보면, 여자 위인의 수가 적은 것은 물론이거니와 남자들과는 달리 외국인들의 비중이 크다는 점도 짚어 봐야 할 지점이다.

능할 것이다. 교육과정을 재구성하고 수업 지도안을 고민하는 것은 그다음이다.

신구 교육과정이 교차하고 있는 지금이야말로 비평적 소명이 더욱 활성화되어야 할 때다. 부디 많은 관심과 함께 정치한 논의가 이어지길 기대한다.

통증의 맛

중학교 2학년 영어 시간, 셰프(chef)를 체프라고 읽었다가 된통 창피를 당한 적이 있다. 체프, 아니 셰프는 나의 영어 발음에 있어 일종의 트라우마 같은 것이었다. 그런데 이 단어가 최근 대중매체에서 가장 뜨거운 이슈로 떠오르고 있다. '별에서 온 셰프' '셰프테이너' '셰프 맥가이버' 등 이른바 '먹방' 프로그램들이 디자인해 놓은 주방장의 유형만 해도 차고 넘친다. 안 그래도 단어 자체에 대한 기억이 좋지 않은 데다, 소림사인지 요리사인지 분간할 수 없는 요상한 몸짓으로 소금을 뿌려 대는 모습이라니. 여러모로 마뜩잖은 것투성이다. 그런데 한 달 전쯤인가, 문제의 볶음밥을 먹고 난 이후부터 돌연 호감도가 급상승하기 시작했다. 누구나 손쉽게 요리할 수 있는 데다 기존의 볶음밥과 그 맛이 사뭇 달랐기 때문이다. 대파를 크게 숭숭 썰어 넣었는데, 고것이 별스럽게도 입맛을 돋우었다. 새로운 맛의 세계는 꽤 신선하고 충격적이었다. 대파의 힘은 생각보다 셌다.

이번 계절(2015년 가을)의 창작동화를 음식에 비유한다면 새롭고 도전적이기보다는 평이하고 안정적인 차림새가 주를 이룬다고 할 수 있다. 저학년 또래의 아이들은 손이 갈 만한 밥과 반찬이 너무 적은 게 안타깝다. 지식 쪽 메뉴판은 몇십 장도 부족할 지경인데, 창작 쪽은 한 면을 채우기도 녹록지 않다. 그나마 고학년은 새롭지는 않더라도 어느 정도 포만감을 주기에는 무리가 없어 보인다. 양과 질, 두 가지 면에서 차림새가 가장 풍성한 쪽은 청소년문학이다. 그간 청소년소설에서 흔히 맛보지 못한 매운맛을 느낀 것은 큰 수확이다. 매운맛은 실제 혀에서 느끼는 고통이니, 엄밀히 말하면 통증의 맛이라 할 만하다. 알싸하면서 얼얼한 맛을 남기는 작품들을 만났다.

1. 돌연변이 탄생담의 출현

유년동화와 저학년동화의 위상은 환상을 기반으로 한 동화의 본질에서 논의되기 마련이다. 발달단계상으로도 이 시기 아이들은 환상과 자유로운 상상력을 좋아한다. 그런데 저학년 아이들 대상의 출판 시장은 상상의 힘보다는 기본 생활 습관에 더 많은 관심이 쏠린 듯하다. 이번 계절도 예외는 아니다. 일상에서 일어나는 에피소드를 통해 생활에 필요한 교훈과 덕목을 전달하는 이야기가 주를 이룬다. 그나마 작품성을 지닌 판타지 작품의 경우에도 어른의 무책임과 무능함을 드러내는 데 집중하다 보니 정작 아이들의 욕망이 생생하게 드러나지 못한 점이 아쉬웠다.

이런저런 이유로 한 권씩 내려놓고 보니, 저학년 대상의 책꽂이에는 천효정의 유년동화 『아기 너구리 키우는 법』(창비 2015)만이 덩그러니 남았다. 이 작품은 우리가 흔히 알고 있던 '다리 밑 업둥이' 이야기를 모티프로 삼아, 지금 아이들의 정서와 감각에 맞게 재창조해 낸 이야기다. "그래. 이제 너도 그런 걸 물어볼 만한 나이가 됐지."(9면) 이야기는 자신의 탄생담을 묻는 아이에 대한 화답으로 시작한다. 프로이트(Sigmund Freud)의 말을 빌린다면 성역할을 깨닫기 이전 무렵, 아이들은 스스로를 업둥이나 입양아로 여기는 심리 현상을 겪는다고 한다. 작품 속 아이가 딱 그 시기인지는 모르겠지만 '너, 사실은 다리 밑에서 주워 왔어'라는 그 전설적인 이야기가 나와야 할 시점인 듯하다. 이때 작가는 다리 밑 대신 동물 보호소를, 갓난아기 대신 너구리를 불러들인다. 엉뚱하고 돌발적이지만 꽤나 그럴싸한 상상력이다. 우리가 살고 있는 도시의 다리는 아기 울음소리를 들을 만큼 고요하지도, 그렇다고 친숙하지도 않은 데다, 굳이 천 년 묵은 여우의 변신이 아니더라도 신생아가 하루하루 성장하는 과정 자체가 변신의 수준과 크게 다르지 않기 때문이다. 이후 너구리를 키우는 과정은 육아를 경험한 부모만이 알 수 있는 세세한 상황과 감정 묘사로 채워져 있다. 발달단계가 조금이라도 뒤처지면 조바심이 들다가도 뭐 하나 잘하면 천재가 아니냐며 너스레를 떠는 엄마 아빠의 모습. 특히 한밤중 아이의 말똥말똥한 눈과 마주치는 공포는 육아를 경험한 어른들의 박장대소를 이끌어 낼 만하다. 출생담을 물어볼 나이가 된 아이들이 있다면 이 책을 함께 읽으며 희희낙락 지난 추억을 나눠 보면 좋겠다. 이 돌연변이 탄생담 덕분에 할 얘기가 많을 듯하다.

2. 반갑다, '초딩' 동아리

작가의 이름값으로만 따진다면 이번 계절에서 고학년 대상 장편동화의 무게감이 가장 묵직하다. 그 이름값이라는 게 언뜻 허망해 보이지만 기왕의 작품들에 대한 누적된 평가이고, 독자들의 반응에 대한 결과물임은 부인할 수 없다. 송미경과 이현의 신작을 서슴없이 찾아 읽고, 또 평을 남겨야 할 책무감이 든 연유다.

송미경의 『바느질 소녀』(사계절 2015)는 바늘 하나로 병든 동물을 치유해 주는 거지 소녀의 이야기다. 이전 작품들에 비해 한층 기묘해진 설정에 잠시 얼떨떨했던 게 사실이다. 소녀는 곱사등에 허름한 옷을 입었고, 인적이 드문 공원에서 쓰레기통에 버려진 음식을 주워 먹는다. 왜 하필 신비로운 능력의 소유자가 거지 소녀였을까? 소녀에게 치유받은 존재들을 늘어놓고 보자. 인간이 놓은 올무에 걸려든 곰, 원숭이, 호랑이에서부터 등이 굽은 할머니, 지능이 부족한 아이들까지. 이들을 공통적으로 묶을 수 있는 개념적 범주는 '타자'뿐이다. 치유의 힘을 지닌 소녀도 같은 부류에 속해 있다. 이야기 곳곳에는 인간의 이기와 자본주의의 폭력성, 그리고 타자화된 이물(異物)들로 가득하다. 기묘한 분위기와 웅숭깊은 상징에 이끌려 있다가 불현듯 이 동화를 아이들이 어떻게 받아들일지 궁금해졌다. 우리 반 아이들의 반응을 일일이 열거할 수는 없겠지만, 요는 아이들에게 메시지 전달이 그리 원활하지 않은 것은 확실해 보인다. 주제의식만이 아니다. 지나치게 정적인 캐릭터는 아이들의 흥미를 잡아끌지 못했고, 작가가 전하고 싶었던 따뜻한 기운마저도 병목현상을 겪고 있는 듯했다. 그의 상상력과 주제의식을 지지하면서도 이 작품은 다소 염려스러웠다.

기대에 못 미치기는 이현의 신작 동화도 마찬가지다. 『푸른 사자 와니니』(창비 2015)는 아프리카 세렝게티 초원을 배경으로 힘없고 쓸모없다는 이유로 무리에서 쫓겨난 암사자가 공동체의 힘을 통해 왕에 등극하는 이야기다. 미지의 세계인 아프리카 초원, 그리고 먹이피라미드의 꼭짓점에 있는 사자. 이것만으로도 충분히 독특한 재료인데 게다가 요리사가 이현이라니. 그러나 실제 먹어 본 음식은 기왕에 풀풀 풍기던 향기만큼 매력적이거나 새롭지는 않았다. 작품 속 세렝게티 초원이 애니메이션 「라이언 킹」의 사바나 초원과 겹쳐지는 건 비단 나만의 느낌일까. 애송이 사자가 무리로부터 쫓겨나고 조력자들을 만나 대관식에 오르는 서사 구조는 「라이언 킹」류의 서사와 중첩되면서 읽는 재미를 반감시켰다. 또한 '나는 약하지만 우리는 강하다'라는 작품의 메시지는 명시적이다 못해 계몽적인 울림으로 남는다.

오히려 이번 고학년 대상 장편동화는 일상생활을 소재로 한 작품들에서 파뜩파뜩한 생동감을 느낄 수 있었다. 『소리 질러, 운동장』(진형민, 창비 2015)과 『내가 진짜 기자야』(김해우, 바람의아이들 2015)는 동아리를 매개로 그들이 처음으로 대면하게 되는 권력과 정의의 문제를 유쾌하게 그려 냈다.

먼저 『소리 질러, 운동장』은 야구가 좋아서 모인 막야구부 아이들과 학교의 정식 야구부 감독이 운동장 사용을 두고 벌이는 팽팽한 줄다리기 싸움이 흥미롭다. 막야구부가 여느 동아리와 다른 것은 아이들이 자발적으로 만든 비공식 동아리라는 것. 이 작품은 일상생활에서 하루에도 수십 번씩 권리 싸움이 일어나는 운동장을 '명예와 놀이'가 힘을 겨루는 장으로 전환시켜 놓았다. 야구부 감독은 명예와 권위를 앞세워 아이들을 압박하지만 주인공 김동해와 공희주의 호기가 만만치 않다. 두 캐릭터는 『프린들 주세요』(앤드루 클레먼츠, 사계절 2001)의 주인공 닉을 떠올릴 만큼 당차고 생기발랄하다. 그렇지만 이 작품을 '홈런'감으로 추어올리기에는 치명적인 에러(error) 두 가지가 걸린다. 첫 번째 에러는 아이들을 모집하기 위해 '족집게 수학 문제'라는 꼼수를 사용한 장면이고, 두 번째는 아이들의 수학 점수가 쑥 올랐다는 동화 같은 결말이다. 점수를 더 낼 수 있는 게임이었는데, 두 번의 에러가 안타깝다.

『내가 진짜 기자야』는 좋아하는 여자아이를 따라 우연히 학교 신문부에 든 주진우가 진짜 기자가 되는 과정을 오밀조밀하게 풀어냈다. 학교의 문제를 비판적으로 다루려는 주진우 기자에게 적용된 벌은 학교 명예훼손죄. 스토리 전개 양상은 어느 정도 예견된 방식대로 흘러가지만, 여기에 상정된 안건만큼은 현실의 문제와 내밀하게 조응한다. 그동안 신문의 편집권이 서사의 중심에 선 동화를 보지 못했거니와 여기서 건드리고 있는 급식이나 운동회 같은 이슈들은 아이들의 목소리를 고스란히 대변한다. 그러나 정의가 실현되어야 한다는 강박 때문이었을까. 끝까지 기자정신을 밀어붙이지 못하고 느닷없이 용감한 부모님을 내세워 문제를 봉합한 결말은 허탈한 뒷맛을 남긴다. 아이들의 자치권을 다루는 현장은 이보다 한층 더 시끄럽고 끈덕져야 할 일이다.

3. 허구가 역사가 된 지점에 부활한 아이들

유독 역사소설의 강세가 두드러진다. 무엇보다 한동안 뜸했던 우리 현대사의 아픔을 소재로 한 작품을 만나게 되어 반갑다. 돌이켜 보면 우리가 역사 시간에 들었던 현대사는 늘 기말고사가 끝난 뒤 긴장감 없이 찾아온 일종의 자투리 같은 거였다. 전국에 있는 선사시대 유적지를 암기하는 일이 4·19 혁명보다도 더 중요했으니까. 현대사는 손에 잡힐 듯 가까운 과거이지만 실상 잘 모르는, 그래서 더 다루기가 어려운 시대다.

장우의 『빼앗긴 오월』(사계절 2015)과 장성자의 『모르는 아이』(문학과지성사 2015)는 각각 5·18 민주화운동과 제주 4·3 사건을 다루었다. 두 작가는 각각 광주와 제주도에서 한 시절을 보내며 자기가 살던 지역의 역사적 아픔을 소재로 삼았다는 공통점이 있다. 이러한 경우 작가로서 지닌 장단(長短)은 확실하다. 정확한 고증을 바탕으로 작품의 사실성을 선명하게 살릴 수 있다는 것이 장점이라면, 역사적 상상력이 증언의 목소리에 매몰될 수 있다는 것이 단점일 게다.

1318문고로 분류된 『빼앗긴 오월』은 장점과 한계가 공존한다. 가족의 일상적 삶에 대한 핍진한 묘사는 장점의 한 모습이다. 1980년 50여 가구가 모여 사는 작은 시골 동네의 풍경을 소박하면서도 내밀하게 그려 냄으로써 후반부에서 맞게 되는 파멸의 역사가 얼마나 폭력적인지를 극명하게 보여 준다. 그러나 사실을 중심으로 한 재현 방식, 예견된 결말을 향해 평면적으로 흘러가는 서사의 진행은 뛰어넘어야 할 한계일 것이다. 화자인 5학년 아이가 비극적 역사를 증언하기 위한 전령의 역할에 머물러 있는 것도 그 연장선상에 놓인 문제로 보인다.

제11회 마해송문학상 수상작인 『모르는 아이』는 제주 4·3 사건이라는 무거운 역사적 소재를 다루면서도 열세 살 연화의 삶과 역정을 서사의 중심에 우뚝 세워 둔 점이 미덥다. 핏빛 바람이 휘몰아치던 밤, 부모와 집, 마을 이웃들까지 한순간에 잃게 된 연화는 다섯 살짜리 동생 민구와 함께 생존의 벼랑 끝에 남게 된다. 다행히 아버지의 친구인 경한이 삼촌을 만나 바닷가 마을에서 더부살이하며 새로운 삶의 희망을 이어 간다. 산과 바다로 이루어진 제주도의 지형적 특색은 서사를 이끌어 가는 상징적 이미지로 활용된다. 산이 이념적 갈등과 죽음의 공간이라면 바다는 도피와 희망의 공간이다. 팽팽한 긴장감에 느슨함을 주고, 그악한 공포 속에 엷은 미소를 띨 수 있는 것도 바다와 이곳에 살고 있는 아이들 덕분이다. 바다 사람으로 다시 태어나겠다며 물속에서 테왁 줄을 잡고 생존의 고투를 벌이는 연화와 그 자맥질에 기꺼이 동참해 주는 아이들의 우정은 저릿한 감동으로 다가온다. 공포의 그림자가 바닷가 마을까지 내려온 순간, 마을 사람들을 살리기 위해 또 동생 민구를 살리기 위해 연화는 스스로 '모르는 아이'가 된다. 그리고 산 위를 오르는 연화의 모습은 처연하면서도 위풍당당하다. 역사의 무게에 짓눌리지 않은 주인공 연화와 역사에 대한 진정성 있는 서술 태도는 역사동화의 좋은 예가 될 만하다.

이 밖에도 우리 역사소설의 단골 무대인 조선 후기를 배경으로 한 작품들이 눈에 띈다. 윤혜숙의 『밤의 화사들』(한우리 2015)은 조선시대를 배경으로, 화사(畵師)들이 왕의 얼굴을 그리는 어진화사로 추천받기 위해 벌이는 암투와 그들의 예술적 고뇌를 다루었다. 무엇보다 소재의 독특함과 섬세한 고증이 돋보인다. 새로운 권력층으로 성장한 궁중 밖 이름 없는 화사들을 불러내어 그들의 권력과 욕망을 응시하고 있다. 비주류의 중심 되기, 여기에 어진화사로 대변되는 권력의 알레고리는 오히려 지금의 현실을 통해 더욱 또렷해진다. 그러나 추리 기법을 활용하고 있음에도 가독성은 매우 약한 편이다. 추리소설에서 단서는 일종의 지능적 열쇠인데, 그게 무디다 보니 새로운 문을 여는 과정이 매끄럽지 못한 것은 당연하다. 탐정 역할을 하는 진수와 범이가 '아버지의 원수를 갚는 효자'라는 도식에 갇혀 있는 것도 읽는 재미를 반감시키는 요소다.

한편 김소연의 『굿바이 조선』(비룡소 2015)은 원산에서 서울까지 러시아 탐사대의 여정을 담은 일종의 여로소설이다. 작품 속 배경은 역사상 가장 위대한 이름을 가졌으되, 실상은 가장 참혹했던 대한제국(大韓帝國) 시기이다. 이미 조선을 배경으로 한 역사동화와 소설을 통해 실력을 인정받아 온 김소연이 이번에 꺼내 든 카드는 '낯설게 바라보기'다. 우리의 민족, 우리의 조선이 아닌 타자의 시선을 통해 조선을 바라보고, 조선 자체를 낯선 이방인으로 설정하는 전략이다. 탐사대는 러시아인 두 명과 러시아로 귀화한 조선인 한 명, 말몰이꾼으로 나선 조선인 소년, 이렇게 네 명인데 각각의 입장에서 조선을 보는 재미가 있다. 러시아인들은 물론이고 러시아로 귀화한 니콜라이 김, 노름꾼 아빠의 뒤치다꺼리에 바빴던 열다섯 살 근석에게도 조선은 희망이 상실된 나라다. 이야기의 물꼬는 운명과 당당히 맞서 싸우는 민중들의 현장을 탐사하면서 급변한다. '굿바이 조선!', 지금까지 알고 있던 조선과 작별을 고하고, 새로운 여행을 떠나겠다는 근석의 호기로운 외침은 다시 보아도 믿음직스럽고 뿌듯하다.

역사적 상상력이란 무엇일까. 시대를 구원하는 영웅담이 아닌 인간 아무개의 내면적 고뇌를 응시하고, 기록되지 않은 무수한 이름들 속에서 '그의 삶'을 불러 세우는 일이 아니겠나. 역사가 허구화되고 허구가 역사화된 지점에 새롭게 부활한 아무개 말이다. 이 계절 아무개 중에는 『모르는 아이』의 연화가 가장 기억에 남을 듯하다.

4. 청소년소설, 매운맛을 기다렸다

도덕이나 사회윤리가 말 잘 듣는 순응적 존재를 요구하는 것과 달리 문학의 윤리는 참과 거짓의 규정을 의심하고 비판하는 존재를 원한다. 더군다나 10대를 대상으로 한 청소년소설이라면 윤리나 제도를 향한 구심력은 조금 더 느슨하게, 일탈의 원심력은 한층 강해져야 할 터. 다음 두 편의 청소년소설은 정도의 차이는 있으나 분명 기존의 관습에서 벗어나는 서사로서 의미를 둘 만한 작품들이다.

먼저 오문세의 『싸우는 소년』(문학동네 2015)은 학교 폭력과 권투를 소재로 한 성장소설이다. 학교 폭력 때문에 자살한 친구를 외면했다는 죄책감에 소년은 달리는 트럭에 몸을 던진다. 기사회생으로 깨어나서는 다시금 세상과 힘껏 부딪쳐 싸울 준비를 한다. 이 정도면 분명 진부한 소재에 뻔한 스토리인데, 막상 책을 읽기 시작하면 내려놓을 수가 없다. 첫 작품도 그랬지만 오문세의 문체는 분명 가독성을 높이는 힘이 있다. 마치 예측할 수 없는 순간에 쭉쭉 뻗어 나오는 잽 같다. 특별히 유려하지는 않지만 시원스럽고 정직한 게 강점이다. 그 펀치가 향하는 지점을 따라가 보면 더욱 미더운 구석을 발견하게 된다. 자학의 단계에서 출발해서 그다음에는 '염병할 놈의 안승범'을 향했다가, 손이 부서져라 싸우고 나서야 비로소 진짜 타격할 대상과 마주하게 되는 것이다. 전형적인 성장소설의 틀을 가졌으되, 목표로 한 지점에 정확하게 안착시키는 기존의 방식과는 확실한 차이가 있다. 물론 세상과 맞서 싸우라는 주문역시 또 다른 계몽적 담론일 수 있다. 그러나 이 정도의 끈덕진 캐릭터라면 충분히 건투를 빌어 볼 만하다.

『추락하는 것은 복근이 없다』(사계절 2015)는 김해원이 7년 만에 내놓은 청소년소설집이다. 유머와 능치는 화법은 여전한데 사회를 향한 날카로운 비판력은 더욱 예리해진 느낌이다. 빚으로 인한 도피, 삼성 반도체 직원의 죽음, 왕따와 자살, 가족해체와 폭력, 성적 비관 자살 등을 다룬 이번 단편집 부제를 '분노의 파토스'라 해도 손색이 없을 듯하다. 그런데 중요한 건 그 분노가 향해 있는 지점이나 의제를 설정하는 방식이 기존의 청소년소설과 사뭇 다르다는 점이다. 『싸우는 소년』처럼 타격 대상이 구체적으로 설정돼 있지 않고, 눈에 보이지 않는 작동 방식 즉 시스템의 문제와 닿아 있다.

삼성 반도체 노동자의 죽음을 다룬 「최후 진술」을 비롯해서 빚쟁이에게 쫓겨 진짜 '아버지가방에들어'가신 「가방에」, 한강 위를 부유하고 있는 「표류」 속 청춘들은 신자유주의라는 시스템 안에서 더욱 완강해지고 있는 계급 문제를 환기시킨다. 특히 「최후 진술」은 김해원 특유의 유머를 싹 걷어 낸 작품으로, 끝까지 살고 싶다던 20대 노동자의 절규와 우리 사회에 작동되고 있는 계급의 문제를 내밀하게 천착해 들어간다. 「구토」와 「을지로 순환선을 타고」처럼 왕따나 성적 비관으로 인한 자살을 다룰 때도 의제 설정은 주변 인물과의 관계망에 머물지 않는다. 이번 소설집은 단순히 사건을 이슈화하지 않고, 그것을 구성하고 있는 시스템의 문제를 끊임없이 제기하는, 이른바 사회적 상상력으로 가득 차 있다. 그의 능숙한 유머가 이번에는 어떤 맛을 내기 위한 향신료는 아닌 듯하다. 청양고추처럼 아주 매운, 혀의 통증을 느끼게 하기 위한 매개일 뿐이다.

우리 청소년소설이 스스로 자기 영역을 확장해 나가기 위해서는 승인과 긍정의 윤리에서 과감하게 벗어나 분노와 반항, 상처와 아픔이 일어나는 생생한 지점을 응시할 필요가 있겠다. 진정성 있는 분노와 반항을 통해 타자에게 침거하는 안정된 자아가 아닌, 어기차게 제 길을 떠나는 진정한 주체들을 만날 수 있기를 기대해 본다.

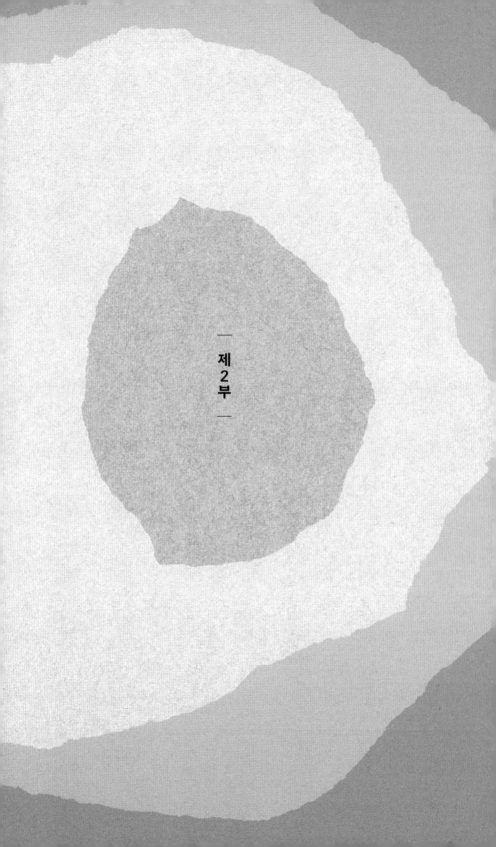

제 2 부

최근 아동 가족서사에서 아버지가 놓인 자리

1. 외투 벗은 아버지와 대면하다

그 옛날 구약시대에 노아라는 아버지가 있었다. 어느 날 거하게 술을 마신 아버지는 실오라기 하나 걸치지 않은 채 쓰러져 잠이 들었고, 이 모습을 목격한 아들(야벳)은 서둘러 외투로 몸을 가렸다. 자크 라캉(Jacques Lacan)은 이 일화를 두고 흥미로운 해석을 내놓은 적이 있는데, 핵심은 이렇다. 만취해서 잠든 노아는 '실재적' 아버지이며, 외투는 실재적 아버지를 가리는 베일이라는 것. 그러니까 외투는 불완전한 아버지의 모습을 가림으로써 완전한 아버지로 상상할 수 있도록 해 주는 일종의 방어기제인 셈이다. 인류의 역사에서 사냥의 부산물을 들고 마을 입구를 들어서던 선사시대로부터[1] 중세와 현대문명을 경유해 오기까지

---

1 융학파 연구자 루이지 조야(Luigi Zoja)는 사냥 능력을 가진 남성과 아이를 낳고 기를 수 있는 여성의 교환가치가 만나 부부의 인연이 맺어졌다고 보았다. 루이지 조야

아버지는 언제나 외투로 가려진, 혹은 가려져야 할 대상이었다. 근엄한 질서이자 경외와 공포가 공존하는, 하여 인간의 정신세계를 탐문하는 중요한 열쇳말이기도 했다. 반면에 모성은 희생의 지시어처럼 포장되었고 오직 그 범주 안에서 유일한 가치를 인정받아 왔던 게 사실이다.

한편 지금 여기에는 '무관심'과 '딸 바보'로 호명되는 상반된 아버지가 공존한다. 요즘 회자되는 말 중에는 자녀를 좋은 대학에 보내기 위한 조건이 어머니의 정보력, 아버지의 무관심, 할아버지의 재력, 자녀의 체력이라는 우스갯소리가 있다. 성적 지상주의가 지배하는 대한민국의 현실과 함께 가족에게 소외된 아버지에 대한 풍자일 것이다. 떠도는 시쳇말임에 분명하지만 차마 시원스럽게 웃을 수 없는 이유도 이 때문이다. 정보력, 재력, 체력이라는 힘〔力〕의 조건 위에 아버지의 자리는 찾아보기 어렵다. 반면에 TV 예능과 광고에는 전혀 상반된 아버지들이 소비되고 있다. 중산층 아버지를 대변하는 그들은 딸 바보나 친구 같은 이미지로 재생산되고 있고, 전국의 캠핑장은 가족 유토피아의 베이스캠프인 양 치장돼 있다. 엄격하고 무서운 아버지에서 친근감 있는 '아빠'로 변모해야 한다는 주문, 이것 자체는 온당한 것이겠으나 서민의 삶과 괴리된 현실, 여기에 자본과 맞물려 있는 이미지의 과소비는 허망한 판타지를 연상시킨다.

요컨대 지금 여기에서는 '이상적인 아버지'와 '왜소화된 아버지'가 동시에 소비되는 중이다. 그 사이를 신자유주의로 대변되는 자본의 논리가 질주하고 있음은 자명해 보인다. 극단적 상황이 공존하는 현실에서 최근 우리 아동문학이 그려 내는 아버지의 좌표는 그 어디쯤에서 어

『아버지란 무엇인가』, 이은정 옮김, 르네상스 2009.

떤 형상으로 그려지고 있는지 궁금해진다. 양쪽의 지형을 두루 살필 능력이 안 된다면 한쪽에서 명분을 획득하는 게 상책일 터. 불편함을 덜고 싶다면 이상적 아버지 쪽을 다루는 게 좋겠으나, 생산적인 논의를 바란다면 의당 왜소화된 아버지를 선택하는 게 타당할 것이다. 게다가 최근에 불거지고 있는 아동 학대나 친부 살해와 같은 끔찍한 사회현상을 감안한다면, 명분은 좀 더 확실해진다. 이제는 왜소화를 넘어 외설적 아버지, 외설적 부모가 심각한 윤리적 문제로 대두되고 있지 않은가. 최근들어 아동문학의 가족서사 중에서 '쎈' 작품들이 나오기 시작하는 것도 타락한 현실에 대한 민감한 대처라 할 것인데, 이것은 분명 2000년대와는 구별되는 현상이다.

그렇다면 지난 2000년대의 흐름은 대략 어떠했을까? 복기의 출발점은 이금이의 『너도 하늘말나리야』(푸른책들 1999)가 적절해 보인다. 'IMF'라는 사회적 문제와 '새천년'이라는 시대의 불안함이 가족해체라는 소재와 적실하게 맞아떨어진 작품이기 때문이다. 아빠의 부재와 엄마의 재혼이라는 문제 앞에서 미르의 성장통을 세밀하게 그려 냈을 뿐아니라, 부모 없이 할머니와 사는 소희의 조숙함은 최근에 본격적으로 등장하기 시작한 '조숙한 아이'의 예고편이라 해도 무방할 것이다. 다만 이때까지만 하더라도 가족해체를 다룬 동화에서 아빠는 부재할지언정 그 자리가 크게 위협받거나 조롱의 대상으로 격하되지는 않았다. 이러한 측면에서 2000년대 중반에 나온 최나미의 『걱정쟁이 열세 살』(사계절 2006)은 가족과 아빠, 혹은 아이와 아빠의 관계성이라는 측면에서 새로운 편향을 제시한 작품이라 할 것이다. "아빠가 왜 우리를 떠났는지 알지 못하기 때문에"(21면) 짜증이 난다는 아이에게서 더 이상 부성(父性)은 그리움의 대상이 아닌 그저 불편한 일일 뿐이다. 그 불편함이란 남들이 '이상한 가족'으로 보지 않을까 하는 불안감을 의미한다. 이것은 애착 관계를 형성하지 못한 사춘기 소년이 가질 수 있는 자연스러운 심리 현상이지만 당시로서는 적잖이 충격적이었던 게 사실이다. 요컨대 『너도 하늘말나리야』가 2000년대 가족해체의 출발점이라면 『걱정쟁이 열세 살』은 부성에 대한 새로운 전환점이 된 작품이라 할 것이다.

그로부터 최근 10여 년 간 조숙하고 쿨한 아이들이 유행처럼 확산되기 시작했고, 아버지의 존재감은 그만큼 흐릿해졌다. 부성에 대한 그리움은 '착한 아버지'가 죽게 된 상황에서나 예외적으로 작동할 뿐이다. 『아빠 좀 빌려주세요』(이규희, 푸른책들 2007), 『날마다 뽀끄땡스』(오채, 문학과지성사 2008)에서부터 최근작 『슈퍼 깜장봉지』(최영희, 푸른숲주니어 2014)에 이르기까지 착한 아버지와의 이별은 어떤 식으로든 장애를 극복하기 위한 애도의 과정을 필요로 한다. 반면에 무능력하고 불량한 아버지의 가출이나 부재는, 애도는커녕 그리움에 대한 어떤 애착도 발견되지 않는 경우가 허다하다. 아빠가 알코올중독으로 재활원에 있는 안공주(이은정 『소나기밥 공주』, 창비 2009), 엄마마저 일터로 떠나면서 뻐꾸기의 삶을 살게 된 동재(김혜연 『나는 뻐꾸기다』, 비룡소 2009), 철없는 엄마와 사는 은지(김해우 『아빠는 내가 고를 거야』, 푸른책들 2011)는 모두 이러한 범주 안에 있는 아이들이다.

그러다 최근 2~3년 사이에는 한층 가속도가 붙어, 이제는 아버지의 존재감이 소실점 앞에 다다른 느낌이다. 무관심과 냉소가 퇴행적 심화로 이어지는가 하면, 타락한 아버지와 학대받는 아이, 다른 누군가로 대체되고 있는 아버지 등이 바로 그것이다. 외투를 벗겨 낸 '아버지의 실재'는 퇴행, 타락, 대체라는 수사가 어울리는 존재가 되고 말았으니, 이 글에서는 그들을 소환하여 그 안에 담긴 의미를 해석하는 데 주력하고자 한다.[2]

2. 퇴행하는 아버지, '어른 아기' 되기

"아버지가 사막에서 돌아왔다." 소설가 김숨이 쓴 『백치들』(랜덤하우스 2006)의 첫 문장이다. 중동으로 떠났던 산업 역군들이 커다란 가방을 들고 김포공항으로 돌아왔다는 이 평범한 문장은 "아버지는 백치가 되었다"라는 문장과 접속하면서 돌연 서늘한 긴장감을 유발한다. 대한민국 경제성장의 동력이자 한 가정의 간절한 기다림이었던 아버지가, 한순간에 백치들로 전락한 것이다. 돈이 가득했던 가방은 모래가 줄줄 새어 나오는 퇴행적 공간으로 변모하고, 개선장군 같던 가장의 위상은 천치 바보로 곤두박질친다.

그리고 2013년에 이르러서는 아예 가방 안으로 들어간 백치 아버지가 등장하였는데, 놀라운 것은 성인소설이 아닌 아동문학의 이야기라는 것이다. 송미경의 단편동화 「아버지 가방에서 나오신다」(『어떤 아이가』, 시공주니어 2013)는 그전부터 익숙했던 말놀이를 어리둥절한 낯섦으로 뒤바꾸어 놓았다. "우리 동네 아버지들은 모두 각자의 가방 속에 들어 있다"라는 첫 문장은 "아버지는 백치가 되었다"라는 말보다 한층 더 기괴하고 섬뜩하다. 사실 '가방에 들어간 아버지' 모티프는 김해원의 청소년소설 「가방에」(『추락하는 것은 복근이 없다』 사계절 2015)에서도 재현된 바 있다. 빚쟁이들을 피해 단 8초 만에 가방 안에 들어가는 신공을 지닌, 그러다 결국 가방마저 버리고 집을 나간 아버지 말이다.

---

2 작품마다 아버지, 아빠나 어머니, 엄마라는 호칭이 혼재돼 있다 보니, 통칭 명제로 논의를 이끌어 가기에는 무리가 있을 듯하다. 이 글에서 부모의 호칭은 그 작품에서 사용하는 것을 그대로 따르되, 일반적인 논의는 '아버지', '어머니'로 통일하고자 한다.

그러나 사실적인 소재를 유머로 눙치던 김해원의 그것과 비교하면, 송미경의 단편은 알레고리적 상상력에 냉소적인 어조가 더해져 여러모로 불편함이 느껴지는 게 사실이다. 작품 속 아버지는 삼시 세끼를 다 챙겨 주어야 할 뿐 아니라 제힘으로는 가방 밖으로 나올 수조차 없는, 그야말로 종일 돌봄의 대상이다. 아이들에게 "아주 고상하고 근엄하게 버티고 있는 아버지 가방"(100면)은 그저 한없이 귀찮은 '물건'일 뿐이다. 그러던 어느 날 낯선 이방인의 방문을 통해 그동안 상상하지도 못한 아버지의 모습과 마주하게 된다. 원하는 것은 무엇이든 뚝딱 만들어 주고 하늘 높이 목마를 태워 주는 이방인 아버지를 만나고 난 후, 아이들은 처음으로 가방 속 아버지를 만나고 싶다는 생각을 한다. 그리고 드디어 아버지가 가방에서 나오는데, 정작 그들 앞에 선 아버지는 '멍청하고 한심스러울' 뿐 아니라 '철없이 울어 대는' 갓난아기나 다름없었다. '목말을 태워 주는' 아버지를 욕망했던 아이들의 바람은 한순간 물거품이 되고, 오히려 여행에서 돌아온 어머니들이 뜨악하며 도망치지나 않을까 하는 불안감만 더해지고 만다.

여기에서 가방이란 도피의 마지막 기로에 선 무능력한 아버지들의 '자궁', 즉 퇴행적 욕망을 대변한다. 프로이트는 인간은 누구나 가장 평화로웠던 엄마 배 속으로 돌아가기를 갈망하지만, 정상적인 발달단계를 거치면서 이런 욕망이 거의 해소된다고 보았다. 그러나 극단적인 공포와 결핍은 퇴행 충동을 유발하며 이른바 '어른 아이'를 양산하게 되는데, 남근을 가진 남자가 이것(자궁)에 더욱 집착하는 경향을 보인다는 것이다.[3] 그런데 빚 독촉에 시달리고 있는 아버지(「가방에」)와는 달리

---

3 지그문트 프로이트 『정신분석입문』, 김양순 옮김, 동서문화사 2007.

「아버지 가방에서 나오신다」에서는 무엇이 그들을 '어른 아이'로 만들었는지조차 생략된 채 이야기가 전개된다. 내가 느낀 어리둥절함의 상당 부분은 여기에 기인하였는데, 정작 작가는 그 이유가 뭐 그리 중요한지 모르겠다며 시치미를 뚝 뗀다. 돌봄의 대상이 된 아버지, 그 추락과 퇴행에만 집중하기도 벅차다, 뭐 이런 게 아니었을까. 아무튼 이것은 서사의 밀도를 높여야 하는 단편이기에 가능한 변론이기도 하다.

한편 강정연의 『분홍 문의 기적』(비룡소 2016)은 아버지의 퇴행이 어머니의 부재로부터 비롯되었음을 명확히 하고 있다. 여기에는 사랑하는 아내를 잃고 아이가 돼 버린 아빠와 아들이 등장한다. 이들은 우울증을 넘어 자아를 훼손시키는 멜랑콜리(melancholy)의 언저리에서 허우적거리는 인물들이다. 갑작스러운 사고로 세상을 떠난 아내, 그리고 집에 남은 두 남자는 흡사 부인이 떠난 뒤 돼지로 변해 버린 피곳 씨(앤서니 브라운 글·그림 『돼지책』, 웅진주니어 2001)의 집안을 떠올리게 한다. 아버지와 아들은 서로 의지가 되어 주기는커녕 각자도생을 도모할 여력도, 일말의 의지도 없어 보인다. 라면 하나를 두고 티격태격 싸우는 부자간의 대화에는 서로에 대한 걱정이나 애정을 찾아보기 어렵다. 엄마가 떠난 집에는 미취학 아동 두 명, 그것도 깊은 우울감에 빠져 끝없이 침몰하고 있는 두 명의 남자아이가 남게 된 것이다. 40대 큰 아이는 죽은 사람처럼 가게에 앉아 있다가 밤 10시만 되면 포장마차에서 술을 퍼먹는 일상의 반복이고, 열두 살 작은 아이는 점점 더 삐딱해져 중2병을 앞당겨 쓰는 듯 보인다. 작가는 두 아이를 구원하기로 결심하고 환상의 힘을 빌려 어머니를 부활시킨다.

이렇듯 두 작품은 그동안 아버지를 창피해하거나 어디다 갖다 버리고 싶다는 유아적인 충동을 소재로 삼았던 일련의 작품들과는 사뭇 다른 층위에 있다. 특히 자궁 회기 충동과 맞닿아 있는 「아버지 가방에서 나오신다」는 우리 아동문학에서 가장 퇴행적인 아버지를 보여 주고 있다고 해도 과언이 아닐 것이다. 더 이상 '고상하고 근엄하게 버티고 있는 가방'이 통용되지 않는 시대에서 아무것도 해 줄 수 없는 존재가 된 아버지, 그 '실재'와 대면하는 일 말이다. 그러나 이 책을 읽은 아이들의 반응이 불안한 것은 어쩔 수 없다. 알레고리의 과잉은 자칫 어린이 독자들은 내치고 호기심 많은 어른 독자만을 불러들이는 역효과를 불러일으킬 수도 있다. 어쨌든 가방 속 아버지가 가방에서 나왔다고 하니 작은 희망을 품어 볼 만도 하지만, 이것에 공명하는 독자가 과연 얼마나 될지는 의문이다. 기묘한 상상력과 현실적 문제를 밀도 있게 녹여 낸 작가의 역량은 인정하면서도 이보다 더 퇴행된 아버지의 모습은 곤란하겠다는 생각이 든 이유도 이 때문이다.

반면에 『분홍 문의 기적』은 동화적인 세계관과 상상력으로 어린이 독자들을 끌어당길 것이 분명해 보인다. 목에 걸린 감 씨부터 요상한 이비인후과 의사, 엄지공주 요정 등 흥미를 끄는 환상적 요소들이 넘치는데다, 죽은 엄마와의 한시적인 재회는 독자들의 눈물샘을 자극하기에 충분하다. 여기에 물 흐르듯 매끄러운 문장은 이런 요소를 효과적으로 전달하기에 부족함이 없어 보인다. 그러나 신선한 재료에 비해 인물의 생명력은 다소 아쉬운 대목이다. 엄마 없이 못 사는 일곱 살짜리 아빠와 아들, 모든 걸 다 해 주는 게 행복이라 믿었던 엄마는 서로에 대한 관계성을 통해서만 자신의 존재를 입증할 수 있는 인물들이다. 엄마의 죽음은 이 관계성이 사상누각에 불과했음을 증명하는 증거였던바, 엄마는 그것이 후회스러워 다시 이들을 찾아온 것일 테고. 그러나 엄마의 깨달음이나 성격 변화에도 불구하고 여전히 그녀의 역할은 희생적 모성이라는 굴레를 크게 벗어나지는 못한 듯하다. 엄마에게 예속된 두 남자, 두 남자에게 예속된 엄마가, 이 환상의 터널을 통과하면서 과연 얼마나 독립적인 주체로 거듭날 수 있을지는 다소 의문스럽다.

3. 타락한 아버지, 학대받는 아이

타락한 아버지[4]는 경제적으로 무능력하거나 가장으로서 무책임한 아버지와는 확실하게 구분될 필요가 있다. 후자와 비교했을 때 타락한 아버지의 도덕성은 한층 더 결여돼 있고, 충동을 절제하는 자의식은 거의 작동하지 않기 때문이다. 이를테면 자기 욕망에 충실한 외설적이고 무도덕한 아버지라 할 것인데, 그동안 아동문학에서는 많이 다루어지지 않은 유형인 게 사실이다. 타락한 아버지의 등장, 이것은 아동 학대라는 최근의 사회적 이슈와도 무관치 않아 보인다.

퇴행이나 무능력에서 한 발 더 나아가 타락한 아버지를 불러 세운 작품을 다루려고 보니, 다시 송미경을 소환하지 않을 수 없게 됐다. 사실 『바느질 소녀』(사계절 2015)는 제목 그대로 바느질 소녀가 주인공이고, 아버지가 크게 주목받아 온 작품은 아니다. 잘 알려진 것처럼 이 작품은 바늘 하나로 병든 동물과 사람들을 치유해 주는 거지 소녀의 이야기이다. 인물, 사건, 배경 곳곳마다 인간의 폭력성과 문명의 이기라는 문제

---

4 슬라보예 지젝의 말을 빌린다면, "오이디푸스의 위기에서 무능함이 과잉 격분"(『까다로운 주체』, 이성민 옮김, 비 2005, 524면)한 상태라 하겠는데, '소름끼치는 향락의 실재'나 '도덕 없는 욕망의 기관차'라는 말로 표현하기도 하였다. 이 글에서 '타락한 아버지'는 외설적 아버지의 의미로 사용하고자 한다.

의식이 뚜렷하게 드러난다. 올무에 걸려든 동물들부터 등 굽은 할머니, 지능이 부족한 아이들에 이르기까지 바느질 소녀가 치료한 이들은 모두가 문명이 만들어 낸 타자들이다.

그러나 이야기의 시작과 끝을 포개서 그 인과관계를 유심히 들여다본다면, 신비로운 소녀와 기묘한 상상력에 가려져 있던, 끔찍한 아버지의 형상과 마주하게 될 것이다. 결말 부분에 이르러 바느질 소녀를 따라 숲으로 떠난 인물이 누구인지를 떠올려 보자. 이야기를 이끌어 가는 수지도, 그렇다고 바느질 소녀에게 치유를 받은 이들도 아닌 수목이라는 아이가 아닌가. '수목'이라는 이름에 이미 숲(자연)과의 운명이 내재돼 있었는지도 모르겠다. 수목이의 부모님은 떡집을 운영하는데, 아버지는 동네에서 유명한 술주정뱅이다. 낮에는 어머니와 함께 떡장사를 하다가 저녁이면 술을 먹고 나타나서 수목이와 어머니를 괴롭히기 일쑤다. 게다가 취학 연령을 훌쩍 넘긴 아이를 학교에도 보내지 않고 온종일 떡집에서 일을 시키고 있지 않은가. 이 타락한 아버지에게 딸이란 무보수로 부려 먹을 수 있는 인력, 일종의 노예나 다름이 없다. 또한 이 아버지는 동네에서 길고양이들이 꼬리가 잘리고 죽은 채 발견되는 흉흉한 사건의 유력한 용의자이기도 하다. 자연과 생태를 파괴하는 인간의 폭력성에 천착하고 있는 작품의 특성상 이 아버지야말로 생태 질서를 파괴하는 폭력적 인물을 대변하는 셈이다.(수목이라는 이름은 그래서 예사롭지 않다.) 수목이가 바느질 소녀를 따라 숲으로 떠날 수밖에 없었던 이유도 이 때문이다. 가학적 부모 때문에 아이들이 집을 나오고, 조력자를 만나 좌충우돌하는 모험의 서사는 아동문학의 중심 레퍼토리 중 하나다. 그러나 대개 그들이 다시 집으로 돌아왔던 것에 반해 수목이가 그럴 확률은 거의 없어 보인다. "심부름 시킬 사람이 없어져서 아마 난리가 날 거야"(139면)라는 수목이의 말 속에 이미 그 답이 제출돼 있기 때문이다.

한편 천효정의 『첫사랑 쟁탈기』(문학동네 2015)는 『바느질 소녀』와는 장르나 분위기, 게다가 등장인물의 계층마저도 정반대 편에 있는 작품이다. 공통점이라면 이 작품 역시도 '첫사랑 쟁탈기'라는 제목 속에 가족 이야기를 감추고 있다는 점일 것이다. 열세 살 소녀의 첫사랑 쟁탈기가 가로를 잇는 씨줄이라면, 가족 이야기는 세로를 잇는 날줄의 서사에 해당한다. 귀족 학교에 다니는 세라와 최고급 레스토랑에서 스테이크를 썰며, 전시회 그림에 대한 평을 나누는 가족의 일상은 얼핏 일일 드라마의 설정을 떠올리게 할 정도다. 명품으로 치장한 부자 가족과 겉멋든 강남 아이에 대한 거부감은 작가가 극복해야 할 최대의 과제였을 터. 그런 면에서 '쇼윈도(show window)'를 물질과 사회적 지위의 허상을 드러내는 매개로 활용한 것은 괜찮은 답안이었다. 쇼윈도는 투명한 창을 통해 남의 일상을 들여다보는 관음증의 욕망을 상징하거나 또는 사회적 위신이라는 위장된 행복을 상징하는 말로 사용된다. 『첫사랑 쟁탈기』는 후자에 가까운 유형인지라, 강남이라는 배경과 부자 가족의 선택은 어쩌면 불가피한 것이었을지도 모르겠다. 의사 아빠에 아름답고 우아한 엄마, 두 사람의 외모와 지성을 적절히 이어받은 세라, 누가 봐도 부러움을 살 만한 가족이다. 그들이 행복하지 않다는 것을 아는 사람은 오직 그들 자신들뿐이다.

그렇다면 왜 이 가족은 쇼윈도 안에서 거짓 행복을 유지하고 있는 것일까? 가족이 서로 무관심하게 된 근본적인 원인에는 타락한 아버지가 있다. 여기에는 수목이 아버지와는 또 다른 유형의 타락한 아버지가 등장하는데, 이른바 바람피우는 아버지가 그것이다. 말을 꺼내기가 머쓱

할 만큼 동화로서는 난감한 소재이지만, 작가는 마치 작심이라도 한 듯, 금기의 영역을 터뜨린다. 명랑과 냉소를 뒤섞어 놓은 듯한 세라의 간접 화법(마치 남의 집안 이야기를 하듯)이 아니었더라면, 당혹스러움은 한 층 더했을 것이 분명하다. 그러함에도 신기한 것은 그들의 일상이 잠잠하다 못해 평화롭기까지 하다는 것이다. '모르는 척', '아무 일도 없는 척', 이들의 위장 전술이자 쇼윈도 안에 갇혀 있는 내막이기도 하다. 어머니는 남편에게 받아야 할 사랑을 의사 부인으로 대접받고 싶은 허영심과 물적 욕망을 맞교환하고, 세라는 '착한 딸' 코스프레로 이 상황을 애써 외면하려 한다. 어머니마저 타락하고 아버지가 이를 눈치채는 순간에 이르렀을 때는 아슬아슬한 심정이었던 게 사실이다. 다행인지 불행인지 위기의 순간은 아버지의 '모르는 척'으로 다시 유보되고, 결국 세라가 가족의 거짓 행복을 폭로하는 순간에 이르러 절정을 맞는다. 세라의 폭로는 쇼윈도를 벗어나기 위한 첫 도전이었던 것이다. 아이를 노예처럼 부리는 아버지와 외도하는 아버지, 둘 다 아동 학대라는 문제에서 결코 자유로울 수 없는 것은 당연하다. 동화가 어른들의 이런 추잡한 모습까지 들춰내야 하는지, 독자인 아이들이 받게 될 충격은 생각이나 해 봤느냐며 목소리를 높이는 사람들이 적지 않을 것이다. 아동문학의 특성상 윤리적 문제는 더 민감하게 작동할 수밖에 없다는 점에서 이러한 우려는 일면 수긍이 가는 부분이다. 그러나 마냥 '행복한 우리 집'을 노래하기에는 수많은 아이들이 타락한 부모 밑에서 고통받고 있는 현실 또한 외면할 수는 없다. 질타받아야 할 대상은 자극적인 소재 그 자체가 아니라 현실 문제를 제대로 자극하지 못하는 함량 미달의 작품성에 있다 할 것이다. 일반적인 상식으로는 도저히 이해할 수 없는 일이 반복되고 있는 현실에서 어쩌면 아동문학이 건드려야 할 금기는 이보다 한층 깊고 또 넓어야 하는지도 모른다. 문제는 특수한 소재라기보다는 그것을 어떻게 다룰 것이며, 타락한 어른들로 인해 추락하고 있는 아이들의 삶에 어떤 희망을 던지느냐 하는 데 있을 것이다. 그러한 면에서 『바느질 소녀』와 『첫사랑 쟁탈기』는 이 모두를 충족하고 있지는 않더라도 적어도 그 방향성을 논할 수 있는 가치는 충분해 보인다.

4. 아버지가 된 아저씨, 아저씨가 된 아버지

아버지는 경애와 극복, 애착과 공포가 공존하는 양가적인 대상이다. 예전에도 그런 비유를 쓴 적이 있지만, 아버지는 달리기 선수의 '허들'과 같은 존재가 아닐까 싶다. 트랙 위에 서 있는 선수(아이)가 어디로 뛰어야 할지를 알려 주는 방향키이자 동시에 뛰어넘어야 할 장애물과 같은 존재. 넘어서야 할 존재가 아닌 안착해야 할 대상이 되었다가는 가부장적인 이데올로기라며 비판받기 십상이다. 그래서 많은 작가들은 저 허들을 어떻게 넘어서야 할 것인지를 두고 더 많은 고민을 기울여 왔다.

그런데 지금의 현실에서는 허들 자체가 부재한 상황, 그러니까 넘어서야 할 장애물도 없지만 방향이 될 만한 부표(浮標)도 없는 상황이 곳곳에서 발생하고 있다. 아버지 없는 아들. 성장소설에서는 이러한 경우에 떠남과 대체자라는 방식을 통해 그 해답을 찾아왔다. 먼 길에서 또는 낯선 길 위에서 만난 선한 인물은 성장 장애를 극복하기 위한 그럴듯한 대체자가 되는 것이다. 김남중은 우리 아동문학에서 이러한 문법을 즐겨 사용하는 작가 중 한 명이다. 『불량한 자전거 여행』(창비 2009)을 비롯해서 『싸움의 달인』(낮은산 2015), 『바람처럼 달렸다』(창비 2016), 『수평선 학교』(창비 2016)는 모두가 소년 성장서사라는 공통점 외에도 아버지가 없거나 혹은 거의 존재감이 없는 가운데, 삼촌들이 그 자리를 대신한다는 점에서 근사치에 있는 작품들이라 할 것이다.

김남중의 성장 코드를 분석하기 위해서는 먼저『불량한 자전거 여행』를 살짝 언급하지 않을 수 없겠다. 이 작품에는 이른바 '회사 좀비'로 살아가는 아빠와 그로 인한 결핍을 아들의 성공으로 보상받으려는 엄마가 등장한다. 부부간의 충돌과 아이의 일탈이라는 지극히 평면적인 소재는 불량품 취급을 받는 삼촌과 접속하면서부터 신선한 생명력을 얻기 시작한다. 특히 1,100킬로미터에 이르는 '자전거 순례'가 시작되고, 조카가 가출한 것을 알게 된 삼촌이 자전거를 꺼내 주는 장면은 이 작품에서 가장 인상적인 장면 중 하나이다. 소년은 비로소 트럭 엔진이 아닌 자기 발과 힘으로 대장정에 동참하게 되고, 이 과정에서 성장의 서사가 완성되기 때문이다.

김남중의 자전거 사랑은 이후에도 쭉 계속되었고, 이제는 그의 분신임을 예측하는 게 어렵지 않을 정도다.『바람처럼 달렸다』는 그 뚜렷한 증거인바, 작가의 말을 빌린다면 이 책은 '열아홉 번째 자전거를 타고 있는 어른이 아홉 번째 자전거를 잃어버리기까지'의 성장담이자 자신의 경험담을 소재로 한 작품이다. 그리고 다시 자전거는 아저씨들과 내밀한 관계를 맺는다. 시간의 흐름에 따라 에피소드가 하나씩 진행될 때마다 선명한 나이테를 남기는데, 그 마디에는 아저씨들의 흔적들이 오롯하다. 여덟 살 때 갖게 된 첫 자전거는 원양선을 타는 외삼촌이 선물해 준 것이었고, 한껏 재주를 부리다가 크게 다쳤을 때 '자전거 목은 용접할 수 있지만 사람 목은 용접도 못 한다'며 따끔한 충고를 건넨 사람도 용접공 아저씨였다. 선망하는 대상 역시 그 흔한 연예인도 아닌 자전거 타는 아저씨이다. '세상에서 가장 무겁고 긴 자전거'로 막걸리를 배달하는 아저씨는 소년에게 '가장 키 크고 잘생기고 힘센 사람'이었다.(정작 소년은 아빠가 마시고 트림하는 막걸리 냄새에는 '구역질이 날 지경'이라며 넌더리를 친다.) 이 멋진 사람이 돈의 힘 앞에서 하릴없이 작아지는 것을 목격하는 장면은, 흡사 아버지의 작아진 어깨를 보는 아들의 심정을 연상시킨다. 자전거 마니아라면 능히 갖추어야 할 펑크 때우기 기술을 전수해 준 사람도 길 위에서 만난 아저씨였는데, 그는 마치 고기를 잡는 방법을 일러 주는 아버지처럼 세심하고 자상하다. 상황이 이렇다 보니 자칫 방심하고 읽었다가는 동주에게 아버지가 있는지 없는지 구분이 안 될 지경이다. 있는 것은 분명한데 동주의 성장을 압축하고 있는 자전거의 주변에서 아버지의 흔적은 거의 발견되지 않는다. 오직 아저씨와 삼촌들이 있을 뿐이다.

『싸움의 달인』과 『수평선 학교』에서는 아예 아버지라는 존재 없이 삼촌들의 존재감이 한층 더 부각된다. 부모가 집을 나가면서 졸지에 고아 신세가 된 소년(『싸움의 달인』)에게 보호자를 자청한 사람은 아이의 친 삼촌이었다. 삼촌과 의형제를 맺은 찐빵 삼촌은 불량해 보이지만 내면은 한없이 순수한, 소령이의 또 다른 지원군이다. 초반부는 찐빵 삼촌에게서 싸움의 기술을 전수받는 과정이 흥미진진하게 전개된다면, 후반부는 험난한 세상에서 살아남기 위한 진짜 싸움을 배우는 과정이 펼쳐진다. 제 몸을 던져 가족을 지키기 위해 고군분투하는 삼촌의 모습을 통해 소년은 도망치지 않는 법을 배운다. 위악적일지언정 무책임한 부모가 되지 않기 위한 고투. 부모가 없는 소령이에게 삼촌은 보호자를 넘어 인생의 중요한 멘토인 셈이다.

한편 『수평선 학교』에는 (이 글에서는 처음으로) 아버지를 그리워하는 소년이 주인공으로 등장한다. 아주 어릴 때 아버지를 잃은 소년은 본능적으로 아버지를 그리워하는데, 바다는 그러한 내면이 맞닿아 있는 곳이다. 부인에게 있어 남편을 빼앗아 간 바다는 증오의 대상이지만 아들에게는 도전과 지향의 공간이 된 것도 이 때문이다. 요컨대『수평선 학교』는 항해의 이야기이자, 성장 장애를 극복하는 소년서사인 것이다. 성장을 추동하는 핵심 키워드는 '범선, 강 선장, 선원'으로 요약할 수 있다. 우선 범선은 자전거의 또 다른 변신이라 하겠다. '무동력과 바람'이라는 공통분모는 바다와 육지라는 차이를 단박에 제압해 버린다. 작품 속 '범선 코리나'는 육지에서의 자전거를 연상시킬 만큼 엔진에 의존하지 않고 바람을 따라 앞으로 나아간다. 강 선장은 불량한 삼촌의 변신일 터인데, 이 작품에서 강 선장이 차지하는 비중은 절대적이다. 강 선장은 개인의 꿈을 좇아 가족을 등진 아버지이면서 동시에 소년에게는 성장 동력을 제공하는 인물이다. 만약 강 선장이 없었다면 해양 모험담만 남고 가족의 이야기는 자리 잡지 못했을 것이다. 마지막으로 '선원'이라는 키워드는 아버지로의 귀속과 아버지의 극복을 동시에 함의하는 말로 읽힌다. 우연찮은 기회에 아버지처럼 선원이 되었고, 항해를 통해 평생토록 바다를 항해하겠다는 꿈을 품게 되었기 때문이다. 수평선 학교를 열게 되는 결말은 소년의 꿈이 미래의 현실이 될 수 있음을 강하게 환기시킨다.

이렇듯 김남중의 성장서사에는 아버지의 부재 속에 아저씨들이 그 역할을 대체하는 양상이 두드러진다. 자전거와 범선 역시도 성장의 동력이자 아버지의 부재를 극복하는 상징으로 자리를 굳혀 가고 있다. 이것은 아버지의 왜소화라는 일련의 서사와는 구분될 필요가 있어 보인다. 오히려 아버지의 부재가 어떤 방식으로 극복되고 있는지, 그 성장이 얼마나 참된 것인지를 따져 묻는 게 온당할 것이다.

다만 강한 남성성을 바탕으로 한 김남중의 성장서사는 일면 마초적인 이야기로 읽힐 소지가 다분하다. 아버지를 대체하고 있는 아저씨들은 대개가 강인한 완력을 자랑하는 인물들인 데 반해, 상대적으로 여성의 강인함이나 역할은 매우 제한적인 편이다. 그나마 인상적인 여성 캐릭터는 『수평선 학교』의 강 선장 딸이 유일하다. 아버지의 역할이 삼촌이나 아저씨로 대체되는 과정에서 여성성도 함께 왜소화되고 있는 것은 아닌지 한 번은 되짚어 봐야 할 대목이다.

5. 고백을 넘어 공명의 아버지로

애초에 이 글은 동경과 경외의 대상으로서가 아니라 그것으로부터 멀어진 아버지를 대상으로 삼았다. 최근의 경향을 대변하는 데에도 부합하거니와 존경의 아버지를 다룬 작품 중에서 딱 내세울 만한 작품이 많지 않았던 것도 이유가 되었다. 뻔히 들여다보이는 주제는 옹색하게 느껴졌고, 단선적인 스토리 구성이나 평면적인 인물은 관습적인 범주에 안주하는 인상이 강했다.

적어도 여기에서 다룬 작품은 소재나 주제 면에서는 불편함을 줄지언정, 아버지라는 예속적인 범주를 벗어나 새로운 서사를 고민할 수 있는 여지를 준다는 점, 친족 간에 일어나는 그악한 사회적 이슈들에 대한 민감한 반응이라는 점에서 나름의 의미를 지닌다. 그 불편함의 근원에는 외투를 벗겼을 때 만나게 되는 실재, 즉 아버지의 결여와 불완전함 때문일 것이다. '아기가 된 아버지', '타락한 아버지', '대체되는 아버지'는 동경과 경외감으로부터 추락해 버린 아버지들의 현실에 대한 고백이 아닐 수 없다. '현실 적응에 실패한 인간들이 쓰레기로 전락할 수밖에 없는 사회가 되었다'는 지그문트 바우만(Zygmunt Bauman)의 전언처럼 기신기신 연명해 가는 아버지들의 실존은 엄연한 현실이며, 그 안에 놓인 아이의 황폐함을 응시하는 것은 아동문학이 외면할 수 없는 소재일 것이다. 그러한 면에서 일련의 작품들은 부박한 현실에 대한 보고이자 의미 있는 고백이라 할 것이다.

그러함에도 모름지기 이런 글의 마무리는 상찬보다는 성찰이 뒤따르는 게 미덕일 터. 각 작품들에 대한 흠결은 각론에서도 지적했으니, 이번에는 모두를 아우르는 문제점 하나를 제시하는 것으로 마무리 지을까 한다. 그 내용은 5절의 제목에서 드러낸 대로다. 사건을 통해 진실을 이야기한 것만으로 문학이 완성되지 않는 것은 동화나 아동소설도 피할 수 없는 숙명이다. 그 진실을 추궁하는 독자의 반응이 필요할 터인데, 우리는 이것을 감동이나 공명(共鳴)이라고 말하는 게 아닐까. 작가가 울린 진실의 종이 독자에게 와닿지 않았다면, 하여 독자가 함께 진동하지 않았다면, 그것은 온전히 작가의 문제일 것이다. 크고 작은 차이는 있겠으나 여기서 다룬 작품들에서 느낀 아쉬움은 바로 이것이다. 가부장제의 꼭짓점에서 추락하는 아버지와 그 소실점을 확인하는 일이 문학적 소명의 전부가 아니라, 그것을 통해 독자에게 진정한 감동을 선물하는 것. 그러한 면에서 결여된 존재로서의 아버지를 수긍하면서 동시에 그 진실과 마주하는 독자에게 깊은 울림을 주었던 백석의 아버지(유은실 「내 이름은 백석」)는 여전히 매력적인 인물이다. 의도와 상황이 어긋나는 지점에서 유발된 웃음이 '아빠의 목소리가 점점 떨리기 시작했다'는 시점에 이르러 묘한 울림으로 전이되었던 순간은 아직도 생생한 느낌으로 살아 있다. 약간 바보스럽고 많이 무식한 아버지이지만 천재 시인 백석이 쓴 시와는 또 다른 감동을 준다. 결국 독자가 느끼는 이 울림이야말로 문학의 완성이 아니겠나.

청소년 역사소설에서 여자 주인공이 넘어야 할 것들

이금이 『거기, 내가 가면 안 돼요?』를 중심으로

1. 역사물의 빛과 그림자

2016년, 마치 약속이나 한 듯이 재난과 역사를 소재로 한 한국영화가 쏟아져 나왔다. 평범한 가장이 느닷없이 터널 속에 갇히는가 하면, 영혼 없이 육체를 탐식하는 좀비들이 창궐하는 상황은, 마치 헬조선이라 불리는 지금 여기를 보고 있는 듯한 착각이 들 정도다. 그리고 불안한 현실은 과거를 통해 뭔가 응답을 구하는 듯 보이는데, 특히 일제강점기를 향한 타전이 숨 가쁠 지경이다. 지난 연말 「암살」을 시작으로 「귀향」, 「동주」, 「덕혜옹주」, 「밀정」에 이르기까지 일제강점기를 배경으로 한 영화는 최근 한국영화의 주류라 해도 과언이 아니다. 영화나 문학이 사회를 투사하는 거울의 일종이라면, 과거는 현재의 기원을 되비춰 보는 가장 정직한 거울 중 하나일 것이다. 그래서인지 망국의 시대가 자꾸만 호출되는 지금의 상황은 매우 상징적인 의미로 다가온다. 물론 이 영화들이 재난 상황에 놓인 현실에 대한 정확한 거울인지는 별개의 문제이겠지만.

2016년, 우리 청소년소설에도 일제강점기를 소재로 한 목록들이 추가됐다.『푸른 늑대의 파수꾼』(김은진, 창비)과『거기, 내가 가면 안 돼요? 1, 2』(이금이, 사계절)가 그것인데, 두 작품 모두 우리 현실이 안고 있는 시대적 쟁점 ── 12·28 한일 위안부 합의, 국정화 교과서 ── 과 공명한다는 점에서 반가움이 앞섰던 게 사실이다. 이러한 시국에 강제 위안부나 친일의 역사를 이야기한다는 것 자체가 작가로서는 하나의 도전이자 기회이기도 할 것이다. 자칫하다가는 역사관의 문제를 추궁당하거나 역사 왜곡 문제에 휩싸일 수도 있지만, 독자의 반응을 이끌어 내기에는 유용한 측면도 부인하기 어렵다. 다행스럽게도 두 작품은 꼼꼼한 사료 연구를 바탕으로 역사 왜곡 문제에 휘둘리지 않는 견고함을 지녔고, 가벼운 공분으로 독자를 현혹시키는 그것들과는 다른 면모를 보여 주었다.

덕분에 우리 청소년 역사소설의 층도 한결 두꺼워졌다. 창비 청소년 문학상을 받은『푸른 늑대의 파수꾼』은 영화「귀향」과는 사뭇 다른 방식과 감각으로 지금의 청소년을 공략했다는 점이 신선하게 다가왔다. 「귀향」이 역사적 증언을 토대로 위안부 할머니들의 아픔을 생생하게 그려 냈다면,『푸른 늑대의 파수꾼』은 조선의 최고 가수를 꿈꾸던 생기발랄한 소녀를 서사의 중심에 불러 세웠다. 한쪽이 아픔의 재현과 고통에 관한 증언이라면, 다른 한쪽은 지금과 별반 다르지 않은 청소년과, 개인의 꿈과 욕망을 응시했다는 데 의미가 있을 것이다. 타임슬립(time slip)을 활용한 판타지 기법은 어두운 시대를 조명하는 데 제 몫을 발휘했고, 일본인을 혐오의 대상으로 단순화시키지 않은 점도 미덥게 다가왔다. 한편『거기, 내가 가면 안 돼요?』는 친일파 자작의 딸과 그 집에

제 스스로 팔려 온 아이의 파란만장한 삶을 통해 우리의 근현대사를 촘촘하게 그려 냈다. 특히 일제강점기라는 암흑기에서 하늘하늘한 연애의 감정을 불러냈다는 점은 다른 청소년소설에서 흔히 볼 수 없었던 독특한 풍경이라 할 것이다. 1920년대 모더니즘을 관통하는 자유연애라는 시대적 특수성은, 우리 청소년소설이 미처 가닿지 못한 영역이기도 하다. 그뿐만 아니라 강제 위안부를 넘어 계층과 인종의 문제를 국제적인 안목으로 그려 낸 것은 이금이 작가의 33년 내공을 여실히 보여 준 결과라 할 것이다.

그러나 상찬만 늘어놓기에는 두 작품이 지닌 한계 또한 뚜렷하다. 무엇보다도 인물의 생명력이 기대감을 밑돌았는데, 이것이 주제의식의 심도와 파괴력을 약화시키는 빌미가 된 것으로 보인다. 그리고 때로는 과거로부터 온 응답이 과연 우리가 수신해야 할 메시지인가를 의심케 하는 상황들이 적지 않아 당혹스러웠던 게 사실이다. 현재적 의미를 획득하지 못한 과거는 가치 있는 역사라고 보기 어렵다. 우리가 역사소설을 평가하는 데 있어 이 대목에 전력투구를 다해야 하는 까닭도 이 때문이다.

이러한 맥락에서 『푸른 늑대의 파수꾼』의 문제는 크게 두 가지로 요약된다. 첫째는 개성 넘치는 수인이라는 과거 인물에 비해, 현실에 있는 햇귀의 존재감이 너무 미미하다는 것. 햇귀는 과거의 메시지를 온전히 받아 안아야 할 수신자이기도 하지만, 동시에 (작품 제목처럼) 푸른 늑대의 '파수꾼'으로 거듭나야 할 주체적 인물이기도 하다. 그러나 햇귀는 할머니(현재의 수인)의 청자(聽者)이자 잔혹한 역사를 증언하는 전령의 위치에 있을 뿐, 시대적 아픔이나 갈등의 소용돌이를 관통하는 인물과는 거리가 있다. 햇귀에게서 파수꾼의 풍모가, 혹은 그려질 수 있겠다는 믿음이 거의 느껴지지 않은 것도 이 때문이다.

둘째는 결말에서 마주하게 된 개운치 않은 느낌과 연관돼 있다. 누군가는 그것이 과거를 통해 현재가 뒤바뀌는 시간의 뒤틀림에 대한 문제일 것이라고 했지만, 그 말에는 동의하고 싶지 않다. TV드라마 「시그널」의 열혈 시청자였던 나로서는, 이 문법이 판타지 규범에 맞고 안 맞고는 전혀 중요한 것이 아니다. 문제는 시간의 뒤틀림이 현실을 뒤바꾸어 놓은 것이 아니라 그것을 유발한 요인에 있다 할 것이다. 즉 시간의 변형과 보정을 가능케 했던 또 다른 소녀의 희생이 못내 불편했던 게다. 위안부로 끌려갈 수많은 소녀들을 대신해서 '수인이라도 구하자'고 다짐했던 햇귀의 간절한 소망은, 하루코를 희생양으로 삼으면서 윤리적 모순에 봉착하고 말았다. 자신에게 벌어질 끔찍한 미래를 까마득히 모른 채 수인을 대신하여 위안부의 트럭에 오르는 하루코의 운명은, 마치 『거기, 내가 가면 안 돼요?』에서 채령을 대신해 위문대 기차에 몸을 실었던 수남의 그것과 다를 바가 없지 않은가. 만약 후자의 경우에만 분노를 느낀 독자가 있다면, 혹 이율배반적인 태도가 아닌지 되짚어 봐야 할 일이다.

그렇다면 『거기, 내가 가면 안 돼요?』에서 느낀 당혹스러움의 정체는 무엇인가. 이 글의 주된 관심은 이것을 찾는 것이다. 신인 작가와 중견 작가를 나란히 놓고 비교하는 것도 우습거니와 이금이라는 작가가 아동청소년문학에 미치는 영향력을 감안하더라도 이 선택이 적절해 보이기 때문이다.

앞에서도 말한 것처럼 이 작품은 일제강점기라는 암흑의 시대에 연애라는 낭만적인 서정을 불러들였다. 게다가 소년이 주류인 역사서사에서 소녀를 주인공으로, 그것도 두 명이나 내세웠다는 점도 특이하다.

어쩌면 이 작품의 빛과 그림자가 모두 여기에 있는지도 모른다. 한데 여성의 성장서사라는 관점에서 본다면, 어둠을 밀어낼 만한 빛을 기대하기는 어려울 듯하다.

2. 집을 나온 소녀, 남자에 귀속된 여성

자아가 타자에 의해 사후적으로 구성되는 것이라면, 주체는 타자의 존재로부터 독립적인 성향을 갖는다. 주체가 되지 못한 자아는 선망의 대상이 사라질 경우 사상누각이 되지만 독립적인 주체는 오히려 그 소실점 위에서 자기 정체성을 획득한다. 정신분석학에서 말하는 '주체'의 의미를 이 작품에 등장하는 여성들 위에 올려놓는다면, 과연 어떤 산출물이 나오게 될까?

먼저 구시대 여성들을 살펴보자. 친일파 지주인 윤형만의 처, 곽 씨 부인과 그 집 행랑어멈인 술이네는 확연한 신분 차이에도 불구하고 옛날 여성의 전형을 보여 준다는 점에서는 공통분모가 확실하다. 이른바 '이름 없는' 존재들로 당대의 타자성을 대변하고 있거니와 부재한 남편의 자리를 아들에 대한 욕망으로 보상받으려는 양상 또한 그러하다. 간절하게 아들을 원했던 곽 씨는 10년 만에 얻은 자식이 딸이라는 사실에 절망한다. 피둥피둥 불어난 살과 담배 연기, 그 사이를 흐르는 「사의 찬미」의 우울한 곡조는 곽 씨의 심리 상태를 보여 주는 징표들이다. 술이네 역시 자신의 욕망은 철저하게 억누른 채, 오직 아들을 향한 욕망 하나로 기신기신 살아간다. 만세운동 때 남편을 잃고 3남매까지 시댁으로 보낸 술이네에게 그의 아들은 유일한 삶의 희망이다.

한편 채령과 수남은 신세대 여성을 대표한다. 적어도 작가가 의도한 인물의 설정은 그러했다. 수남은 일곱 살 때 제 스스로 자작의 딸 채령의 생일 선물이 되었고, 이후부터 두 사람은 굴곡진 현대사와 맞물려 고된 운명을 함께한다. 그러나 곽 씨 부인과 술이네가 그러했듯, 두 소녀 역시도 신분적 차이를 무색하게 할 만큼 유사한 지점들이 두드러진다. 첫째는 간절히 아들을 원했던 순간에 불쑥 세상 밖에 나와서는 제 스스로 그 집의 굴레를 벗어던진 여성들이라는 점이다. 두 소녀에게 신세대 여성의 풍모를 느끼며 앞으로의 활약에 기대감이 높아진 것도 이 때문이다. 둘째는 그들이 출가를 결심한 원인이 타락한 아버지 때문이라는 점이다. 논 서 마지기에 감복하여 덥석 딸을 내놓은 수남의 아비나 외동딸을 제 소유물인 양 취급했던 채령 아비의 왜곡된 사랑 역시 이들에게는 벗어나야 할 족쇄나 다름이 없었다. 다만 두 인물 간에 차이가 있다면 빈부와 계층적 격차에서 비롯된 현실에 대한 대응일 것인데, 수남은 배움을 통해 채령은 사랑을 통해 진정한 자유를 얻고자 한다. 그러나 이광수의 소설 『유정(有情)』(1933)이 이들의 정서를 압도하는 순간부터 두 인물의 변별력은 물론 그전까지 유지됐던 생동감마저도 급격히 힘을 잃고 만다. 특히 새로운 세상을 꿈꾸던 수남이의 호기로움이 멋진 남성에게 사랑을 구하는 통속적인 러브스토리로 대체된 점은 못내 아쉽다. "거기, 내가 가면 안 돼요?"라는 말로 세상 너머를 꿈꾸었던 일곱 살짜리 아이, 종년 주제에 아씨의 머리채를 휘어잡던 오만방자한 아이는 호된 매질을 당한 이후부터 급격하게 생기를 잃고 만다. 아니 정확히 말하자면 매질을 당한 후 찾아온 강휘의 따뜻한 손길을 느낀 이후부터가 맞을 것이다. 이때부터 수남은 강휘를 위해서는 '무엇이든 인내할 수 있는' 지고지순한 여성으로 퇴행하기 시작한다.

철저하게 자기중심적인 채령은 오직 한 남자, 정규 앞에서만 이타적인 존재가 된다. 아니 이타보다는 종속이라는 표현이 더 어울릴 듯하다. 사랑하던 남자를 잃고 그 상실감을 끝내 극복하지 못한 채 수남과 마찬가지로 퇴행의 길을 걷게 되었으니 말이다. 그 첫 번째 경유지는 어머니였다. 강제 결혼하여 미국으로 건너간 채령은 어느 순간 엄마를 닮아 가는 자신의 모습을 발견한다. 경제관념이 없는 것이나 사랑을 갈구하는 모습 등 모녀지간의 닮은 점은 아들을 유산한 이후부터는 그 양상이 한층 뚜렷해진다. 딸을 미워하고 준페이의 외도를 의심하는 등 히스테리적인 증상을 보이는 채령의 모습은 곽 씨 부인을 연상시키기에 충분하다. 최종 종착지는 결국 아버지였다. 해방과 함께 남편과 아이를 버리고 집으로 돌아온 채령은 고아가 된 현실 앞에서(친일파였던 아버지가 어머니를 죽이고 자결한다), 아버지의 삶을 승계함으로써 생존의 위기를 타계하고자 한다. 사업가로 승승장구하며 변화된 시대에 영악하게 대처하는 모습 등은 제 아비의 모습 그대로다. 곡절 많은 여행의 종착지가 그토록 벗어나고 싶어 했던 아버지라는 것은 매우 아이러니한 결과가 아닐 수 없다.

선망하던 남성들이 사라짐과 동시에 이들의 삶이 송두리째 흔들린다는 것은, 그들이 타자에 예속된 존재라는 것을 명징하게 보여 주는 대목이다. 아버지(국가)가 부재했던 시대 이들에게는 타락한 아비가 있었고, 이들은 제 발로 집을 나옴으로써 '주체 되기'에 도전했다. 그러나 이들에게 박수를 보낼 수 있는 지점은 집을 나오던 순간 딱 거기까지인 듯하다.

3. 현실의 찢김, 모성주의와 순결주의라는 보호 기제

이 작품에서 그 성격이 가장 묘연한 인물을 꼽는다면 곽 씨와 술이네이다. 구시대 여성의 전형성을 고려하더라도 이해가 되지 않는 부분들이 적지 않다. 이를테면 자식의 목숨과 맞바꾸게 된 채령을 마지막까지 챙기면서 '거둘 사람이 생겨 활기를 찾았다'는 술이네의 반응이 그러하다. 속을 알 수 없기는 곽 씨 부인도 마찬가지다. 모진 운명의 원흉과도 같은 첩의 자식을 미움보다 사랑이 넘치는 존재로 여기니, 이 무슨 조화인가 싶다. 또한 남편에게 사랑받을 수 있는 마지막 기회(아들)를 박탈해 버린 채령이건만, 곽 씨는 숨을 거두는 마지막에는 '채령'의 이름을 부르며 숨을 거둔다. 이 납득하기 어려운 상황들을 이해할 수 있는 길은 모성주의라는 숭고한 이념뿐이다.

여기에서 모성주의는 어머니라면 누구나 갖게 되는 생득적인 사랑과는 거리가 있다. 어머니이기 때문에 감내해야 되는 희생이자 굴레이며 이데올로기인 것이다. 이때 모성은 유독 아들에게서 민감하게 작동한다. 곽 씨와 술이네가 품고 있던 분노와 복수심은 '모성주의'라는 검열 앞에 주춤거리는 인상이 역력하다. 다만 구시대를 상징하는 두 인물에게 이 문제를 집요하게 물고 늘어지고 싶지는 않다. 문제의 심각성은 신세대 여성으로 상정된 인물에게조차 이 굴레가 답습되고 있다는 데 있다. 해방이 되자 남편과 자식을 미국에 버려둔 채 집으로 돌아온 채령의 경우도 예외는 아니다.

채령은 수남이 낳은 강휘의 핏줄을 골칫덩이로 여기다 수남이 아이를 남보듯 하자 마음이 바뀌었다. (…) 꼬물거리는 아기를 보고 있노라면 채령의 마음속 깊은 곳에서 독하게 억누르고 있던 모정이 끓어올랐다. 세상에 나오지 못한 아들이 어미를 찾아온 것만 같았다.

　　술이네는 어느 날 밤 아기에게 빈 젖을 물린 채 앉아 있는 채령을 보고 망측해하면서도 회심의 미소를 지었다. (2권, 272~73면)

　아비의 무덤 앞에서 '아버지의 진짜 사랑은 강휘 오빠(이복오빠)'였다며 통곡했을 정도로 채령은 강휘에게 강한 질투와 콤플렉스를 느껴왔다. 그러함에도 강휘의 아이만큼은 순순히 거둔다. 마치 그의 어미가 아들을 사산하고 첩의 아들인 강휘를 친아들처럼 키웠던 것처럼 말이다. 만약 미국에서 낳은 자식이 딸이 아니라 아들이었더라면 어떠했을까. 예상컨대 아이를 매정하게 두고 오거나 강휘의 아들을 키우는 일 또한 벌어지지 않았을 것이다.

　한편 수남에게는 모성주의에 순결주의라는 또 하나의 이념이 작동된다. 수남과 술이네는 비혈연 가족이라 할 수 있는데, 희생을 감내해 나가는 수남이의 인생사는 술이네의 인생 궤적과 상당히 흡사하다. 특히 강휘의 아이를 밴 이후부터 수남은 자식을 통해 삶의 이유를 찾는 존재로 전락하는데, 여기에 순결주의가 덧입혀지면서 수남의 캐릭터는 점차 박제화되고 만다. 순결주의가 당대의 지배적 이데올로기였고 수남이 그 속박으로부터 자유롭지 못했던 것을 옹호한다면, 애초에 작가가 내세운 수남의 당돌함은 옹색해지고 말 것이다.

　순결주의는 오롯이 '성적' 순결로 귀결된다. 수남이 일본 군인에게 겁탈당하려는 순간 느닷없이 죽은 언니의 혼령이 나타나 위기를 모면하는 장면은, 성적 순결에 대한 작가의 강박이 여실히 드러난 부분이라 할 것이다. 귀신이라는 억지스러운 설정은 분명 강박에 가까워 보인다. 그다음에 닥친 위기에서는 윤간을 피하지 못하는데, 정작 이때는 혼령이 외면하고 말았으니 그 영문을 알 길이 없다. 만약 언니의 혼령으로 유예된 순결이 주체적 성장을 위한 기다림의 장치였다면, 수남은 스스로를 지키는 수호신으로 거듭났어야 했을 것이다. 더군다나 수남이 살아온 인생사를 감안하면 아쉬움은 더 클 수밖에 없다. 일곱 살에 자작의 집에 몸종으로 들어가 혼자 힘으로 한글과 일본어를 깨치고, 지옥의 터널을 뚫고 혈혈단신 미국으로 건너가 무수한 인종차별을 견디며 대학까지 졸업한 여성이 아닌가. 그런데 순결을 잃고 삶의 끈을 놓고 껍데기만 남게 된 수남은 현모양처 이데올로기를 미덕으로 삼는 구시대 여성의 그것과 별반 다르지 않아 보인다.

이제 수남을 지켜 주는 수호신은 오로지 그녀의 아들 진수다. 그것도 '악마의 씨'가 아닌 '불지옥 속에서 자신을 지킨' 강휘의 혈통 말이다. 다시 살아야 될 이유를 찾게 된 것도 진수가 강휘의 자식임을 확신하게 되면서부터다. 훼손된 몸으로 양처(良妻)의 자격을 상실했다고 믿었던 그녀에게 강휘는 현모(賢母)라도 될 수 있는 기회를 갖게 된 셈이다.

> 수남은 아이가 자신을 찾기를 기대하지 않았다. 평생 자기를 엄마인 줄 모르고 살아도 괜찮았다. 그래도 자신은 진수의 엄마였다. 또한 아들 덕분에 영원히 강휘의 아내일 수 있었다. (2권, 284~85면)

여기에서 현모라 함은 자식이 잘될 수 있다면 그저 멀찍이서 볼 수만 있어도 족한 어미가 되는 것이다. 더 이상 수남에게는 제 발로 집을 나오던 당당함도, 주인집 아이의 머리채를 잡아끄는 호기도 남아 있지 않다. 오로지 타자를 통해 자신의 존재를 확인받을 뿐이다. 그 최종 심급에는 강휘가 있다.

4. 러브스토리와 함께 퇴각한 역사의 무게

그렇다면 두 여자 주인공이 사랑하고 동경했던 남성들은 어떤 인물로 그려지고 있는가? 채령이 사랑한 정규와, 수남이 사랑한 강휘는 모두가 일본 유학생 출신으로 신문명을 상징하는 인물들이다. 그것도 겉만 번지르르한 모던보이가 아닌, 민족의 문제를 고민하고 실천하는 선각자 말이다. 채령이 사랑한 정규는 비록 분량은 얼마 안 되지만 서사의 흐름에는 강력한 쓰나미를 몰고 온 인물이다. 독립운동가를 사랑한 대가는 채령뿐만 아니라 수남에게도 가혹한 대가로 돌아온다. 채령은 일본 사람과 강제 결혼하여 미국으로 건너가고 수남은 채령을 대신하여 일본군 강제 위안부로 끌려갔으니, 가혹하다는 표현이 부족할 지경이다. 자기 선택과는 무관하게 운명의 소용돌이에 휘말린 두 소녀와는 달리, 정규는 끝까지 제 스스로 자기 운명을 결정한다. 민족 반역자의 딸과 사랑에 빠지면서 잠시 죄책감에 휩싸이지만 결국에는 자기 신념에 따라 죽음의 길을 선택했던 것이다.

한편 강휘는 친일파 자식과 첩의 자식이라는 이중의 굴레에 놓인 인물이다. 일본으로 유학을 간 이유도 친일파이자 주색잡기에 빠져 있는 아버지로부터 벗어나기 위함이었으니, 어찌 됐든 유학의 동기는 이복동생인 채령과 크게 다르지 않았던 셈이다. 그러나 아버지의 삶을 승계한 채령이나, 사랑하는 남자를 잃고 생기를 잃어버린 수남과는 전혀 다른 지향을 보여 준다. 백범 김구와의 만남과 광복군으로서의 의로운 죽음은 비극적이라기보다는 비장하며 또 숭고하다. 비극은 오롯이 수남의 몫일뿐이다.

이렇듯 사랑하던 남자를 잃고 본연의 색깔마저 잃어버린 여자 주인공들과는 달리 그들의 남자들은 시대에 맞서는 비장한 인물로 그려져 있다. 역사적 무게가 주로 남자들에게 쏠려 있고, 여자 주인공은 역사서사의 중심부에서 밀려나 있다. 그녀(들)의 시선은 시종 항일이나 폭력의 역사가 아닌, 그곳에 몸담고 있는 신념 반듯한 남자를 향해 있다. 따라서 여자 주인공들의 역할은 그 기대와는 달리 매우 수동적이다. 일면 통속적인 시대극에 등장하는 비운의 여주인공을 떠올리게 할 정도다.

그렇다면 이 남자들이 역사적 진실을 규명하는 문제적 인물이라 할 수 있을까? 여기에도 긍정적인 답을 내놓기는 어려울 듯하다. 이를테면 정규는 1930년대 후반 교토 유학생들이 가담했던 항일 비밀조직의 실체를 보여 줄 수 있는 유일한 인물이다. 하지만 독자가 읽어 낼 수 있는 것이라곤 유학생들의 미팅 장면과 사랑에 빠진 운동권의 번민 정도가 고작이다. 여기에는 친일파의 딸을 사랑하게 된 죄책감과 그것을 무화시키는 사랑의 감정이 교차할 뿐, '비밀조직'이라는 존재는 끝까지 비밀에 부쳐지고 말았다.

강휘에 대한 아쉬움은 정규의 그것을 훨씬 능가한다. 강휘야말로 이 작품에 등장하는 모든 인물 중에 가장 다층적이면서도 역사의 심연에 근접한 인물이다. 애초부터 강휘는 정규나 장수처럼 전형적으로 유형화된 독립투사들과는 그 결이 달랐다. 항일의식이나 애국에 대한 명분이 확실했다기보다는, 그저 아버지의 구속에서 벗어나기 위해 배신감을 안겨 준 친구(장수)를 피해 일본으로 중국으로 떠돌았다고 보는 게 정확할 것이다. 상해 임시정부의 분열을 보면서 실망감에 빠지고 이내 아이들을 가르치는 교사로 선회하게 된 것은 강휘의 소극적이고 유약한 성격을 보여 주는 대목이다. 그러다 수남에게 자극을 받고 다시 광복군에 투신하면서 점차 단단한 주체로 거듭나게 된다. 다만 이 과정은 작가의 서술이나 수남과의 대화에서 단편적으로 드러날 뿐, 그 내면적 갈등은 대부분 소거되고 말았다. 이 과정에서 퇴각한 것은 강휘의 고뇌뿐 아니다. 그 내면을 통해 제시될 수 있었던 역사적 사건에 대한 무게감도 함께 가벼워지고 말았다. 임시정부를 둘러싼 갈등의 실체가 무엇인지, 김구와의 만남이 왜 중요했는지, 광복군이라는 항일단체의 실체가 어떠했는지는 독자의 상상에서나 가능한 일이 되어 버린 것이다.

역사소설이라는 관점에서 이 작품의 가치를 높이 평가하기 어려운 것도 이 때문이다. 한마디로 러브스토리 자체가 통속적이라는 게 아니라, 역사적 심연에 가닿지 못한 러브스토리가 통속적이었던 것이다. 개인의 관계를 축으로 삼고 역사를 그저 병풍처럼 두르는 방식으로는 역사적 진실은 왜소화될 수밖에 없다. 이러한 맥락은 이 작품의 실질적 주인공이라 할 수 있는 수남에게도 마찬가지이다. 사실 제 스스로 집을 나섰던 당돌한 일곱 살 소녀가 남자의 그림자에 갇히지 않고 진정한 주인공으로 우뚝 설 수 있는 기회는 적지 않았다. 미국에서 이승만이 활동하던 독립운동 단체와 연결되었던 순간이 가장 적절한 타이밍이 아니었을까. 그러나 광복군에게 자금을 전달해야 하는 시대적 사명이 단지 강휘를 만나러 가기 위한 수단으로 전락하는 순간에 이르러 그 기회는 허공에 날아가고 말았다.

5. 관습과 시대에 맞서는 여성 주인공을 기다리며

존 달버그 액턴(John Dalberg-Acton)의 말을 빌리자면, "역사란 우리 시대의 부당한 영향이나 환경의 억압"뿐 아니라 심지어 "우리가 숨 쉬는 공기의 압력으로부터 우리를 구출해 주는 것이어야" 한다(E. H. 카 『역사란 무엇인가』, 김택현 옮김, 까치글방 1997, 64면). 이제는 자명한 명제가 되었지만 역사는 현재이며 미래인 것이다. 안 그래도 소망이 없는 시대를 사는 우리가 굳이 망국의 시대를 통해 응답을 찾으려는 이유도 여기에 있을 터.

그렇다면 이금이가 보낸 메시지로부터 우리가 접수할 수 있는 현재적 의미는 무엇일까? 한 가지는 분명해 보인다. 두 주인공의 뒤바뀐 운명은 친일과 항일의 가치가 전도된 대한민국의 현실을 반영하고 있다는 것. 친일 자본이 부를 축적하고 여전히 기득권을 유지하는 동안 이에 맞서는 세력들은 '종북 빨갱이'가 돼 버린, 목하 진행 중인 우리의 어처구니없는 현실 말이다. 여기에 덧붙여 타락한 권력에 취해 있었는지 모르겠다던 수남의 마지막 고백도 상당한 여운을 남긴다. 이 부분을 읽을 때 나는, 우리가 외치고 있는 정의로운 사회가 혹 윤리적 당위를 가장한 얄팍한 개인의 욕망 ── 시기와 질투 ── 은 아닌지 잠시 움찔하지 않을 수 없었다.

그러나 앞서 살펴본 바와 같이 이 역사소설이 현실에 균열을 일으킬 만한 도끼를 가지고 있는지에 대해서는 회의적이다. 이 회의감은 도끼를 쥐고 있어야 할 두 여자 주인공에 대한 실망감에 비례한다. 문명에 대한 동경과 자유연애담은 근대성을 상징하는 요소이지만, 그 이면에 작동하고 있는 주체의 행동 방식은 철저히 구습에 얽매여 있다. 남포등 옆에 꽃신(1권 표지)을 신고 있던 소녀가 빨간 구두로 갈아 신고 서양식 가방(2권 표지)을 맸다고 해서 진취적인 여성이 되는 것은 아니다. 방대한 여정을 마친 그들의 여행 가방에는 여전히 순결주의나 모성주의 같은 관습들이 해묵은 더께처럼 자리하고 있다. 사회적 금기에 도전하지 못한 주체가 역사의 중심부로 들어서지 못한 것은 어쩌면 당연한 결과가 아닐까.

결국 이 작품에서 꺼내 든 자유연애담은 역사적 굴레와 사회적 굴레를 벗어던질 수 있는 소재로 도약하는 데에는 실패하고 말았다. 현실의 결핍은 이상적인 배우자를 통해 낭만적인 봉합을 시도하지만, 정작 그들을 잃게 된 순간부터 존재적 위기에 직면하고 말았기 때문이다. 아들에 집착하는 모성은 그 연장선에 있는바, 그녀들이 끝내 홀로 설 수 없는 존재가 되었음을 증명한다. 학문(배움)이나 자유연애로 대변되는 근대성은 남아 선호, 모성 이데올로기, 순결주의와 같은 관습적인 기율로 인해 옹색해지고 말았다.

그 옛날 사람들은 참으로 가혹한 인생을 살았다, 라는 식으로는 역사소설의 온전한 책무를 감당하기 어렵다. 기록된 사실에 주석을 다는 것을 넘어, 그 의미를 해석하고 궁극적으로는 현재를 사는 우리에게 어떤 의의가 있는지를 확실하게 보여 주어야 한다. 무릇 역사란 우리 시대의 부당한 억압에 관해 말하는 방식 중 하나이기 때문이다. 그런 의미에서 『거기, 내가 가면 안 돼요?』는 정확한 고증을 바탕으로 우리 청소년 역사소설의 지평을 확장시킨 공로는 인정하더라도, 지금의 부당함 특히 여기에 놓인 보수적인 여성 담론에 타격을 주기에는 역부족인 것으로 보인다.

다음에는 당대의 관습적인 기율과 맞서 싸우며 역사의 중심에 우뚝 선 여성 주인공을 만나고 싶다. 오랑캐 장수의 목에 칼을 겨누었던 박 씨 부인 같은, 호방하면서도 전복적이고 문제적인 인물 말이다. 기실 그 칼은 나라를 지키지 못한 무능한 위정자(남자)들을 향한 것이었으니,『박씨부인전』이 왜 유독 일제강점기 때 많이 읽혔는지 이제야 알 것 같다.

비극적인 과거를 소환하는 아주 솔직한 방식

권정생, 그리고 『몽실 언니』

1. 반전(反戰)과 반전(反轉): "지금 넘어가 볼까요?"

우리 현대사에서 4월은 그야말로 잔인한 달이었다. 제주 4·3 사건, 4·19 혁명, 4·16 세월호 참사 등 유독 죄 없는 목숨들이 흐드러진 봄꽃 사이로 황망하게 쓰러져 갔던 때가 아닌가. 그런 의미에서 2018년 4월은 애도를 위한 시간이 아니었을까 싶다. 제주 4·3 사건 추모제와 4·19 혁명 기념식이 어느 때보다 진정성 있게 치러졌고, 세월호 추적 다큐멘터리 영화 「그날, 바다」는 세월호의 진실을 인양하는 데 새로운 동력으로 부상하고 있기 때문이다. 그래서인지 이번 4월만큼은 슬픔보다는 위로가, 원망보다는 소망이 더 자주 언급되는 듯하다.

그 소망은 한동안 잊었던 우리의 소원, 통일에 관한 것이기도 했다. 지난(2018) 4월 27일은 북한 지도자가 처음으로 군사분계선을 넘어 남한 땅을 밟은 역사적인 날이었다. 김정은 국무위원장이 금기의 선을 넘어서는 순간, 마치 인류가 달에 첫발을 내딛는 순간인 양 전 세계가 환호했다. 그리고 바로 뒤이어 누구도 예상치 못한 장면이 순식간에 벌어졌다. "나는 언제쯤 (북측으로) 넘어갈 수 있겠느냐?"는 문재인 대통령의 말에 "지금 넘어가 볼까요?"라며 김정은 국무위원장이 손을 내밀면서 동시에 두 사람이 북쪽으로 월경을 하였던 것. 비록 10초 정도의 짧은 시간이었지만 아득했던 분단의 벽이 불과 10센티미터 정도의 턱에 불과했다는 사실을 깨닫기에는 충분한 시간이었다. 무거운 슬픔과 고통으로 얼룩졌던 분단의 역사, 그리고 그것을 상징하는 군사분계선이 마치 장난처럼 허물어지는 순간이었다. 장난 같은 현실은 한반도의 비핵화, 항구적 평화정착 선언이라는 놀라운 결실로 이어졌다.

삼팔선, 휴전선, 군사분계선. 이 선들은 우리 현대사에서 피비린내 나는 인정투쟁의 산물이요 금기의 상징이었다. 슬라보예 지젝(Slavoj Žižek)의 말처럼 그것은 화들짝 뜨거운 공포라기보다는 은밀하고 내밀하게 우리의 자의식 너머에 은근슬쩍 자리해 왔는지도 모른다. 1980년대 인기 만화영화였던 「똘이 장군」을 예로 보자. 어른이 된 후 이 만화영화가 반공 홍보물이었다는 사실을 알게 된 기성세대가 적잖을 것이다. 한데 정작 주인공 똘이가 홀로 남게 된 내막이 부모의 월북 탓이라는 사실을 알고 있는 사람은 거의 없을 듯하다. 금기를 어긴 부모를 대신하여 졸지에 고아가 된 아들이 김일성을 때려잡으면서 죄의 사함을 받는다는 사실 말이다. 김일성이 돼지로 바뀌는 장면만큼 강렬하진 않지만, 이러한 메시지는 훨씬 더 자연스럽고 내밀한 방식으로 우리의 내면을 점령해 왔던 것은 아닐까.

한편 그 와중에도 일상 속에 은폐된 녀석들을 과감하게 끄집어내는 지배 이데올로기의 사냥꾼들이 있었다. 그들은 자꾸 금기의 선을 넘으려 했고 그것이 통일에 가까워지는 길이라고 목소리를 높였다. 비단 학생운동권이나 진취적인 성인문학가들만의 이야기가 아니다. 우리 아동문학에도 그러한 작가가 있었다, 라고 한다면 많은 이들은 그런 사람이 있었나? 할 것이지만 말이다. 여기서 말하고 싶은 그는 흔히 연상되는 혁명가의 풍모와는 한참 거리가 멀었던 사람이다. 갈깃머리 휘날리며 온몸으로 통일을 부르짖기에 그는 너무도 병약한 육체를 타고났다. 열아홉 살에 결핵을 앓기 시작해서 평생을 병마와 씨름할 정도로 약골이었고, 일평생 이성에게 좋아한다는 말 한마디 못 할 정도로 숙맥이었으며, (그의 말대로라면) 매사에 겁이 많은 겁쟁이였다. 그래도 마음씨는 얼마나 고왔던지 주변 이웃들은 그를 가난한 성직자의 이미지로 기억한다. '천사 같은 사람', '예수', '우리와는 다른 세상의 사람'.[1] 헌신적이고 숭고하기까지 한 그의 삶 앞에서, 우리 모두는 일순 경건해지고 만다.

진즉에 눈치챘을지 테지만 동화작가 권정생(權正生)을 두고 하는 말이다. '정생(正生)'이야말로 그의 삶을 가장 명징하게 보여 주는 말이 아닐까 싶다. 탐욕과 폭력의 시대에 맞서 바르게 산다는 것이 무엇인지를 보여 준 그의 삶이, '正生'이란 이름 속에 고스란히 담겨 있지 않은가. 하지만 그의 삶이 보여 준 '바름(right)'이 오롯이 성직자의 면모로 수렴되는 것에는 동의하고 싶지 않다. 우리는 그가 엄숙한 성자이기 전에 누구보다 전위적인 작가였다는 사실을 잊으면 안 된다.

신채호·장준하·함석헌을 존경하는 그는 히틀러를 죽이기 위해 암살단을

---

1 조월례·정병규 「'정생이'는 천사 같은 사람이었지」, 원종찬 엮음 『권정생의 삶과 문학』, 창비 2008, 351~56면.

조직한 디트리히 본회퍼(Dietrich Bonhoeffer) 목사를 닮고 싶어 했다. 물론 그는 안중근처럼 권총도 없고, 화염병을 던지지도 않고, 테러를 하지도 않았다.

그러나 그는 그 이상의 것들을 했다. (…) 그는 매우 위험하고 불온한 사상가였고, 반역자였으며 혁명이 사라진 시대의 혁명가였다. '위대한 부정의 정신'의 소유자였다.[2]

권정생이 작고한 직후 한 일간지에 실린 추모의 글이다. 예수를 닮은 숭고한 삶이 권정생을 보여 주는 하나의 단면이라면 "함께 일해 함께 사는 세상이 사회주의라면 올바른 사회주의는 꼭 이루어져야 한다"[3]고 서슴없이 내뱉는 혁명가의 모습 또한 권정생의 삶에서 빼놓을 수 없다. 가난과 절제, 무욕은 그가 자본주의라는 거대 욕망과 싸우는 방식이었고, 그것을 통해 '그 이상의 것들'을 해냈던 사람이 바로 권정생이다.

이 글은 '그 이상의 것'이 과연 무엇이었는지, 『몽실 언니』를 중심으로 이야기해 보고자 한다. 그곳에 우리가 반드시 기억해야 할 통일에 대한 사유가 담겨 있으리라 믿기 때문이다. 이왕에 대화체로 문을 열었으니, 그가 남긴 '말'들을 씨앗 삼아 그 의미를 곰곰이 되씹어 보자. 그럼 어디, "지금 넘어가 볼까?"

---

2 이대근 「권정생, 그의 반역은 끝났는가」, 『경향신문』 2007년 5월 24일자; 원종찬 엮음, 같은 책 359면.
3 권정생 「휴거를 기다렸던 사람들」, 『우리들의 하느님』, 녹색평론사 1996, 31면.

2. 증언: "솔직한 글 한번 쓰고 싶습니다."

박완서, 그는 우리 소설에서 한국전쟁을 가장 정직하고 섬세하게 표현한 작가 중 한 명이다. "무당이 지노귀굿해서 망령을 천도하듯, 나는 내 글쓰기로 내 속에 꼭꼭 가둔 망령을 자유롭게 풀어 주고 아울러 나 또한 자유로워"[4]지길 바랐다는 작가의 말은, 새삼 증언의 욕망과 자기치유가 박완서 글쓰기의 원천이었음을 상기시킨다. 그에게 한국전쟁은 늘 '어제런 듯 생생'한 기억이었고, 덕분에 우리는 다큐멘터리보다 더 리얼한 전쟁의 기억을 간직할 수 있게 되었다.

전쟁 체험이 창작의 욕망으로 이어진 것은 아동문학도 예외는 아니다. 하지만 전쟁이 남긴 개인적 상흔은 공산주의에 대한 분노로 표출되기 일쑤였고, 이념적 속박에서 겨우 벗어났다 하더라도 자기 자신을 위무하는 글쓰기로 침잠하는 경우가 예사였다. 뭐 어디 시답잖은 삼류 작가들을 일컫는 말이 아니다. 당대 일류 작가에 속했던 강소천, 마해송에게는 상실 체험이 반공주의로 회항하는 빌미가 됐고, 리얼리즘 계보의 선구자인 이원수도 현실을 냉철하게 직시하기까지 적잖은 시간이 필요했다. '권정생이 아니었더라면', 이라는 가정법이 아찔하게 다가오는 까닭이다. 어쩌면 권정생이 아니었더라면 우리 아동문학은 한국전쟁을 '직접 체험한' 작가가 남긴 '솔직한' 고백의 서사를 단 한 편도 소장하지 못했을지도 모른다.

---

4 박완서 「다시 유월에 전쟁과 평화를 생각한다」(임규찬 「분단체제와 박완서 문학: 박완서와 6·25 체험」, 『박완서 문학 길찾기』, 세계사 2000, 112면에서 재인용).

선생님, 제가 앞으로도 계속 동화를 쓸 수 있다면 아마 많이 달라질 것입니다. 솔직한 글 한번 쓰고 싶습니다.[5]

누구보다 솔직한 글을 써 오던 이가 이런 고백을 하니 쉬이 납득이 되지 않는다. 앞서 발표한 「강아지똥」, 「똘배가 보고 온 달나라」, 「금복이네 자두나무」, 「어느 주검들이 한 이야기」 등을 보고 있노라면 더더욱 그러하다. 다소 뜬금없다 싶지만 편지가 쓰인 시기를 보면 짐작하지 못할 일도 아니다. 1976년은 졸속적으로 시행된 유신헌법 찬반 국민투표(1975)로 인해 국민적 저항운동이 가파르게 번지던 시기가 아닌가. 문학이 사회과학의 책무를 함께하던 시절, 권정생은 더 늦기 전에 한국전쟁을 통해 시대의 폭력을 증언하고자 했을 것이다. 이맘때 권정생이 '소설을 써야겠다'고 결심한 것도 이러한 정황과 일맥상통한다. 1973년 조선일보 신춘문예 당선작인 「무명저고리와 엄마」가 고도의 상징과 시적인 언어 안에 근현대사의 굴곡을 담아냈다면 이번에는 사실성을 바탕으로 '그날'을 재현해 보겠다는 의도가 깊게 배어 있던 것이다.

우리가 흔히 말하는 권정생의 한국전쟁 3부작 『초가집이 있던 마을』, 『몽실 언니』, 『점득이네』는 이맘때 탄생한다. 1부에 해당하는 『초가삼간 우리 집』(『소년』 1978년 1월호~1980년 7월호)이 연재를 마치고 단행본 『초가집이 있던 마을』(분도출판사 1985)로 나오기까지는 무려 5년여의 시간이 걸렸다. 처음에 종로서적(출판사)에 원고를 맡겼지만 단행본 출판이 어렵다는 연락을 받으면서 무한정 늦어진 것이다. 당시 권정생이 얼마나 크게 좌절했는지는 이현주 목사에게 쓴 편지 —— "차라리 붓 꺾어

5 이오덕에게 보낸 1976년 11월 26일자 편지, 『선생님, 요즘은 어떠하십니까: 이오덕과 권정생의 아름다운 편지』, 양철북 2015, 151~52면.

버리고 울면서 쓰러질 때까지 쏘다니고 싶다."[6] ― 에 고스란히 담겨 있다. 그렇다면 출판이 좌절된 이유가 무엇일까. 이 작품은 반공·친미 사상을 단호하게 거절하고 있다. 미군이 던져 주는 과자를 받으려다 트럭에 깔려 숨진 종갑이도 그렇지만, 인민군이 된 아버지에게 총을 겨눌 수 없다며 자살을 선택하는 복식이가 단적인 사례일 것이다. 양심적 병역 거부는 지금도 불허된 자기 결정 방식이 아닌가. 한데 1980년대 민중운동이 일어나기 전, 그것도 유신시대를 관통하는 시기에 이런 작품이 나왔다는 것은 그 자체로 놀라운 일이 아닐 수 없다.

상황이 이렇다 보니 이후 작품들은 발표 지면을 얻는 것 자체가 쉽지 않았다. 『몽실 언니』는 1981년 교회 청년 회지에 연재하다가 월간 『새가정』으로 옮겨 완성되었고, 『점득이네』 역시 이현주 목사가 만든 『공존』이라는 팸플릿에 몇 번 연재하다가 다시 『해인』이란 불교 잡지에 연재를 이어 갈 수 있었다. 두 작품 모두 처음에는 회지나 팸플릿처럼 일명 전단지 지면을 통해서 겨우 글을 실을 수 있었던 것이다. 급기야 1982년 12월과 1983년 2월, 『몽실 언니』 연재가 중단되는 사태까지 벌어진다. 문제가 된 부분을 작가에게 직접 들어 보면 이렇다.

어느 부분에서 잘려 나갔는가 하면, 인민군 박동식 아저씨가 후퇴하면서 몽실이를 찾아가서 서로 주소를 적어서 교환해요. 그래 헤어졌는데 그 부분이 잘려 나갔어, 한 열 장 정도. 그다음에는 인천상륙작전 때문에 넘어가지 못하고 지리산으로 들어가서 빨치산으로 살다가 거기서 죽는데, 죽으면서 몽실이한테 편지를 남겨 가지고 배달되고 하는 이런 내용이 다 없어졌지요.[7]

6 이현주 목사에게 보낸 1980년 7월 23일자 편지, 이철지 엮음 『오물덩이처럼 딩굴면서』, 종로서적 1986, 253면.

그의 말에서 검열기관이 끝까지 불허할 수밖에 없었던 내용이 무엇인지를 짐작해 볼 수 있다. 인민군과의 깊은 교감, 그리고 독자로 하여금 빨치산에게 연민을 느끼게 할 만한 대목이 불온하게 여겨졌던 것. '저놈이 나쁜 놈이고 우리네 원수다'를 외쳐도 부족한 판에 인민군을 향한 교감과 연민이라니. 반공주의가 지배 담론이었던 당시에는 도저히 용납하기 어려웠을 것이 분명하다. 『몽실 언니』가 1984년 창작과비평사(창비)에서 단행본으로 출간된 이후에도 권정생은 이러한 시비 때문에 계속적으로 곤욕을 치르게 된다.[8]

"솔직한 글 한번 쓰고 싶습니다." 이 말은 반공이라는 시치미를 뚝 떼고, 역사적 진실을 이야기하고 싶다는 의미로 번역되기에 충분하다. 그럼 다음은 그 진실의 실체를 추적해 볼 차례인 듯하다. 『몽실 언니』를 중심으로 쫓아가 보자.

3. 진실과 인물: "어느 것이 참인지 거짓인지 알 수 없었다."[9]

'어느 것이 참인지 거짓인지 알 수 없다'는 몽실이의 이 독백은 지금도 서늘한 기운이 느껴진다. 하물며 1980년대 초에는 어떠했겠나. 아군

---

7 권정생·원종찬 대담 「저것도 거름이 돼가지고 꽃을 피우는데」, 원종찬 엮음 『권정생의 삶과 문학』 55~56면.

8 권정생이 이오덕에게 "몽실이 때문에 곤욕을 치르고 있습니다"라고 토로한 때가 1990년 9월이니, 꽤 오랫동안 시비에 휘말려 왔음을 알 수 있다.

9 권정생 『몽실 언니』, 창비 2012(개정 4판), 210면. 이하 작품 인용은 본문에 면수만 표기한다.

과 적군, 선과 악이 분명했던 냉전의 시대, 약간이라도 선을 밟는 것조차 단호하게 아웃으로 선언되던 그때에 '어느 것이 참인지 거짓인지 알 수 없다'는 말은 그 자체로 명백한 규정 위반이 아닐 수 없다. 게다가 몽실이에 의해 촉발된 이 질문은 하필 인민군인 금순이를 통해 그 응답을 얻고 있지 않은가. 인민군이냐 국군이냐가 중요한 것이 아니라 그중에도 착한 사람이 있고 나쁜 사람도 있다는 것. 언뜻 평범해 보이지만 남한과 북한을 선과 악이라는 전칭명제에서 개별적인 주체들로 봉인 해제했다는 점에서 대단히 문제적인 발언이 아닐 수 없다. 이 질문과 응답이 『몽실 언니』의 주제의식을 정면으로 관통한다고 해도 과언이 아닐 터. 권정생의 한국전쟁 3부작 중 『몽실 언니』가 최고라는 주장에 나 역시 동의하는 이유는, 분단국가에 대한 윤리적 성찰이 두 작품에 비해 한층 깊기 때문이다.

그리고 여기에서 놓치지 말아야 할 것이 한 가지가 있다. 이 두께를 가능케 하는 힘이 '인물의 형상화'에서 비롯된다는 사실 말이다. 그 어디에선가 살았을 법한 인물들, 그리고 그 내면의 핍진한 묘사가 아니었다면 '윤리적' 성찰은 불가능했을지도 모른다. 『초가집이 있던 마을』이 한계를 노출한 지점도 바로 인물의 형상화와 밀접하다. 등퇴장을 거듭하는 수많은 인물들은 서사의 밀도를 저하시키는 원인이 되었고, 참혹했던 집단의 기억은 개인과 인물을 밀어내는 빌미로 작용했다. 한편 『점득이네』는 단선적인 인물이 서사를 빈곤하게 한 경우라 하겠다. 선과 악, 가해자와 피해자의 설정에 있어 이분법적 입장이 두드러지다 보니, 행간의 여백이나 인물에게서 느낄 수 있는 다층적 면모가 확 줄어들고 말았다. 몽실이와는 달리 점득이라는 캐릭터를 확실하게 살리지 못한 것도 큰 아쉬움이다. 이에 반해 『몽실 언니』는 그 시절 한 번쯤 마주쳤을 법한 전형적인 인물로부터 구체적인 경험을 담지한 개별적 주체들까지 복합적인 층위를 이루고 있다는 점에서 뚜렷한 차이를 보인다. 선과 악이라는 이분법이 현저하게 힘을 잃게 되는 것도 이와 무관치 않을 것이다. 구체적으로 들어가 보면 이렇다.

이야기는 두 모녀가 도망치는 장면으로부터 시작한다. 돈 벌러 집을 나간 남편을 버리고, 딸을 데리고 새 남편의 집으로 도망을 치는 장면이다. 이때 밀양댁을 향한 독자의 시선은 크게 두 가지일 것이다. 아주 비정한 여인이거나 혹은 아주 나쁜 남편을 둔 불쌍한 여인이거나. 그런데 속을 들여다보면 사정이 그리 단순치가 않다. 밀양댁이 가장 무서운 것은 주변의 손가락질이 아니라 배곯는 자식을 지켜봐야 하는 일이었다. 그녀에게 참과 거짓은 오직 자식과 밥이라는 본능과 생존 안에서 판단될 따름이다. 그런데 아이러니하게도 밀양댁의 이러한 선택은 몽실이가 절름발이가 되는 빌미가 되고 만다. 게다가 거꾸로 떨어지는 몽실이의 다리 위로 어미의 몸뚱이가 떨어졌으니, 밀양댁의 죄의식은 상상하기 어려웠을 것이다. 다시 가난한 친부의 곁으로 돌아간 데다 다리마저 불구가 되었으니, 밀양댁의 선택은 최악의 선택이었던 셈이다. 하지만 이 상황을 두고, 어긋난 모성주의가 초래한 비극적 결말이라고 치부하는 것에는 동의하고 싶지 않다. 선한 의지는 물론, 죽음까지 불사한 희생을 동원하더라도 도저히 어찌할 수 없는 불가항력적인 상황, 그것이 바로 전쟁의 엄혹함이기 때문이다. 밀양댁은 그 비극성을 온몸으로 보여 주는 인물이라 할 것이다.

한편 아비들은 무능력과 타락이라는 말로 점철돼 있다. 친부 정 씨나 계부 김 씨는 작품을 통틀어 가장 악하게 그려진 인물들이라 할 수 있다. 한데 그 심연에는 한 인간에 대한 연민이 무심치 않게 깔려 있다. 김

씨의 경우를 보자. 친자식이 생기자 태도가 돌변하고 폭력까지 휘두르는 행동거지를 보노라면, 우리가 익히 알던 전형적인 계부의 모습을 연상시킨다. 그런데 어쩐지 작가는 김 씨가 몽실이의 다리를 '부러뜨렸다'가 아닌, 김 씨로부터 떠밀려 '부러지고 말았다'는 식으로 에둘러 표현하고 있다. 김 씨를 극단적인 악인으로 몰아넣고 싶지 않은 작가의 의도가 엿보이는 대목이다. 이보다 확실한 증거는 김 씨의 마지막 장면에서 확인된다. 김 씨가 밀양댁의 빈소를 지키는 몽실을 '전보다 다정하고', '무언가 애틋한 표정'으로 바라보는 장면을 통해 우리는 계부의 미안함을 충분히 읽을 수 있다.

그에 반해 친아버지 정 씨는 전쟁을 겪으면서 병들고 무능력해진, 못난 가장의 전형을 보여 준다. 가족의 생계를 책임질 수 없는 무능력한 가장이었고, 부인에 대한 분노를 자식에게 폭력으로 푸는 못난 아비였다. 남성다움을 잃어버리고 불안함에 퇴행하는 '마치스모(machismo)'[10]의 전형인 셈이다. 하지만 정 씨 역시도 일제강점기와 한국전쟁 때 전쟁터로 끌려갔다가 결국은 부상의 후유증으로 죽음을 맞은 불쌍한 백성이었다. '뒤돌아서 소리 없이 흐느끼다가 점점 세차게 몸부림치던' 그의 뒷모습은 인간적인 연민을 불러일으킨다. 만약 정 씨가 성인소설의 주인공이었다면, 몽실이 못지않은 굴곡진 인생사가 그려졌을 게 분명하다.

그렇다면 선한 이웃들의 형상은 어떠한가. 선한 이웃들은 몽실이에

---

10 "마치스모(machismo)란 자신의 남성다움에 자신을 잃어 불안해진 남성들이 폭력을 쓰거나 여성들이 하지 못하는 무모한 짓을 함으로써 자신이 남자인 것을 과시·과장하고 수시로 확인해 보는 행위를 말한다." 선안나 「『몽실 언니』의 페미니즘적 분석」, 원종찬 엮음 『권정생의 삶과 문학』 171면 참조..

게 큰 힘이 되어 주지만, 그렇다고 마냥 천사적인 이미지로 유형화되진 않는다. 그들의 선함에는 일정한 조건과 한계가 따른다. 이를테면 가족과 음식이라는, 양보하기 어려운 조건 말이다. 몽실이와 가장 가까운 동무였던 남주의 경우가 그러했다. 친자매처럼 가까웠던 두 사람은 몽실이가 남주네로 더부살이를 하면서 감정이 묘하게 틀어지기 시작한다. 급기야는 제 동생을 밀쳤다고 오해한 남주가 온갖 모진 말을 쏟아 내면서 갈등이 폭발한다. 상황이 변하면 인물의 관계도 변화하는 게 당연지사. 한데 이러한 갈등이 있었기에 몽실이와 헤어질 때 흘리던 남주의 눈물이 한층 더 진정성 있게 다가온다. 한편 동냥젖을 내어 주던 이웃들도 제 자식이 먹을 양이 부족하다 싶으면 가차 없이 물린 젖을 빼 버린다. 그 이상의 배려는 필시 거짓이고 위선일 터. 방금 산 빵을 주변 아이들에게 몽땅 빼앗긴 것을 보고도 애써 외면하던 빵장수는, 다시 제값을 치르자 그때야 무심한 척 빵 하나를 더 넣어 준다. 그 '빵 하나'가 더 값지게 느껴지는 것은 그것이 '진짜 현실'과 가깝기 때문이다. 이렇듯 『몽실 언니』의 미덕은 나쁘다, 착하다, 타락했다 등으로 규정할 수 없는 다양하면서도 복합적인 층위에 놓인 인물들에게 있다고 할 것이다.

다시 몽실이가 중얼거린 "어느 것이 참인지 거짓인지 알 수 없었다"라는 말을 떠올려 보자. 우선 이 말은 선과 악의 개념을 집단이 아닌 개인의 문제로 해체시켰다는 점에서 그 의미가 각별하다. 게다가 그 개인은 유형화를 거부하고 입체적으로 형상화되어 있지 않은가. 때문에 그들은 말할 수 있었다. 선과 악이 생득적인 것이 아니라 상황과 입장이 만들어 낸 산물이라는 사실에 대해서 말이다.

4. 헌신과 타자: "한국의 모든 여자들은 안네 같다고 생각했다."

그러고 보면 시종일관 선하고 자기 욕망을 억누르는 유일한 인물이 주인공 몽실이가 아닐까 하는 생각이 든다. 우리 아동문학사를 통틀어 보더라도 몽실이만큼 헌신적이고 고달픈 인생을 살았던 캐릭터도 드물다. '헌신의 서사' 하면『몽실 언니』를 떠올릴 정도가 아닌가. 동시에 몽실이는 근현대사를 관통하는 타자의 상징이기도 하다. '의붓자식—장애인—고아—여성'이라고 하는 곡절을 이 작은 몸뚱이가 견디고 있다는 게 뜨악할 지경이다. 헌신과 타자, 이제 여기에 담긴 의미를 톺아볼 차례다.

> 난남은 안네를 사랑했다. 그리고 자신도, 몽실이도, 죽은 금년이 아줌마도, 한국의 모든 여자들은 안네 같다고 생각했다. (290면)

작품 후반부에서 난남이는 금년 아줌마, 몽실이, 자신 등을 떠올리며 이렇게 중얼거린다. 몽실이였던 초점화자가 잠시 난남이로 이동한 시점이기도 하다. 감옥과 같은 은신처에서 언제 죽을지 모르는 고통을 일기로 꾹꾹 눌러쓴 유대인 소녀 안네 프랑크의 삶을, 한국 여인의 삶과 같다고 본 것이다. 작품 속 여성들은 우리 역사의 아픔을 고스란히 담고 있다. 몽실 자매를 거두었던 금년이의 이름 앞에는 '양공주'라는 딱지가 붙어 있었다. 누구나 알듯, 미군 위안부를 이르는 양공주는 전후 한국사회에서 가장 비참한 계층이 아니던가. '몇 번이고 죽으려고 했다'

는 말은 그녀의 삶이 얼마나 참혹했는지를 극명하게 보여 준다. 개가를 한 밀양댁은 '화냥년'이라는 손가락질을 받아야 했다. 생존을 위한 불가피한 선택이었지만 순결주의나 가부장제에 대한 강박은 외려 같은 여성들 사이에서 더 완강하게 작동하고 있다. 난남이에게 붙은 '양녀(養女)'라는 꼬리표 역시 전쟁고아가 넘쳤던 1950년대를 소환하기에 부족함이 없는 증표다. 부잣집 양녀로 갔다가 잘생긴 청년과 결혼까지 했던 난남이는, 결핵을 앓으면서 모든 행복을 잃고 끝내 요양원에 갇히는 신세가 된다. 아무리 발버둥 쳐도 옴짝달싹할 수 없는 밀폐된 공간에서 서서히 죽음을 기다리는 삶, 난남이가 안네를 떠올렸던 게 너무도 자연스럽게 읽히는 까닭이다.

한편 몽실에겐 '꼬마 엄마'라는 낯선 수식어가 붙어 있다. 'little mother'를 우리 식으로 해석한 것인데, 어린 시절을 송두리째 엄마의 역할을 하는 데 바칠 수밖에 없었던, 우리 누이들을 일컫는 말이다. 몽실이는 누군가의 보호를 받아야 할 10대 초반에 이미 꼬마 엄마가 된다. 자신의 욕망을 소거하는 일은 꼬마 엄마의 숙명이었다. 자기중심적인 사고가 드러난 지점은 밀양댁을 따라 도망치던 첫 장면이 거의 유일하다.

몽실은 하마터면 두고 가 버릴 뻔했던 소꿉을 가지러 뛰어갔다. 뒤란 담 밑에다 모아 둔 사금파리랑 병 뚜껑, 구멍 뚫린 고무공, 조롱박 한 짝, 구질구질한 소꿉 살림은 건넛집 희숙이와 같이 주워 모은 것이다. 그러나 몽실은 깡그리 혼자서 치맛자락에 쌌다. 그러곤 밀양댁에게로 달려갔다.
"빨리 와! 그까짓 깨진 사기 조각은 뭣 하러 갖고 가냐?"
"이것, 내 살림이야!" (15~16면)

친구 몫까지 죄다 가져온 게 미안하면서도 그 순간에는 '다 내 거야!'라고 생각할 수밖에 없는 모습이 딱 일곱 살 아이답다. 하지만 몽실이는 의붓딸, 장애인, 고아라는 이중 삼중의 굴레 속에서 너무도 일찍 철이 들고 만다. 의붓딸로 눈칫밥을 먹고, 다리가 부러지고도 크게 울 수도 없었던 것은 생존을 위한 순응이었다. 그러다 새어머니마저 난남이를 낳고 숨을 거두자 이제부터는 타인의 삶까지 책임져야 하는 엄마의 삶이 시작된다. 장골 할머니의 도움을 받아 동냥젖을 먹이고, 생쌀을 이로 씹어서 끓인 암죽을 입에 넣어 가며 난남이를 키우는 과정은 어린아이라는 사실이 도무지 믿기지 않을 정도다. 식모, 거지 등의 삶을 전전하는 그녀의 삶 속에는 그림자처럼 난남이가 붙어 있다. 이 과정에서 몽실에게 부여된 과도한 모성성과 희생이 불편하게 다가오는 것도 사실이다. 제 몸 하나도 건사하기 힘든 나이에 의붓동생을 지극정성으로 대하는 몽실이의 행동은 어쩌면 불가능한 인물상에 가까워 보이기도 한다. 지나치게 이상적인 인물이 아니냐는 비판도 여기에서 기인한다. 한데 그 이상적 인물이 함의하는 바가 의인(義認)적 삶을 지시하는 말이라면 동의하겠지만, 현실과 동떨어진 인물을 지칭하는 것이라면 인정하기 어렵다.

이 작품의 해석에서 자나 깨나 잊지 말아야 할 것이 바로 '전쟁'이다. 당시에 몽실이와 같은 여성들이 많았다는 사실은 한국전쟁 연구사를 통해 자주 확인되었던 바다.[11] 독자들이 작가에게 '이 몽실 언니가 바로 나였다'고, '어찌 내 얘기를 이렇게 다 아는 것처럼 썼느냐'고 말하는 것도 이러한 사실을 뒷받침한다.

---

11 여기에 대한 자세한 내용은 한국구술사학회 편 『구술사로 읽는 한국전쟁』(휴머니스트 2011)을 참조하기 바란다.

다만 이러한 반론은 유의미할 듯하다. 역사적 아픔을 다룬 증언의 서사가 과거의 재현과 복권에 머무르는 것이 과연 온당한가 하는 것. 우리가 어떤 텍스트를 경유해서 도달해야 할 곳은 결국, 어떻게 '새로운 우리'를 상상할 것인가라는 미래형 질문이어야 하지 않은가. 그 당시 여성들이 그러했다고 해서 텍스트 인물 모두가 모성 이데올로기에 예속된 존재로 그려진다면 이것은 문학적 소명과 거리가 있는 것이 분명하다. 실제로 『몽실 언니』에는 주체 되기를 거부하고 가부장제에 순응하는 여성 인물들이 꽤 많이 나온다. 몽실이를 향해 화냥년의 딸이라고 손가락질하는 동네 아주머니들, 배다른 자식이라고 난남이는 거들떠보지도 않았던 밀양댁, 친손자가 태어나자 갑자기 돌변하는 김 씨 할머니 등등이 그러하다.

그렇다면 『몽실 언니』는 보수적인 성담론을 수용하고 있는 텍스트인가? 몽실이 역시 종속적인 존재가 아닌가 말이다. 한 가지 확실한 것은 반공 이데올로기 언저리에서만큼은 몽실이에게 예속이니 종속이니 하는 말이 전혀 어울리지 않는다는 사실이다. 몽실은 참과 거짓에 의문을 제기하고, 자신에게 총을 겨누는 또래 인민군에게 호통을 칠 만큼 당찬 아이다. 문제는 몽실이의 성역할이 과연 희생과 순응이라는 보수적인 담론을 옹호하고 있는가 하는 점이다. 이것은 앞서 말했던 희생의 서사와 타자성의 관계와도 밀접한 연관이 있다. 최 씨네 맏딸인 혜숙이와 몽실이가 나눈 대화 중에 그 해답이 담겨 있다.

> "몽실아, 여자는 누구나 결혼을 해야 하는 거야. 남편에게 의지하지 않고 혼자 살 수 없단다."
>
> (…)

"아니어요. 난 혼자 살 수 있어요."

"혼자 살 수 있다고?"

"그래요. 그러니까 시집 안 갈래요."

"어머나! 어쩌면 몽실인 어른스러운 말을 하는군."

(⋯)

혜숙이와 함께 저녁 준비를 하면서도 생각은 떠나지 않았다. 왜 그래야만 되는 걸까? 왜 여자는 남자한테 매달려 살아야 하는 걸까? (185~86면)

어쩐지 고등학생 혜숙이의 말 ─ 남편에게 의지하지 않고 혼자 살 수 없다 ─ 에서 기시감이 느껴진다 싶었는데, 친어머니 밀양댁도 몽실이에게 같은 말을 한 적이 있다. 여자라는 건 남편과 먹을 것이 있어야 살 수 있다며, 반드시 '시집'을 가야 한다고 일러 주던 장면이 또 있었더랬다. 물론 좀 전에 언급한 동네 아주머니들이나 김 씨 할머니가 그들의 딸들에게 이와 똑같은 말을 했다손 치더라도 전혀 놀랍지는 않다. 그런데 이 장면에 이르러 몽실이는 남자에게 기대는 삶에 대해, 기존 여성들의 삶의 방식에 대해 확실하게 선을 긋고 있지 않은가. 성장서사라는 측면에서도 매우 중요한 장면이 아닐 수 없다.(나중에 꼽추인 남성과 결혼하지만 그것은 중요해 보이진 않는다.) 생존을 위해 어쩔 수 없이 순응과 희생의 삶을 살았지만, 삶의 중요한 가치를 선택하는 순간에서만큼은 누구보다도 호기로운 몽실이를 발견하게 된다. 어쩌면 '순응과 주체'라는 이 모순된 관계야말로 '꼬마 엄마' 몽실이를 설명할 수 있는 최적의 조합인지도 모르겠다.

"한국의 모든 여자들은 안네 같다고 생각했다." 다시 곱씹어 보니 이 문장이 하나의 애도문(哀悼文)처럼 읽힌다. 멸시와 간고를 겪어야만 했던 우리 시대 여성들을 향한, 그리고 7남매를 먹여 살리기 위해 헌신했던 작가의 어머니를 향한 애도가 아니었을까. 안네 프랑크처럼 살 수밖에 없었던 폭력의 시대, 누구보다 그 시대의 종언을 바랐던 작가의 간절한 바람이 담긴 진짜 애도 말이다.

5. 슬픔—희망: "나의 동화는 슬프다. 그러나 절대 절망적인 것은 없다."[12]

슬픔은 권정생 문학의 주된 정조(情調)다. 이는 "자장가 대신 어머니의 구슬픈 타령을 들으면서 자랐다"[13]던 권정생의 어린 시절과 결코 무관치 않아 보인다. 그 어머니의 슬픔에는 한국전쟁이 남긴 상처가 가장 크게 자리하고 있었다. 가족은 뿔뿔이 헤어져 생사조차 모르는 데다, 행상으로 어렵게 모은 돈이 휴지 조각처럼 되면서 살림은 곤궁하기 이를 데 없어졌으니 왜 아니 그랬겠나. 죽기 전날까지 저수지 공사에 나가서 일을 했던 어머니는 권정생의 문학에서 슬픔의 원천이라 해도 과언이 아니다.

그럼에도 그는 "(나의 동화에) 절대 절망적인 것은 없다"라는 메시지를 담고자 했단다. 슬프지만 절망적이지 않은 이야기. 그렇다면 과연 슬픔은 어떤 방식으로 비(非)절망을 경유하여 희망의 지점까지 도달할 수 있는 것인가. 슬픈 현실을 다루면서 어찌 절망하지 않을 수 있단 말인

---

12 권정생 「나의 동화 이야기」, 이철지 엮음 『오물덩이처럼 뒹굴면서』, 155면; 『빌뱅이 언덕』, 창비 2012, 17면.
13 권정생 「목생 형님」, 이철지 엮음, 같은 책 157면; 『빌뱅이 언덕』 78면.

가. 앞서 다루었던 이야기를 추수하면서 이 질문에 대한 답을 찾는 것으로 결론을 대신하고자 한다.

먼저 슬픔이 희망이 되기 위한 첫 번째 조건은 타자에 대한 진정성이다. 서두에서 올해 진행된 제주 4·3 사건 추모제와 4·19 혁명 기념식에 소망을 언급했던 것도 바로 아픔을 대하는 진정성을 두고 한 말이다. 타자의 고통을 안다고 섣불리 자신하지 않고 타자의 슬픔에 어설프게 손수건을 꺼내지 않는 겸허한 자세가 아니라면 진정성을 논할 수 없다. 그러니까 증언의 서사가 추구해야 할 애도의 방식은 최대한 겸허해야 한다는 것. 『몽실 언니』가 보여 주는 타자에 대한 예의는 권정생 자신이 타자의 삶을 살았기에 가능한 것이리라. 그는 어설픈 위로나 공감을 가장한 위선이 진정한 애도가 될 수 없다는 사실을 누구보다 잘 알았던 작가였다.

두 번째 조건은 고통과의 대면이다. 진실은 늘 고통을 동반한다. 고통을 피하기 위한 유일한 방법은 진실을 외면하는 것뿐이다. 하여 고통을 안다는 것과 대면한다는 것은 별개의 층위인 게다. 대면은 특별한 용기를 필요로 한다. 권정생이 『몽실 언니』 때문에 큰 곤욕을 치렀다는 것은, 달리 말하면 고통을 응시했다, 진실을 이야기했다는 의미와 크게 다르지 않은 것이다. 그래서 '새로운 희망이란 견고한 지평을 뒤흔드는 도전이어야 한다'는 지그문트 바우만의 말은 여전히 옳다. 다만 여기에 한 가지를 덧붙이자면 그 고통은 재현과 복원을 넘어서는 무언가가 있어야 한다는 점이다. 고통의 순환에서 벗어나기 위해서는 본질을 보는 시선, 즉 상처에 대한 투시와 천착이 동반되어야 하는 것이다. 『몽실 언니』가 슬프지만 희망적인 서사로 읽히는 까닭도 여기에 있다.

세 번째 조건은 현재진행형의 질문이 담겨 있어야 한다는 것. 그 질문이 '지금 여기'를 전진하게 만드는 데 유효하지 못하다면 과거형 의문문과 크게 다를 바가 없다. 무릇 문제적인 질문이란 늘 현재와 미래를 향할 때 진정한 의미를 획득하기 마련이다. 참과 거짓에 대한 몽실이의 질문은 분단국가에서 살고 있는 우리에게 여전히 문제적이지 않은가. 선과 악이라는 이분법적인 도식에 갇혀서는 통일 한국으로 한 발자국도 나아갈 수 없기 때문이다. 여전히 북한을 '악의 축'으로 이용하려는 세력이 존재하는 한, 이러한 질문은 계속 '돌직구'가 되어야 할 것이다.

결국 역사에서 슬픔을 이야기하고 억압된 존재들을 일으켜 세우는 것은 일종의 기억투쟁인 셈이다. 망각이 학살이나 전쟁보다 더 무섭다고 했던가. 2018년 우리는 지금 권정생이 남긴 말과 글 속에서 과거를 소환하는 방식에 대해 곰곰이 생각해 봐야 한다. 그 고민과 더불어 우리의 역사서사는 한 걸음 더 갱신될 것이라 믿기 때문이다. '솔직함'은 그 고민과 갱신의 노력들을 위해 권정생이 준비한 핵심 전언이다.

청소년 가족서사에 던지는 윤리학적 질문

1. 가족과 성장, 그 역설을 견디는 힘

우리 청소년문학에서 가족의 결핍은 가장 주목받는 소재 중 하나이다. 초기 공모 당선작을 관통했던 이러한 흐름은 최근에 다시 봇물처럼 터져 나오고 있다. 『우리들의 짭조름한 여름날』(오채, 비룡소 2011), 『내 이름은 망고』(추정경, 창비 2011), 『불량 가족 레시피』(손현주, 문학동네 2011), 『내 청춘, 시속 370km』(이송현, 사계절 2011), 『불량한 엄마』(최영애, 별숲 2011), 『엄마의 팬클럽』(정란희, 크레용하우스 2011) 등은 모두 가족의 붕괴와 그로 인해 양산되는 부모 자식 간의 날카로운 파열음을 소재로 한 작품들이다. 올해에도 『두려움에 인사하는 법』(김이윤, 창비 2012), 『개 같은 날은 없다』(이옥수, 비룡소 2012) 등으로 이어지면서 다시금 대세적 흐름을 이어 가고 있다.

가족의 붕괴는 근대 자본주의 사회의 모순과 맞닿아 있다. 하여 거기에 질문을 던지는 문학의 흐름은 자연스러운 현상이라 할 것이다. 다만 이 작품들이 질문자로서의 역할을 온당하게 수행하고 있는지, 나아가 청소년문학의 새로운 전망을 밝혀 주고 있는지가 비평적 과제로 남을 뿐이다. 가장 핵심적인 문제 한 가지를 앞당겨 말하면 이렇다. 현실과의 날카로운 긴장감을 유지해야 할 문제적 소재를 지나치게 세속적 의미의 가족 속에 가두고 있다는 것. 그러다 보니 기시감이 느껴진다, 캐릭터가 고만고만하다, 하는 반응이 나오는 것은 당연하다. 주인공의 나이에 따라 다소 차이는 있겠으나, 개인의 욕망을 억압한 채 세계와의 화합을 도모하는 방식은 대개가 가족주의에 엎어진 경우라 할 것이다. 그렇다면 장르의 성장을 제한하고 있는 세속적 의미의 가족이란 도대체 무엇일까.

먼저 가족과 성장이 내포하고 있는 역설적 관계에 주목할 필요가 있다. 가족은 아이의 성장에서 가장 근원적인 힘을 주는 생명의 공간이자 동시에 부정적인 이데올로기의 장으로서 억압적이고 식민적인 공간이기도 하다. 마찬가지로 가족의 해체나 붕괴는 가장 안정적인 사회화의 통로를 잃고 성장의 장애를 유발하는 요소이지만, 역설적으로 세속적인 화해에서 벗어나 진정한 성장을 소망하게 해 주기도 한다. 비유하자면 가족이나 부모는 장애물 달리기의 허들처럼 선수(주인공)가 뛰어갈 수 있는 방향을 제시해 주지만 그가 앞으로 달려 나가기 위해서 반드시 넘어서야 하는 모순적 존재인 것이다.

그러나 우리 청소년문학은 이러한 모순과 팽팽한 힘겨루기를 하기보다는 제도나 지배 질서의 의미를 고수하려는 경향이 한층 지배적이다. 부모와 자식 관계는 혈육과 천륜(天倫)이라는 관점이 완고하다 보니, 팽팽한 서사의 긴장감보다는 안온한 가족주의로 갈무리되는 작품들이 빈번한 것이다. 이러한 측면에서 우리 청소년문학에는 세속적인 가족을 문학의 윤리로 전환하기 위한 문학 윤리학적 상상력[1]이 절실해 보인다. 문학의 윤리는 사회적 윤리와는 정반대로 자명한 질서에 대한 비판력과 통찰력을 요구하는 사유이면서, 사회적 이념으로서가 아닌 개인의 욕망을 응시하고자 하는 시선이기 때문이다. 도덕이나 사회적 윤리가 말 잘 듣는 순응적 존재를 요구하는 것과 달리 문학의 윤리는 참과 거짓의 규정을 의심하고 비판하는 존재를 원한다. 이는 문학 윤리학적 관점이 우리 청소년문학의 가족담론에 유효한 인식의 틀이 될 수 있음을 시사한다.

이 글은 가족해체 및 부모와 자식의 갈등을 다루고 있는 청소년문학 작품을 통해 가족담론의 양상을 톺아보고, 문학의 윤리란 측면에서 질적 차이를 검토해 보고자 한다. 이것은 부모와 자식 그리고 성장이 함의하고 있는 역설적 관계를 어떻게 도모해 갈 것인지에 대한 탐색이자 현재 청소년 가족서사가 놓여 있는 위치에 대한 비판적 점검이기도 하다.

2. 상상의 부모, 이별을 통한 일상으로의 회귀

가족해체를 다룬 소설의 특징 중 하나는 부모 중에 한 명이 부재한 상황, 즉 한부모 가족이 빈번하다는 점이다. 대개 빈자리로 남아 있는 부모는 향수와 경외의 대상인 반면 함께 살고 있는 부모는 혐오와 부정의

---

1 세속적인 의미에서 윤리란 정해진 순서를 잘 지키고 따르는 것이지만 문학과 만나게 되면 그 의미는 완전히 전복된다. 정해진 순서를 의심하고 부정하고 뒤집어 보는 것이 문학의 윤리라 할 수 있다. 서영채 「탈이념의 시대의 문학」, 『문학의 윤리』, 문학동네 2005, 22면 참조.

대상으로 그려진다. 내 곁에 있는 부모를 부정하고 진짜 부모는 고귀한 어떤 사람들일 것이라고 상상하는, 이른바 '가족 로맨스'와 공명하는 서사들인 셈이다. 특히 부재의 대상이 아버지이고 주인공이 딸인 경우에 이러한 레퍼토리가 더욱 공고해지는 경향을 볼 수 있다.

프로이트 논법으로 보면 상상의 아버지와의 결별은 상실을 받아들이고, 그 대상에 쏟았던 에너지를 철회하는 애도(mourning)[2]의 작업과도 같다. 상상의 아버지를 떠나보내는 것은 타자에 예속된 주체가 일상으로 회귀하기 위한 제의(祭儀)의 일종인 셈이다. 따라서 상상의 아버지를 극복하는 양상은 서사적 완결성은 물론, 자아 성장의 진정성을 가늠할 수 있는 요소로서 중요한 의미를 갖는다. 『우리들의 짭조름한 여름날』, 『내 이름은 망고』, 『두려움에 인사하는 법』은 이러한 면에서 숙고할 가치가 있는 작품들이다.

오채의 『우리들의 짭조름한 여름날』에는 아버지[3]라 불리는 남자들이 주로 서술자의 회고나 상상 속에만 존재한다. 그러나 아버지는 아무리 '지우려 해도 내 안에 버젓이 살아'(33면) 움직이는 실재적 존재이다. 아버지에 대한 기억이 거의 없는 주인공은 그 빈자리를 또 다른 아버지인 아저씨에 대한 이미지로 대체한다. 아버지가 '책'이라는 이미지로 치환된 것도 아저씨가 책을 사랑했던 남자라는 사실과 연관성이 깊다. 주인공 초아는 엄마의 사기 행각으로 집까지 버리고 도망가야 하는 순간에

---

2 한편 우울증(melancholy)은 대상의 상실을 인정하지 않았을 때 빠지게 되는 일종의 정신병적 현상이다. 강영계 『프로이트 정신분석학 이야기』, 해냄 2007, 133면 참조.

3 작품별로 '엄마'라는 호칭은 일관적인데 비해 '아빠'와 '아버지'라는 호칭은 각각 다르게 쓰이고 있다. 이 글에서는 인용문을 제외하고는 '아버지'라는 호칭을 사용하고자 한다.

도 두꺼운 책을 빌리는 것을 잊지 않는다. 아버지로 상징되는 책에 대한 집착은 초아가 정체감의 위기에 빠져 있음을 보여 주는 대목이다. 불안정한 내면 상태는 꿈이라는 무의식을 통해 또렷하게 현시된다.

> 나의 응원 소리가 너무 작았을까. 아빠는 힘없이 엄마가 때리는 대로 맞고만 있었다. 아빠가 계속 맞았다. (…) 두꺼운 책은 어느새 아빠로 변했다. 나는 두꺼운 책을 끌어안으며 속삭였다.
> '아빠 이겨라…… 아빠 이겨라…….' (147~48면)

아버지를 향한 연민과 그리움이 불안한 현실과 뒤엉켜 몸은 성장을 거부(생리 단절)한다. 상상 속 아버지는 고단한 현실을 도피할 수 있는 이상향이지만, 어느 순간에는 떠나보내야 할 극복의 대상이다. 부모의 부재라는 성장 장애는 체험적 확대를 통해 진실을 대면할 수 있는 구체적인 계기가 상정될 때 비로소 서사적 개연성을 획득한다. 그러나 초아와 아버지와의 이별은 개연성을 상실한 채 급작스럽게 이뤄진다. 우연히 어른들의 대화에서 파란만장한 가족사를 듣게 되고, 엄마의 따뜻한 손길을 느끼면서 마음의 문을 열게 된 것이다. 허약한 계기성은 타자의 예속에서 완전하게 벗어났다는 믿음보다는 잠시 현실 문제를 매끈하게 봉합했다는 의구심을 불러일으키고 만다.

그러함에도 유머가 전복적인 상상력의 힘을 발휘한 장면만큼은 매력적이었다. 외할아버지가 남긴 보물이 전국 방송을 통해 노비문서로 판명 났던 장면이 바로 그것이다. 극적인 긴장감을 팽팽하게 유발한 후에 전혀 예상치 못한 결과로 맥을 끊는 것은 유머의 전형적인 방식 중 하나이다. 게다가 이 유머가 꽤 전복적이기까지 하다. 아버지를 상징하던 책이 노비문서로 전환됨으로써 부명(父名)으로서의 아버지를 한 방에 날려 보냈기 때문이다.

한편 추정경의 『내 이름은 망고』는 기억의 단절이 현실의 왜곡으로 이어지면서 죽은 아버지가 살아 있다고 믿는 열일곱 소녀의 이별 제의라 할 수 있다. 주인공 망고는 교통사고로 인한 아버지의 죽음이 기억 속에서 소거됨으로써 자신이 왜 동남아시아에 붕 떠 버렸는지, 술고래가 되어 버린 마흔다섯 철부지 아줌마의 정신적 보호자가 되었는지, 급작스럽게 부모님이 왜 이혼을 했는지에 대한 정체성의 혼란에 직면하게 된다.

— 나도 그래. 아빠 닮아서 엄마랑 궁합이 안 맞는다고.

— 너 진짜?

— 나도 싫어. 할 수만 있다면 나도 엄마랑 이혼하고 싶다고. (11면)

기억상실증에 걸린 딸은 현실의 엄마를 부정하고 아버지와의 동일시에 집착한다. 한편 우울증에 걸려 알코올중독이 된 엄마는 자기 파괴적인 무력감에 사로잡혀 있다. 이들이 상실과 무력감에서 벗어날 수 있는 유일한 길은 아버지의 죽음을 현실로 받아들이는 것뿐이다. 작가는 이 무거운 소재를 극복하는 방안으로 명랑한 캐릭터와 낯선 무대를 선택한다. 긍정성이 과잉된 캐릭터는 작위적인 장면을 자주 노출시키는 불안 요소이지만, 캄보디아라는 매력적인 무대는 이러한 불편함을 희석시켜 준다. 캄보디아는 망고가 아버지의 죽음을 받아들일 수 있는 장소로서 서사적 개연성을 담보하고 있을 뿐 아니라, 주제 면에서는 좁은 가족담론을 훌쩍 뛰어넘을 수 있는 다층적 공간이다. 여행사 가이드 미션은 한국 아버지를 둔 캄보디아 친구의 진통과 공명하며 단단한 정신적 근육을 키워 갈 수 있는 구체적인 계기성을 부여한다. 아버지의 죽음을 현실로 받아들이는 장면들이 마치 자기 내면의 응시처럼 느껴지는 것도 이러한 과정이 있었기에 가능한 것이다.

또한 김이윤의『두려움에 인사하는 법』은 엄마의 죽음을 앞두고 이별을 준비하는 과정과 상상 속 아버지를 현실로 받아들이는 과정이 서로 내밀하게 교차하며 진행된다. 미혼모의 아이로 태어난 열일곱 살 소녀에게 엄마의 말기암 소식은 고아가 될지 모른다는 불안감과 함께 부성 결핍을 채우고자 하는 욕구를 촉발시킨다. 이 작품이 질척거리는 슬픔과 거리 두기를 할 수 있는 이유는 건조한 문장에 힘입은 바가 크지만, '아버지 찾기' 모티프를 다이내믹하게 활용하는 전략도 한몫을 담당한다. 왼손잡이 오빠와 연애하기, 외발자전거 배우기는 모두 아버지라는 이름의 이종동형체(異種同形體)이기 때문이다. 그러나 정작 엄마가 떠난 후 그 빈자리는 아버지의 정이 아닌 엄마가 사진전에서 남겨 준 강렬한 메시지, '진정한 여성의 힘'으로 채워진다. 도식성을 벗어난 결말은 이 작품이 범작들의 수준을 넘어서는 지점이라 할 수 있다.

그러함에도 아버지를 비현실적일 만큼 이상적으로 형상화한 것은 아쉬운 대목이다. 17년 동안 보수적 집안의 종손 정도로 상상해 왔던 아버지는 현실을 통해 더욱 환상적인 인물로 거듭난다. 엄마에게 들었던 비겁쟁이기는커녕, A그룹 이사에 경제 인사이면서 인격적인 덕목까지 갖춘, 그야말로 '완벽남'에 가깝다. 멘티를 자청한 이름 모를 소녀에게 흔쾌히 헌신적인 멘토가 되어 주는 아버지의 모습은 최소한의 현실성까지 깎아 먹고 말았다. 작가는 주인공을 완전한 고아로 남겨 둘 것인가를 두고 도덕적 갈등에 봉착했던 것으로 보인다. 그녀의 곁에 최소한의 버팀목이 될 수 있는 멘토를 남겨 주고 싶은 작가의 따뜻한 애정을 이해할 수는 있지만, 더불어 지지하기는 어렵다.

상상의 부모를 떠나보내는 것은 타자의 예속으로부터 벗어나 하나의 주체로 나아가기 위한 필연적인 과정이다. 다만 그 의식이 진정성을 획득하기 위해서는 구체적인 계기성과 함께 도덕이나 사회적 기율이 아닌 문학적인 방식으로 응답하기 위한 노력이 필요해 보인다.

3. 현실의 부모, 왜소화된 진실

문학에서 어른의 왜소화나 강력한 모권은 오이디푸스 구조를 해체하는 상상력의 하나로 자리 잡고 있다. 몰락한 가부장의 자리는 부권을 대신하는 강력한 모권을 가진 어머니, 또는 철없는 어머니로 대체되는 경우가 빈번하다.[4] 이들은 위악적이거나 희화화된 방식으로 자본주의 사회의 모순을 들춰내기도 한다. 다만, 이것이 지금 우리 청소년문학에도 유효한 해석인지는 따져 보아야 할 일이다.

우에노 료(上野瞭)에 따르면 어른의 왜소화는 "어른의 마음속에 숨겨진 일종의 권위적 발상에 맞서는 비판의 화살"[5]이다. 같은 맥락에서 부모의 왜소화는 존재 자체를 부정하기보다는 금기와 관습을 극복하기 위한 문학적 장치라 할 것이다. 한데 이것은 그 기능이 적실하게 작동했을 때, 라는 전제에서 가능한 얘기이다. 어른이나 부모의 왜소화가 외려

---

4 황도경·나은진 「한국 근현대문학에 나타난 가족담론의 전개와 의미」, 『한국 문학이론과 비평』, 22호(2004) 참조.
5 우에노 료 『현대 어린이문학』, 햇살과나무꾼 옮김, 사계절 2003, 12면.

이데올로기를 강화하는 모순된 결과를 낳는 경우도 적지 않기 때문이다. 할머니가 모성 이데올로기의 은신처가 되는 것도 그런 경우라 할 것이다. 다음 작품을 보자.

『불량가족 레시피』의 욕쟁이 할매는 엄마가 서로 다른 이복남매의 실질적인 엄마이다. '팔순을 넘긴 나이임에도 노인이라고 얕봤다가는 큰코다칠 정도로 꼬장꼬장한 슈퍼 할매'(9면)는 이 집안에서 영향력이 '할리우드의 안젤리나 졸리만큼 대단하다'(17면). 그러나 욕쟁이 할매가 집안에서 담당하고 있는 일을 가만히 살펴보자. 실제로 그녀의 성역할에는 전통 대가족에서 며느리가 하는 일이 고스란히 투영되어 있다. 유일한 취미 생활도 아들의 눈치를 봐야 하고, 집을 떠나 양로원에 가고 싶다는 소원마저도 손녀를 위해 유예되고 만다. 과장된 제스처에 가려진 할매의 실제 모습은 희생적 어머니와 조금도 다르지 않다.

『우리들의 짭조름한 여름날』은 이러한 면모가 조금씩 변주를 거듭하며 세대별로 승계되는 양상을 보여 준다. 주인공의 할머니에게서 억압과 희생의 어머니 상을 발견하는 것은 어렵지 않다. 16년 만에 빚쟁이들에게 쫓겨 찾아온 딸과 손주들을 거두고, 그것도 모자라 평생 모은 돈단지까지도 선뜻 내어놓는다. 한편 주인공의 엄마인 양귀녀는 허세와 탐욕으로 가득한 인물이지만, 그녀 역시도 자식을 아끼는 마음은 누구 못지않다.

"너 이 엄마, 우습게 알지? 자식 버리고 도망가는 여자들이 얼마나 많은데? 이년아, 우리 한 뿌리 정신 잊지 말라고! 나 아니면 너도 시호처럼 저러고 있어야 한다고!"(117면)

이 엄마가 말하는 한 뿌리 정신은 '남자는 버려도 자식새끼는 안 버린다'는 것이다. 자식에 대한 강한 모성 본능을 자극하는 것도 마뜩지 않지만, 더욱 불편한 것은 자신의 타락을 '자식을 위해서'로 합리화하는 항변처럼 들리기 때문이다. 이 왜곡된 모성주의를 어떻게 받아들여야 할까. 차라리 냉소적인 시선을 끝까지 견지했더라면 모성주의를 향한 위악적인 행위로 이해할 수 있겠으나 서사적 맥락을 보면 그렇지가 않은 게 사실이다.

어른의 왜소화나 강력한 모권은 세계의 속악함을 위장하고 있는 허위와 싸우기 위한 냉소나 위악이 될 때 진정한 의미를 가질 수 있다. 그러나 그 '강력함'과 '철없음'의 이면에는 여전히 희생을 미덕으로 한 보수적 담론이 생생하게 작동하고 있음을 발견하게 된다. 슈퍼 할매나 철없는 어머니가 모성 이데올로기라는 오래된 인습을 답습하는 것이라면, 전복성이라는 본연의 의도는 이내 기각되고 말 것이다.

이러한 면에서 이송현의 『내 청춘, 시속 370km』는 무능력한 가장이라는 뻔한 소재 안에서도 색다른 방향을 제시해 준 작품이다. 이제는 익숙해진 초라한 가장의 모습이지만 가족제도의 습속에 가려져 있던 아버지 내면으로 들어가면 얼마나 다양한 개인들과 만날 수 있는지를 여실히 보여 주기 때문이다.

엄마에게는 내가 최고일지 몰라도 아버지는 아들보다 매가 더 소중한 사람이었다.

아버지는 응사다. 매잡이, 매사냥꾼이다. 매사냥 전통문화의 수호자이자 무형문화재이기도 하다. 겉으로는 그럴싸해 보이지만, 엄마와 내겐 한낱 무능한 가장일 뿐이다. 현실감각이 뒤떨어진다고나 할까. 세상에는 두 종류의

아버지가 존재한다. 돈 잘 버는 아버지와 돈 못 버는 아버지. (14면)

한마디로 아버지는 무능력한 무형문화재이다. 전통을 수호한다는 자부심은 넘쳐 나지만, 가장으로서는 실패자와 다름이 없다. 또한 아들이 생각하는 아버지는 자신보다 매가 더 소중한 사람이다. 대개 부모는 자식이라는 욕망을 매개로 하지만 이 아버지가 욕망하는 대상은 아들이 아니라 매이다. 이것은 아들에게 부성애의 결핍을 유발하는 원인이면서 동시에 주체적으로 성장할 수 있는 자율성을 담보해 준다.

이야기가 새로운 물꼬를 만난 것은 주인공 동준이 오토바이를 사기 위해 응사를 자청하면서부터다. 인생의 걸림돌이었던 매가 새로운 매개체로 전환되는 시점인 게다. 동준은 매를 통해 무능력한 아버지가 아닌 하나의 개별적인 존재 송인태를 발견하게 된다.

아버지 이름이 송인태였구나……. 아버지는 그냥 아버지인 줄 알았다. (126면)

동준이 결혼사진에서 아버지의 이름을 발견하는 장면은 이 작품의 결말을 암시한다는 점에서 의미심장하다. 돈 못 버는 아버지, 매에 미쳐서 아들도 뒷전인 아버지에게서 전통문화의 수호자이자 수도꼭지 뒤로 눈물을 감추는 인간 송인태의 발견. 이 장면을 기점으로 아버지와 아들의 관계는 전환된다. 비록 훼손된 부부관계는 끝까지 화해의 지점을 찾지 못하고, 일하는 남편과 살고 싶다는 엄마의 소망도 답보 상태인 것이 사실이다. 그러나 이러한 갈등의 틈새가 불안하지 않은 이유는 아버지와 아들의 섬세한 정서적 감응이 흔들리지 않는 진정성으로 다가오기 때문이다. 특히 가장으로서의 아버지의 모습에서 한발 물러났을 때, 한층 풍부한 개인이 발견된다는 사실을 보여 준 것은 이 작품의 값진 성과라 할 수 있다.

4. 주체의 실현과 퇴보, 그 방식의 차이

대개 자아가 주체로 거듭나는 순간은 서사의 마지막 부분에서 실현된다. 소설을 '사건―진실―응답'이라는 서사적 구조로 상정한다면, 구체적 사건을 통해 진실에 직면한 자아가 과연 어떠한 방식으로 응답하고 있는지를 드러내는 부분인 것이다. 다음 세 작품은 여자 주인공이 엄마(타자)와의 관계성을 어떤 방식으로 회복하는지를 보여 준다.

① 엄마가 이렇게도 싫은데, 엄마랑 같이 있어야 안정감이 드는 것은 아무래도 나는 엄마의 '한 뿌리' 주문에 걸려든 것 같기도 했다. (『우리들의 짧조름한 여름날』 118~19면)

인정하기 싫지만, 엄마가 다시는 오지 않으면 어쩌나 두려웠다. 엄마가 다시 와 줘서 고맙기까지 했다. (같은 책 225면)

② 나와 할매 사이에 피 한 방울 힘줄 한 줄 안 섞였다고 생각했는데, 곤히 잠든 할매를 보니 어딘가 모르게 나와 닮은 구석이 있다. (『불량 가족 레시피』 196면)

③ 그리고 돌아섰을 때, 내 왼쪽 눈에서도 눈물이 한 줄기 흘러내렸다. 다

행이었다. 강인한 내 오른쪽에서는 눈물이 흘러내리지 않았으니까. (『두려움
에 인사하는 법』 224면)

주인공이 엄마를 내재화하는 방식을 보면, 작품 ①과 ②는 강력한 혈
연주의와 모성애의 자장 안에서 상상의 부모가 떠난 빈자리를 현실적
부모로 채운다는 공통점이 있다. ①은 할아버지가 남긴 보물이 노비문
서로 판명되면서 아버지의 환상에서 벗어났지만, 결국은 그 자리를 엄
마로 채우고자 하는 욕망을 보여 준다. 할머니가 모아 둔 돈단지를 가지
고 훌쩍 떠나는 나쁜 엄마를 보면서 잠시 무춤하지만, 이내 그녀를 갈망
한다. 상상 속 부모와의 결별이 현실적 부모의 수용으로 이어진다는 안
온한 방식도 식상하거니와, 더 큰 문제는 그녀가 엄마의 왜곡된 모성주
의인 '한 뿌리' 정신에 동화되었다는 사실이다. 주인공은 엄마와 동일
성을 획득함으로써 멈추었던 생리를 다시 시작하게 된다. 이러한 문제
는 ②에서도 선명하게 드러나는데 인용문은 상상 속 무도회에서 입었
던 옷을 정리하고 난 주인공이 고이 잠든 할머니를 바라보며 불현듯 혈
육의 동질성을 깨닫는 장면이다. 가상 무도회 옷을 정리한 후에도 다시
금 할머니를 모성적 대상으로 동일시한다는 것은 상상 속 어머니와의
이별이 진정한 극복으로 이어지지 못했다는 사실을 보여 준다.

이러한 내재화는 자아를 타자에 예속시킴으로써 불안정한 주체보다
는 안정된 자아를 선택하는 방식이다. 반면에 작품 ③은 모성 이데올로
기에서 벗어나 여성성으로 승부를 한다. 이 장면은 혈육으로서의 엄마
를 떠나보내고 강한 여성성을 담지한 소녀로 거듭나고 있음을 명징하
게 보여 주는 장면이다. "강인한 내 오른쪽에서는 눈물이 흘러내리지
않았"다는 마지막 문장은 '오른쪽=남성, 왼쪽=여성'이라는 고정관

넘을 전복하면서 아빠(왼손잡이)에 대한 강한 집착에서 벗어나 강한 여성으로 거듭나고자 하는 열망을 환기시킨다. 비록 아버지의 그림자를 완전하게 떨치지는 못했지만, 안전한 자아보다는 불완전한 주체를 선택한 용기는 높이 평가할 만하다. 불완전한 자아가 주체적인 방식으로 응답하고 있다는 점에서 엄마와의 동일시로 퇴각하던 앞의 두 작품과는 분명 다른 층위에 있기 때문이다.

또한 다음 두 작품은 주인공이 주체로 거듭나는 새로운 방향을 제시해 준다. 진정성을 기반으로 서로를 이해한다는 지극히 평면적인 방식이지만, 부모와 자식의 이항대립항에서 중심항에 흡수되는 동화(同化)의 방식과는 확연히 다른 지점이라 할 것이다.

① "아버지, 전 매보다 못한 자식이에요", "그럼 나는 매보다 못한 애비냐? 바보 같은 놈."(『내 청춘, 시속 370km』248면)

"이제 내 마음대로 할 거예요. 이번 겨울에만 매사냥을 하는 게 아니라, 계약서 찢었으니까 내가 매사냥을 하고 싶으면 내년 겨울에도, 내후년 겨울에도 매번 찾아올 거라구요."(같은 책 280면)

② "아빠가 아니어서…… 나여서…미웠니?"

엄마는 왜 지금에서야 이렇게 솔직해진 건데? 언제부터 그랬다고……. 하지만 그 말을 하지 못한 채 엄마를 바라보는 내 눈에는 어느새 다시 눈물이 고이고 있었다.

"……엄마도 어쩔 수 없었잖아."(『내 이름은 망고』248면)

두 작품은 부모 자식의 관계를 '이해의 진정성'으로 풀었다는 점에서 통한다. ①에서 첫 번째 문답은 매보다 못한 자식이라 여겼던 주인공이 아이러니하게 그 매를 통해 아버지의 진심을 이해하게 되는 장면이다. 아버지가 욕망하던 대상을 통해 그의 진짜 내면과 마주할 수 있게 된 것인데, 이보다 흥미로운 것은 아버지와 아들 모두가 개인의 욕망에 충실한 가운데 자연스럽게 서로를 이해하게 되었다는 점이다. 아들은 오토바이를 살 돈이 필요했고, 아버지는 수제자가 떠난 빈자리를 메워 줄 사람이 필요했을 뿐이다. 아버지와 아들의 관계가 아니라 그저 응사꾼과 아르바이트생의 관계인 것이다. 따라서 주인공은 앞으로 매사냥을 할 것인가 그만둘 것인가에 대한 선택도 주체적으로 결정한다.

한편 ②는 엄마가 하던 여행사 가이드 일을 갑자기 떠맡게 되면서 무의식 깊은 곳에 묻어 두었던 자신과 엄마의 상처를 대면하는 장면이다. 엄마에 대한 증오심을 역할극의 방식으로 풀어낸 것은 다소 진부하지만, 직면한 문제를 제 스스로 헤쳐 나갈 수 있게 끝까지 내버려 둔 용기만큼은 지지하고 싶다. 주인공이 꿋꿋하게 통과한 구체적 경험들이 없었다면 두 사람의 이해도 진정을 잃고 말았을 것이다. 또한 아버지를 추억의 뒤안길로 보내면서 그 자리를 엄마가 아닌 캄보디아 친구이자 성장 거울이었던 쩜빠를 통해 채우려 한 점도 신선하다.

주체와 타자 특히 부모와 자식의 관계는 비대칭적일 수밖에 없다. 성장의 멈춤이나 퇴행은 약자가 강자에 맞서는 저항적 방식 중 하나이다. 그러나 이같이 성장을 추구하는 서사에서 어떤 방식으로 비대칭성을 극복해 나갈 것인가는 앞으로도 씨름해야 할 과제일 것이다.

5. 긍정과 승인의 윤리를 넘어

지금까지 가족해체를 소재로 한 다섯 편의 청소년문학 작품을 부모와 자식의 관계가 함의하고 있는 모순성에 주목하여 살펴보았다. 여기서 제기한 질문은 크게 세 가지로 요약할 수 있다. 상상 속 부모와의 이별이 자아 성장의 진정성을 획득하고 있는가, 부모의 재현 양상이 기존 질서의 전복인가 전유인가, 주인공이 주체적 인물로 거듭났는가. 이러한 질문은 세속적인 의미의 가족담론과는 판이한 응답을 요구한다. 상상을 통해 갈망하는 아버지, 자식을 위해서는 어떤 희생도 감내하는 어머니, 위험한 독립보다는 부모의 곁에서 안정을 선택하는 아이. 이 모두는 세속적 윤리를 대변할지언정 문학이 옹호해야 할 상상력은 아니다. 자명한 질서를 의심하고 부정하고 뒤집어 보는 것이 문학의 본성이자 윤리이기 때문이다.

상상의 부모는 타자에 예속된 주체가 현실로 귀환하기 위해 극복해야 할 대상이고, 더불어 자아 성장이라는 정합성을 획득하기 위해서는 엄정한 서사적 개연성을 요구한다. 이 두 가지를 나란히 이루지 못한다면 주체 되기는 쉽게 의심받을 수밖에 없다. 또한 현실의 부모를 왜소화 혹은 강력함으로 재현하는 것은 권위적 질서에 대한 전복적 상상력이라는 본질을 훼손하지 않을 때 비로소 본연의 의미를 발현할 수 있을 것이다. 개성으로 치장한 외양 그 이면으로 들어가, 모성을 이상화하는 가족 이데올로기의 매끈한 답습이 이루어지는 지점을 찾아내는 노력이 절실해 보인다. 더군다나 모성 이데올로기가 주인공을 통해 은밀하게 내면화될 수 있음을 상기할 필요가 있겠다. 물론 부모의 이중성을 힘 있게 버텨 낸 흔적도 적지 않다. 특히 『내 청춘, 시속 370km』는 부명(父名)으로서의 아버지와 가장으로서의 아버지를 동시에 넘어설 수 있는 단초를 열어 보였다. 아버지를 욕망하는 주체로 호명하였을 뿐 아니라, 아들도 욕망의 중재자가 아닌 스스로 선택하는 주체로 우뚝 세운 용기는 주목할 만한 진전으로 보인다.

그러나 작품 전반을 놓고 본다면 승인의 윤리, 긍정의 윤리라는 자장에서 크게 벗어나지 못하는 한계를 드러낸다. 가족해체라는 소재를 어떡하면 무겁지 않게 풀어 갈 수 있을까에 중점을 둔 흔적이 역력하다. 특히 쿨(cool)한 주인공은 애초부터 무거운 현실을 견뎌 낼 수 있는 자기방어적인 임무를 띠고 있는 것이 아닌가 하는 의구심을 떨치기 어렵다. 이것은 비단 이 작품에 국한된 문제는 아닐 것이다. 행복을 노출하려는 과장된 제스처와 성장에 대한 강박은 오히려 팍팍한 현실을 사는 독자들에게 외려 피로감을 안겨 줄 수 있다는 사실에 대해 우리 작가들의 고민이 필요하다.

여전히 청소년문학은 자신의 영역을 정립해 나가는 중이다. 다만 한 가지 확실한 것은 제도적인 혹은 도덕적인 관습 안에 놓인 가족담론으로는 영역의 확장이 난망하다는 사실이다. 승인과 긍정의 윤리를 넘어 청소년들의 상처와 아픔이 일어나는 지점을 정면으로 응시함으로써 심연에 존재하는 '실재'에 다가가는 노력이 절실해 보인다.

아동 추리물을 탐문하는 세 가지 단서

1. 아동 추리물, 탐문이 필요하다

장르문학은 2000년대 아동문학을 대표하는 키워드 중 하나다. 그것이 유럽에서 날아온 마법사의 영향이든, 출판 시장의 영민한 대처가 만들어 낸 상업적 산물이든 간에 아동문학의 활성화에 기여한 것은 분명한 사실이다. 특히 판타지와 SF의 성장이 두드러지면서 비평가와 연구자들을 중심으로 이들의 관습을 탐문하려는 시도들이 계속되고 있다.

아동 추리물[1]의 등장 역시 이러한 분위기에 힘입은 바가 크다. 지난 2005년에는 한정기의 『플루토 비밀결사대』(비룡소 2005)가 추리의 부활을 알렸다. 방정환 이후 실질적으로 휴면 계정 상태에 있던 장르가 문학상이라는 훈장과 함께 화려하게 귀환한 것이다. 이는 추리 마니아들뿐

---

1 이 글에서는 추리동화와 아동 추리소설을 통칭하여 '아동 추리물'로 지칭하고자 한다.

아니라 연구자들에게도 내심 반가운 소식이었다. 추리의 유전적 내력을 짚어 보면 대중적 호소력은 물론이요, 새로운 모험의 세계를 개척할 수 있는 아이템으로서도 매력적인 장르인 것은 분명하기 때문이다.

그렇게 10여 년이 흐른 지금, 추리는 여전히 아동문학과 다양한 방식으로 접속하고 있다. 우려와 기대 사이에서 술렁이면서 최근에는 추리라는 대중성이 양날의 칼이 되지 않을까 하는 우려의 목소리도 적지 않은 것 같다. 아이들이 추리물을 좋아한다는 것은 이미 증명된 사실이다. 가끔은 아이들의 직관적 선택 앞에서 문학성을 운운하는 것조차 머쓱해지는 경우가 있을 정도다. 2013년 100명의 어린이 심사단의 선택을 받았던 허교범의 『스무고개 탐정과 마술사』(비룡소 2013)는 그 단적인 사례라 하겠다. 마술사의 트릭을 논리적 이성으로 무너뜨려야 하는 설정 자체는 흥미로우나, 실제 무너진 것이 트릭이 아니라 서사의 인과성이라는 데 문제가 있다. 허술한 추리 과정에 '스무고개'라는 필살기는 어디에 쓰였다는 건지 얼떨떨할 지경인데, 정작 아이들에게는 이 문제가 별로 중요하지 않았던 모양이다. 문학적 가치와 독자의 선택, 이 둘의 엇박자는 다시, 진정한 문학적 재미가 무엇인지를 고민하게 한다.

모든 독자가 그렇듯이 재미는 어린이가 책을 선택하는 가장 우선하는 가치이다. 그런데 아이들과 책을 두고 이야기를 나누다 보면 재미라는 직관적 심상이 실제로는 매우 다양한 층위로 이루어져 있음을 확인하게 된다. 익숙한 것에서 오는 즐거움, 낯선 세계에서 좌충우돌하는 모험의 즐거움, 여기에 생생한 삶의 이야기가 전해 주는 저릿한 감동까지 모두가 '재미'라는 언표를 이루고 있는 감정들이다. 이 모두가 '지금 여기'의 현실성과 내밀하게 조응할 때 우리는 '문학적 재미'라는 의미를 부여한다. 익숙한 패턴으로 기시감을 주거나 무중력 상태로 둥둥 떠다니는 허황된 이야기로는, 문학은 물론이고 읽는 재미마저 반감시킬 것은 자명하다. 독자의 기대치를 염두에 두되, 동시에 그들의 기대지평을 확장시켜야 하는 것. 하긴 이것은 모든 작가의 책무이기도 할 터.

이제는 지난 10년간 아동 추리물이 얼마나 이 책무에 충실했는지 되돌아봐야 할 시점이다. 일일이 의견을 구하지 않더라도 문학적 재미를 운운하기에는 아직 갈 길이 멀었다는 데에는 동의하지 않을까 싶다. 문학이 괜한 무게를 잡는 것은 문제겠지만, 최소한의 삶의 무게도 감당하지 못한다면 더 심각한 문제가 아닐 수 없다. 추리소설의 문법에만 충실한 나머지 정작 아동문학의 힘을 제대로 발휘하지 못하는 것도 마찬가지 문제라 할 것이다. 이 수수께끼를 풀기 위해서는 최초의 사건 현장으로 거슬러 올라가는 게 최선의 방책일 듯하다. 한정기, 정은숙, 고재현. 이들은 21세기 한국 아동 추리물의 선구자이자 반면교사(反面敎師)다. 지금으로서는 이만한 특급 단서도 없다.

2. 첫 번째 단서, 배꼽(현실)의 탐문: '플루토 비밀결사대' 시리즈

추리소설은 장르문학 중에서도 저급하다는 인식이 강한 편이다. 심심풀이용 소설이니 배꼽 없는 소설이니 하며 얼치기 취급을 당하기 일쑤였다. 여기에서 배꼽이 없다는 것은 곧 현실인식의 부재를 의미한다. 우리 아동 추리물 역시 아이들의 삶이나 사회적 이슈의 빗장을 열지 못한다면, 이러한 비판에서 자유롭지 못할 것이다. 실제로 일정한 성취를 이룬 추리소설들을 보면, 대부분 '범인 찾기─진실 대면'이라는 이중의 서사 구조를 띠고 있다. 표면적으로는 범인이 누구인지를 찾는 과정이지만, 이는 결국 '지금 여기'의 진실과 대면하기 위한 또 하나의 단서인 셈이다. 마치 움베르트 에코(Umberto Eco)가 『장미의 이름』에서 호르헤라는 범인을 잡는 과정을 통해 베일에 가려진 진실과 허위에 대한 통찰을 담아내고 싶었던 것처럼 말이다.

한정기의 '플루토 비밀결사대' 시리즈(1~5권, 비룡소 2005~2013)는 '배꼽'의 온오프(on off)를 동시에 보여 주는 사례이다. 1권 『다섯 아이들이 모이다』(2005)에는 암호용 단서가 눈길을 끈다. '산성 50, 어긋난굽은, 소나무돌무덤, 청2백2검15, 555파라다이스 092.552.8111'라는 암호는 문자, 단어, 숫자 등을 조합해서 의미를 숨기는 전통적인 암호용 단서이다. 이 암호를 해독하는 과정은 추리소설의 묘미 중 하나이고, 서사적 완결성을 높여 주는 요소이기도 하다. 그러나 이는 어디까지나 표면적 구조의 완결성에 국한된다. 암호를 풀고 얻은 것은 도자기 도굴범을 잡은 공로로 받게 된 포상이 전부다. 매력적인 암호였지만 정작 아이들의 삶을 여는 열쇠는 아니었던 셈이다.

이러한 문제는 2권 『팔색조의 비밀』(2006)에서 인민군 포로로 내려온 할아버지의 가슴 아픈 사연을 끄집어낼 때도 고스란히 반복된다. 거제도는 팔색조와 현대사의 굴곡진 역사를 동시에 다루기에 최적의 공간임에도 그저 범인을 검거하는 현장, 그 이상의 수확은 거두지 못하였다. 무엇보다 현대사의 아픔과 개인의 쓰라린 기억을 생생하게 담아낼 수 있는 기회를 놓쳐 버린 것이 안타깝다. 중병을 앓고 있는 어머니를 모시고 사는 아주머니의 사연이나(3권 『안개 속을 달리다』 2009), 부모의 욕심으로 인해 괴물이 된 아이(5권 『퍼즐을 맞춰라』 2013)의 이야기도 다른 소재, 같은 패턴의 연속이다. 사건의 개연성은 살아 있지만, 개인의 아픔이나 사회적 문제에 대한 핍진성이 부족하다 보니, 현실에 대한 감도가 떨어지는 건 당연하다. 소외된 이웃들의 삶이 생생하게 드러나지 않은 상황에서 그들의 아픔과 슬픔에 공명하기란 쉽지 않다. 흥미진진한 추리와 범인 찾기를 통해 우리 사회의 소외된 이웃들을 살펴보려 했던 작가의 선한 의도는 이해하지만, 과연 독자들에게 제대로 전달될지는 의문이다.

반면에 4권 『지켜 주고 싶은 비밀』(2011)은 추리가 현실과 접속했을 때 어떤 힘을 발휘하는지를 여실히 보여 준다. 이 작품은 사건 전개, 범인 설정, 진실을 대면하는 자세에 있어 이전 작품과는 사뭇 다른 방식을 취하고 있다. 사건의 발단은 연주라는 아이가 전학 온 지 얼마 지나지 않아 학급에서 학원비 10만 원이 없어지면서부터 시작된다. 다음 날 돈은 바로 회수되었지만 범인이 잡히지 않은 상황에서 흉흉한 소문은 여전히 교실 안팎을 맴도는 상황. 반전의 서막은 범인이 독자들에게 스스로 정체를 드러내면서부터다. 이제부터 독자의 궁금증은 범인이 아닌 범행 동기에 쏠리게 된다. 그리고 작가는 그 수수께끼를 푸는 단서를 개인의 내밀한 공간인 일기장을 통해 보여 준다. '시커먼 손', '온몸에 기어 다니는 수천 마리 벌레' 등은 연주에게 드리워진 '슬픈 그늘'의 실체를 추론할 수 있는 단서들이다. 이것은 가짜 범인(연주)을 일찌감치 내어 주고 진짜 범인에 다가서기 위한 접근 방식인 것이다. 이 과정에서 그동안 사건들 속에 묻혀 있던 금숙이의 아픔이 다시 호출된 것도 다행스러운 일이다. 이전 시리즈까지만 해도 이혼 가정의 아픔은 금숙이의 뛰어난 활약상에 묻혀 있던 상황이었다. 금숙이의 상처는 결국 슬픈 그늘의 진실과 대면할 수 있는 결정적인 계기로 작용한다. 냉철한 추리가 아닌, 친구의 슬픔을 함께 나누려는 진정성이 슬픈 그늘의 빗장을 여는 열쇠가 된 것이다. 작가는 연주라는 가짜 범인을 통해 아이를 탐욕의 대상으로 삼았던 진짜 범인의 실체를 더욱 선명하게 드러낸다. 금숙이의 과잉된 긍정성은 여전히 불편하지만 과학적 인과성에 기댄 추리 기법에서 벗어나 개인의 내면에 칩거하고 있는 고통을 추리해 나간 것만으로도 이 작품의 미덕은 충분해 보인다.

3. 두 번째 단서, 체스와 주사위의 공존: '방구 탐정' 시리즈[2]

추리소설은 대개 범죄 사건의 수수께끼를 푸는 이야기이다. 주로 범인이 수수께끼를 내면, 뛰어난 관찰력과 명석한 두뇌의 소유자가 해결사로 나서는 구조다. 범인은 교묘한 트릭으로 자신을 숨기지만, 탐정은 칼날 같은 단서를 통해 트릭을 파괴해 나간다. 이때 탐정은 이성과 논리의 힘으로 무장한, 일종의 '슈퍼 히어로'다.

그러나 추리소설의 이러한 특징이 아동문학에서는 도식성의 빌미를 제공하거나 혹은 무리한 설정으로 작위성을 유발하기도 한다. 스무 번의 논리적인 질문을 통해 범인을 완벽하게 잡아내야 하는데, 그러기에는 탐정의 능력이 한참 부족하다거나(『스무고개 탐정과 마술사』), 결정적인 순간에는 어김없이 '좋은 어른'이 등장해야 하는 상황도 추리소설의 문법을 무리하게 끼워 맞춘 결과이다. 이와는 반대로 어수룩하고 무기력한 범인을 등장시켜서 어린이 탐정의 능력을 상대적으로 부각시키기도 한다. 어린아이에게 결박을 당하는가 하면, 아이의 설득에 눈물까지 흘리며 마음을 고쳐먹는 범인의 모습은 현실과의 괴리감만 키워 줄 뿐이

---

2 고재현 『귀신 잡는 방구 탐정』(창비 2009); 『괴물 쫓는 방구 탐정』(창비 2013).

다.(정은숙『명탐정 설홍주, 어둠 속 목소리를 찾아라』, 푸른책들 2011)

고재현의 '방구 탐정' 시리즈는 동화를 중심에 세워 두고 장르의 관습을 자연스럽게 불러들였다는 데 미더움이 있다. 이 작품은 마치 체스 위의 주사위처럼 과학의 인과성과 일상생활의 우연성을 적절하게 혼합하는 전략을 구사한다. 감정, 우연, 상상이라는 요소들은 언뜻 과학과 이성의 언어를 중시하는 추리 장르와는 대립적인 요소인 양 느껴진다. 그러나 사실 우리가 발 딛고 있는 이 세계 역시 불확실성의 연속이 아닌가. 일탈과 놀이를 갈망하는 아이들의 세계는 더욱 그러하고 말이다.

방구 탐정 강마루는 탐정다운 예리한 감각에 아이다운 순수함이 적절하게 어우러진 인물이다. 남다른 관찰력과 의협심을 가졌으되, 냉철함이나 완전무결함과는 사뭇 거리가 있다. 오히려 불완전하면서도 아이다움이 살아 있기에 기존의 탐정들과는 사뭇 다른 생동감이 느껴진다. 날카로운 논리성은 조금 부족하더라도 주변을 세심하게 관찰하거나 과학 시간에 배웠던 지식을 바탕으로 사건을 해결하는 장면은 제 품에 맞는 옷을 입은 듯 편안하게 다가온다.

그렇다고 탐정이 가져야 할 고유의 정체성마저 훼손된 것은 아니다. 작가는 주로 탐정에게는 체스의 역할을, 의뢰인과 조력자에게는 주사위의 역할을 맡긴다. 유력한 용의자의 선별은 강마루의 관찰과 추리를 통해 이루어지고, 결정적인 자백은 사건 의뢰인의 눈물과 우격다짐 또는 설레발이 결정적인 역할을 하는 식이다.『괴물 쫓는 방구 탐정』에서는 이러한 관찰력의 범위가 한층 넓어졌는데, 특정한 단서에 기대기보다는 인물의 성격과 심리, 상황을 토대로 사건을 해결해 나간다.

이렇듯 냉철한 이성과 엉뚱한 감성, 여기에 풍부한 상상력까지 이 모든 요소를 동원하여 일상생활에서 일어나는 아이들의 불안과 욕망을 천착해 들어갔다는 점에서 고재현의 추리동화는 빛을 발한다. 1편[3]에서 드러난 '선한 의지의 어린이'와 '악한 어른'의 설정이 2편에서는 극복된 것도 반가운 일이다.

그러나 두 권 모두를 관통하고 있는 낭만적 화해와 계몽성은 씁쓸한 뒷맛을 남긴다. 1편의 경우 사건이 해결된 이후에는 어김없이 어른들의 반성이 이어졌는데, 이것은 현실을 지나치게 낭만적으로 윤색한 결과일 것이다. 한편 2편에서는 가난에 대한 편견, 학교 폭력, 부모와의 갈등처럼 소재의 심도가 한층 더 심화되었음에도 불구하고 여전히 마무리는 손쉽게 이뤄진다. 매듭의 꼬임이 단단하고 복잡해진 만큼 그만한 진통이나 끈덕짐이 없는 것은 매우 아쉬운 대목이다.

『괴물 쫓는 방구 탐정』의 두 번째 이야기 「DNA를 밝혀라」를 예로 보자. 공부 잘하는 형과 누나 사이에서 부모가 주는 압박과 차별 때문에 자신을 학대하던 인규는 진짜 엄마를 찾아 달라며 강마루를 찾는다. 애초부터 만화적 기법을 활용하고 있는 작품의 특징상, 서사의 리듬은 시종 경쾌하지만 의뢰인이 처한 상황만 보면 다른 사건들에 비해서 가장 심각한 편에 속한다. 현실의 부모를 부정하는 것은 이 아이가 극도의 심리적 불안을 겪고 있음을 짐작게 한다. 그러나 작품 전반에 흐르는 명랑한 분위기를 해치고 싶지 않았던 것일까. 의뢰인이 상정한 안건의 묵직함에 비하면 갈등은 밋밋하고, 결말은 지나치게 명쾌하다.

인규 엄마가 한 걸음 더 다가가 인규의 어깨를 잡았다. 잠자코 있던 인규가 어렵게 입을 뗐다.

---

3 편의상 『귀신 잡는 방구 탐정』(2009)을 1편으로, 『괴물 쫓는 방구 탐정』(2013)을 2편으로 칭한다.

"난 힘들다고 했어. 꾀를 부리는 게 아니라 정말로…… 형처럼은 못 하겠다고……."

"그래, 엄마가 못 들었어. 아니, 안 들었어. 그게 정말 미안해. 네 말대로 조금 천천히 가야 하는데 엄마가 속도를 줄이지 못한 거야. 네가 힘들어하는 것도 모르고." (102면)

반나절의 가출이 가져온 결과라고는 믿기지 않을 정도로, 그토록 깐깐했던 엄마는 돌연 자기반성의 모드로 돌입한다. 이 정도면 인규가 토로했던 고통이 모두 가짜처럼 느껴질 정도다. 이러한 봉합 방식은 세 번째 이야기 「바늘 도둑을 잡아라」와 네 번째 이야기 「그림자를 밟아라」에서도 반복된다. 악을 응징하고 선을 회복함으로써 질서를 회복해야 한다는 강박은 추리소설의 낡은 관습과도 무관치 않다. 때로는 해결의 몫을 아이들에게 맡기는 게 진정한 회복일 수 있지 않을까. 첫 번째 이야기 「일기장을 찾아라」에서처럼 마지막 공을 아이(지나)에게 넘길 줄 아는 용기가 필요해 보인다.

4. 세 번째 단서, 성장과 전복의 힘: '봉봉 초콜릿' 시리즈[4], 『댕기머리 탐정 김영서』

예상치 못했던 반전의 답안지는 추리소설을 읽는 묘미 중 하나이다. 반전의 폭이 클수록, 퍼즐의 연결이 섬세하고 참신할수록 독자의 만족

---

4 정은숙 『봉봉 초콜릿의 비밀』(푸른책들 2008); 『명탐정 설홍주, 어둠 속 목소리를 찾아라』(푸른책들 2011).

감은 커지고 탐정을 향한 충성심도 높아진다. 정답을 맞히는 것보다 의외의 답을 알게 됐을 때 얻는 짜릿함이 큰 것도 추리소설만의 특징이자 묘미이다. 정은숙은 엉뚱한 인물을 범인으로 의심하게 하는 이른바 '편향과 은닉 기법'[5]을 능숙하게 다룰 줄 아는 동화작가다.『봉봉 초콜릿의 비밀』에서는 이야기의 시작부터 유괴사건을 전면에 내세우고 실제 사건인 황실 주얼리 반지 도난사건을 뒤로 슬쩍 숨겨 두는 트릭을 사용한다. 한편『명탐정 설홍주, 어둠 속 목소리를 찾아라』에서는 홍주의 단짝인 완식이의 엄마부터 자장면 배달원 수만이 아저씨까지 여러 명에게 혐의를 집중시키면서 묘한 긴장감과 호기심을 유발한다. 특히 유력한 용의자들 중에 탐정의 측근들, 이를테면 부모나 형제, 절친한 친구, 존경하는 인물들을 등장시키는 것은 추리소설에서 서스펜스를 유발하기 위한 장치로도 자주 활용되는 기법이다.

그러나 뭐니 뭐니 해도 정은숙 추리물의 가장 큰 특징은 '소녀 탐정'을 내세웠다는 점이다. 물론 플루토 비밀결사대 시리즈의 금숙이도 있지만, 독립적인 캐릭터로는 설홍주와 김영서가 유일하다.『명탐정 설홍주, 어둠 속 목소리를 찾아라』,『댕기머리 탐정 김영서』(뜨인돌어린이 2013)처럼 작품 제목에 소녀 탐정의 이름을 집어넣는 것은 정은숙 추리물에서 발견되는 독특한 특징이다. 소녀 탐정의 출현은 그 자체로도 기존의 관습을 탈피하기 위한 시도로 읽힌다. 전통적인 추리소설의 이면에 '이성주의＝남성 우월성'이 깔려 있음은 잘 알려진 사실이다. 실제로 우리가 호명할 수 있는 탐정들이라고는 대부분 벽안(碧眼)의 신사이거나 영

---

5 사람의 주의를 딴 데로 돌려서 남을 속이는 방식을 추리에서는 편향과 은닉 기법이고 한다. 전창의 「반전 결말 서사물에서의 편향과 은닉 기법」, 한국과학기술원 석사학위 논문 2008 참조.

민하게 생긴 소년들이 아닌가. 그런데 실제 초등학생의 발달단계를 고려한다면, 또래 남자아이들보다 상대적으로 성숙한 여자 탐정의 등장은 외려 자연스럽게 느껴진다. 세심한 관찰자로서는 물론이고 심지어는 완력의 강도에서도 남자들에게 밀리지 않기 때문이다. 하지만 소녀 탐정 자체가 전복성을 의미하지는 않는다. 전복성은 성역할 그 자체가 아닌, 전체적인 서사를 통해 발현되는 것이기 때문이다. 이러한 면에서 설홍주와 김영서는 단(短)과 장(長)의 두 지점을 극명하게 보여 준다.

먼저 '봉봉 초콜릿' 시리즈의 설홍주는 언뜻 보면 당차고 생기발랄한 캐릭터로 다가온다. 그러나 설홍주에 대해서는 기본 정보 외에 선명하게 잡히는 바가 거의 없다. 가장 큰 이유는 설홍주라는 아이가 무엇을 욕망하는지, 그녀의 내면적 상처가 무엇인지에 대한 응시가 부재하기 때문이다. 마치 책의 앞면에 나열된 등장인물들의 프로필 정도 수준에서 멈춰 버린 느낌이다. 이 책을 읽은 아이들에게 설홍주에 대해 물어보면 대부분 추리를 좋아하는 똑똑한 여자아이라고 답변할 뿐, 왜 추리에 집착하는지에 대해서는 별로 인식하지 못하는 반응이 대부분이다. 독자들이 책을 엉성하게 읽었다기보다는 홍주라는 인물을 단선적으로 제시했다는 데 문제가 있어 보인다. 부모의 이혼으로 인한 홍주의 내면적 상처는 범인을 쫓는 일에 꽁꽁 가려져 있을 뿐이다. 범인을 찾는 데 쓰인 편향과 은닉 기법들이 정작 홍주의 내면을 탐색하는 데 활용되지 않은 것이 못내 안타깝다.

한편 『댕기머리 탐정 김영서』는 마치 설홍주를 반면교사로 삼은 게 아닐까 하는 의구심이 들 만큼 환골탈태한 모습이다. 우선 기존의 작품보다 장르적 관습에 대한 엄격함이 훨씬 자유롭다는 점이 눈에 띈다. 사실 이 작품은 부모와의 이별을 통해 당당한 주체로 거듭나는 전형적인 여성 성장소설로 보는 게 더 자연스럽다. 서사의 기본 뼈대를 탄탄하게 세우고 거기에 추리와 역사를 적재적소에 사용한 결과, 흥미진진한 성장소설 한 편이 탄생한 것이다. 1940년 12월 경성을 배경으로 시작된 이야기는 사건이 일어나는 순간까지 상당한 뜸을 들인다. 이 과정에서 당시 일제말의 분위기와 경성의 풍속은 물론이고 영서의 탐정적 재능까지 서사를 구축하기 위한 기초 공사가 차곡차곡 진행된다. 그중에서도 서사를 떠받치는 중심축은 아버지를 향한 영서의 원망과 해소의 과정이다.

> 아버지의 품에선 도시의 냄새가 났다. 왠지 비릿하면서도 텁텁한 냄새가 큼큼한 과수원 흙냄새와는 달리 세련된 느낌이 들었다.
> '아버지가 사는 경성은 어떤 곳일까?'
> 영서는 아버지 냄새를 통해 경성에 대한 남모를 동경을 키웠다. 사실 그건 신학문에 대한 꿈이었다. (13면)

아버지는 동경의 대상이자 신학문을 향한 본인의 꿈을 상징하는 인물이다. 그런 아버지가 신학문을 배운 여자와 딴살림을 차린 것을 알게 된 영서는 치밀어 오르는 원망에 어쩔 줄 모른다. 아버지를 향한 분노와 원망이 극복되는 않는 한 영서의 성장은 묘연한 상황이다. 이 상황에서 추리의 서사 문법이 힘을 발휘한다. 요컨대 '사건 제시−진실 대면'이라는 추리의 서사 구조가 이 부분에서 접붙이기를 시도한 것이다. 아버지와 관련된 사건이 제시되고 영서가 해결의 주체로 나섬으로써 진실과 대면할 수 있는 계기가 마련된다. 영서에게 주어진 미션은 아버지가 옆집 노인을 죽이려 했다는 혐의에 대해 무죄임을 증명하는 일. 이것은 위기에 놓인 자신의 정체성과 꿈을 구해 내는 일이기도 하다.

> 지금 영서는 어디로 가야 할지 정하기 위해 줄 가운데에 서 있었다.
>
> '마음속의 소리를 들어야 어떻게 살지를 알 수 있다고 하셨어.'
>
> 아버지가 해 준 말을 떠올리며 영서는 책을 집었다. 지난번에 가회동 어머니가 주신 책이었다. (…)
>
> 책은 몇 명의 여자들이 겪은 일을 쓴 내용이었다. 많은 사람들이 지나간 편안한 삶을 거부하고 낯선 길을 선택한 여자들은 어떤 삶을 살았을까? (174~75면)

사건이 마무리되고 영서의 아버지와 이별을 결심한 쪽은 의외로 영서의 어머니이다. 구식 여성을 대표하는 어머니가 지아비에게 이별을 고하는 것은 그 자체로 변화와 갱신의 징후로 읽힌다. 영서 역시 '힘든 시간도 결국은 지나갈 것'이라 믿으며, 아버지와의 이별을 담담하게 받아들인다. 하지만 그 이별은 단순한 결별이 아닌, 그의 정신적 유산(신학문)을 승계하는 방식으로 이루어진다. 낯선 길 위에 서 있는 영서의 마지막 모습은 처연하기보다는 당당하고 호기스럽다. 이 생생한 느낌은 서사의 풍부함이 가져다준 감정적 전이일 것이다.

5. 탐문 보고서, 다시 추리로 무엇을 할 것인가?

여기서 잠시, 서두에서 던진 문제의식을 떠올려 보자. 독자의 이중성과 작가의 책무를 언급하며, 독자는 작가에게 뻗어 가야 할 방향이자 넘어서야 할 대상이라 설정한 바 있다. 그렇게 짐짓 독자 반응의 중요성을 내세웠던 것을 기억할 것이다. 그런데 결론에 이르고 보니 아동 추리물의 문학성 문제를 다룬 보고서와 다르지 않게 되어 버렸다. 너스레를 떨었던 문학적 재미라는 것도 결국 문학성을 강조하기 위한 밑밥이 아니냐는 비판도 가능할 것이다. 하지만 이것이 지금 아동 추리물이 놓여 있는 지점이라는 사실을 인정할 수밖에 없다. 추리물이 재미를 건사하는 힘을 제대로 갖추기 위해서는 문학 쪽에 더 많은 추를 올려야 하는 게 현실적 과제인 것이다.

　세 작가를 통해 드러난 문제 역시 추리소설의 문법을 따라가다 보니, 어느 순간 놓쳐 버린 문학의 보편성에 대한 것들이었다. 세 가지 단서를 통해 밝혀진 것만 해도 그렇다. 현실인식의 부재, 선의 승리나 화해로 끝나는 도식, 단선적인 서사 구조. 특히 범죄 이야기가 그 자체의 인과율에 갇혀 정작 어린이의 삶이나 현실에 대한 감도를 잃어버린 것은 시급히 극복해야 할 과제이다. 애초에 문제를 푸는 게 이 장르의 특징이자 매력이라면 깐깐하게 캐물어야 문제가 무엇이고 집요하게 퍼즐을 풀어야 할 지점이 어디인가를 진지하게 고민해야 할 것이다. 또한 낭만적 화해의 문제는 선과 악의 대립 구조를 다루는 추리소설의 관습을 도식적으로 적용한 결과로 보인다. 선을 상징하는 탐정과 악을 상징하는 범죄자의 대결에서 탐정의 승리는 선과 질서의 회복으로 이어지는데, 이것이 무조건적인 해피엔딩을 양산하는 도식이 되어서는 안 될 일이다. 마지막으로 추리소설의 서사 구조를 단순 차용하여 범죄 이야기만 앙상하게 가져가는 것도 곤란하기는 마찬가지이다. 추리는 퍼즐을 맞추는 논리와 증명의 싸움이 아닌, 서사 전체를 풍요롭게 하기 위한 싸움이기 때문이다.

반대로 이러한 한계를 뛰어넘은 작품들의 특징을 꿰어 보면 추리가 현실의 문제를 탐색하는 도구로 기능하고 있음을 알 수 있다. 그 도구 중에는 비이성적 영역들, 이를테면 눈물, 교감, 우연 등이 인물의 진정성을 전달하는 데 촉매제 역할을 톡톡히 한다. 이는 논리적 추론 못지않게 감성적 코드가 필요하다는 사실을 증명해 주는 대목이다. 추리소설의 대가 아서 코넌 도일(Arthur Conan Doyle)도 말년에 최면술이나 심령술을 사용하지 않았던가. 체스와 주사위의 조화를 맞추는 일이 중요하겠으나, 분명 상상력에 대한 고민은 필요해 보인다. 어쩌면 아동 추리물의 생명력은 체스 쪽보다는 주사위에 달려 있는지도 모를 일이다. 또한 추리가 지니고 있는 멀티 능력도 주목할 필요가 있겠다. 모험, 역사, SF, 유머, 호러 등 추리가 접속할 수 있는 영역은 실로 다양하다.『댕기 머리 탐정 김영서』는 이러한 유전적 변이의 성공적 사례라 하겠다. 추리를 정체성 탐색의 과정으로 설정한 후에 시대적 배경을 활용해서 그 의미를 심화 확장시킨 것은 단순한 결합 그 이상의 의미를 지닌다. 영서가 놓여 있는 정체성의 혼돈이나 '김영서'라는 조선 이름이 갖는 의미, '댕기'가 지닌 이중성도 식민지라는 시대적 배경을 통해 빛을 발하는 요소들이다.

결국 이 세 가지 단서가 가리키고 있는 최종 심급은 현실이다. 추리의 인과는 논리적 추론이기도 하지만 궁극적으로는 삶의 연관성을 밝혀내는 것이기 때문이다. 그것이 현실에 대한 질문이라면 아이들의 내면에서부터 저 너머 세계에서 펼쳐지는 흥미진진한 모험까지 추리가 발 딛을 수 있는 곳은 무궁무진하다. 이성과 상상의 힘이 적절히 공존하는 가운데 현실과 팽팽하게 씨름하는 장르로 성장하는 것. 지금 아동 추리물이 해결해야 할 최우선 과제가 아닐까.

2000년대 다문화동화가 남긴 과제

1. 비(非)국민 타자의 조건

다문화 사회의 진입을 알리는 신호들이 요란하다. 그것은 예측의 수준을 넘어 엄중한 경고처럼 들린다. 하지만 '다문화'는 여전히 카오스의 부호이다. 무수한 담론 속에 선언적 구호가 난무하고 있지만 정작 문화의 이해가 무엇이며 다양성의 경계가 어디까지인지는 도무지 요령부득이다. 막연한 수준에서 다양성에 대한 존중이나 다름에 대한 배려를 말하지만 현실과 마주하는 순간, 여지없이 한계에 봉착하고 만다. 다양성이라는 말에 어떤 조건이 작동하고 있는 것은 아닌지 의심스럽다. 우리 사회에 무난하게 동화되고, 우리 문화와 충돌하지 말아야 한다는 조건부 수용 같은 것 말이다. 주변을 둘러보더라도 다원주의라는 가치가 애국이나 민족주의 앞에서 얼마나 보잘것없어지는지를 어렵잖게 찾아볼 수 있다. 스탠리 피시(Stanley Fish)의 말을 빌리자면, 이색적인 의상이나 문화예술은 즐기면서도 '결정적인 가치 차이'[1]만큼은 허용하지 않는 상황 말이다.

　청소년 영화 「반두비」가 청소년관람 불가 판정을 받게 된 것도 같은 맥락이다. 사회가 요구하는 타자(他者)는 공익성을 추구하는 「러브 인 코리아」나 「하노이 신부」[2]에서처럼 욕망이 거세된 순종적인 이웃들이다. 그러나 「반두비」의 주인공 카림은 욕망하는 주체라는 점에서 불편함을 드러낸다. 방글라데시 이주노동자가 대한민국 여고생을 욕망의 대상으로 삼다니, 분명 이 불편함은 불온하다는 인식과 다르지 않을 터. 청소년용 로맨틱 코미디 영화에 청소년 출입금지 딱지가 붙게 된 이유도 이 때문이다. 만약 이 영화의 주인공이 영미권의 화이트칼라 청년이었어도 똑같은 결정이 내려졌을지는 의문이다.

　우리 안에 숨어 있는 이중적 잣대는 다문화동화를 분석하는 데에도 유효한 센서가 된다. 두루 아는 바와 같이 2000년대 다문화동화의 출현은 사회적 요청에 따른 시의성의 산물[3]이었다. 덕분에 이주노동자를 향한 한국인들의 편견과 차별을 다룬 동화들이 등장하기 시작했으니,

---

1 "사회학자 스탠리 피시는 다른 문화적 전통이나 이색적인 문화예술을 즐기면서도 '결정적인 가치 차이'는 인정하지 않는 이러한 이중적 태도를 일컬어 '부티크 다문화주의', 즉 가벼운 다문화주의로 부른 바 있다." 백영경 「다문화주의의 현실적 조건들」, 『내일을 여는 작가』 2007년 가을호 144면.
2 한국 청년과 베트남 처녀의 사랑과 결혼을 다룬 TV 드라마로, 아름다운 로맨스 이면에 숨어 있는 '순박하고 순종적인 베트남 처녀'를 강조함으로써 민족 간 위계화를 부추긴다는 비판을 받기도 하였다.
3 통계청에 의하면 2008년 현재 초등학교에 입학한 다문화 가정의 자녀가 2만여 명에 육박하고 있다. 이러한 현상은 1990년도 초 이주노동자의 거주와 1990년대 후반 농촌 총각의 국제결혼의 급증으로 형성된 다문화가정의 증가와 궤적을 같이한다. 전영준 「한국의 다문화연구 현황」, 최성환 외 『다문화의 이해』, 경진 2009, 198면.

그 자체로 반가운 일임에 분명하다. 하지만 그들의 아픔을 적확하게 포착하는 시선이나 진정한 공생관계에 대한 성찰이 아직까진 부족해 보인다. 어쩌면 이 동화가 드러내고 있는 한계들은 다문화에 대한 우리 사회의 인식의 한계와 일맥상통할지도 모르겠다.

이 글은 타자의 왜곡된 재현 양상을 '이주노동자'를 소재로 한 동화를 중심으로 살펴보고자 한다. 타자는 존재하는 것이라기보다는 만들어지는 대상이라는 점에서 주체의 욕망이 투사된 대상이라 할 수 있다. 따라서 '바라보는 자'와 '바라보이는 자'와의 관계성은 다문화주의의 모순성을 간파하는 데 주요한 열쇠가 될 것이다.

2. 주체의 욕망으로서의 타자: 긍정적인 스테레오타입으로 호명하기

다문화동화의 1세대를 이루고 있는 작품 중에서 외국인노동자를 중심 소재로 한 작품을 꼽는다면 『지붕 위의 꾸마라 아저씨』(조대현 외, 문공사 2003), 『외로운 지미』(김일광, 현암사 2004), 『블루시아의 가위바위보』(김중미 외, 창비 2004), 『모캄과 메오』(김송순, 문학동네 2006)가 있다. 이 작품들에 등장하는 외국인노동자는 표면적으로는 긍정적 이미지로 재현되고 있는 듯하다. 하지만 그 이면에는 무능력하거나 보호해야 할 대상이라는 위계의식이 작동하고 있음을 발견하게 된다.

"그 사람도 많이 놀랐겠지요? 밤에 가만히 생각해 보니 나도 좀 미안했어요."

“아저씨가 왜 미안해요? 그 사람이 피해를 입혔는데.”

그러나 네팔 아저씨는 고개를 흔들며 중얼거렸습니다.

“어쨌든 그 사람도 나 때문에 놀랐잖아요. 우리 네팔 속담에 ‘남을 미워하면 화살이 되어 날아온다’는 말이 있어요. 그래서 나도 그 사람을 용서하기로 했어요.”(조대현「이상한 도망자」,『지붕 위의 꾸마라 아저씨』170면)

“모캄 녀석, 미련하기도 하지. 그깟 도둑고양이 하나 살리겠다고 돈도 못 받고 떠나다니……”

“모캄이 이 녀석을 얼마나 아꼈는데, 자기 앞에서 죽는 걸 볼 수 있겠어?”(김송순『모캄과 메오』72~73면)

인용한 두 작품은 갈등의 시작과 해결에서 매우 유사한 패턴을 보여 준다. 성실하고 착한 외국인노동자가 포악한 한국인에 의해 인권을 유린당하고, 결국에는 외국인노동자의 희생을 통해 갈등이 봉합되는 방식이다. 여기서 외국인노동자는 현실 문제에 미온적이다 못해 현실을 달관한 듯한 인간상을 보여 준다. 「이상한 도망자」에서는 차에 치이고 욕설에 멱살잡이까지 당한 찬탄(네팔인)이 가해자인 한국인을 너그럽게 용서하는가 하면, 『모캄과 메오』에서는 노동 착취에 시달리던 모캄(태국인)이 친구가 된 도둑고양이 메오를 살리기 위해 딸의 수술비까지 포기한다. 다큐멘터리에 나올 법한 아름다운 이야기지만, 인내와 희생을 통해 모진 현실을 감내하는 모습은 맥없고 답답하게 느껴진다. 욕망이 거세된 이들에게 현실을 이겨 내는 활기찬 기운이 좀처럼 느껴지지 않는 것은 당연하다. 흡사 미담에 가깝지만 훈훈함마저 없으니 아쉬운 노릇이다.

외국인노동자를 이상적 인물로 형상화하는 것은 그들을 개별적 주체가 아닌 안전한 타자로 규정하고자 하는 일종의 보호 기제라 할 수 있다. 네팔인은 어떠한 경우에도 남을 미워할 줄 모르는 용서의 미덕을 가지고 있다거나 태국인은 동물을 사랑한다는 이미지를 덧씌움으로써 그들을 안전한 울타리 안에 가둬 두는 것이다. 이러한 경향은 다른 작품들에서도 별반 다르지 않다.[4]

한편 외국인노동자라는 이름의 타자들은 동정의 대상이나 무기력한 존재로 형상화되기도 한다. 김일광의 『외로운 지미』는 우리 사회의 다양한 소수자들을 불러 모아 그들과 진지한 소통을 시도했다는 점에서 공명감을 주는 작품이다. 계몽성을 내세우기에 급급한 여타의 작품들과는 확실한 차별점을 보여 준다. 하지만 외국인노동자의 재현 양상만큼은 도식성을 크게 벗어나지 못한 듯하다. 이 작품에서 지미의 아빠 히론 페루키는 백치에 가까운 순박한 이미지로 측은지심을 유발하지만, 현실 문제 앞에서는 시종 무기력한 모습이다. 딸의 수술비에 필요한 월급을 받지 못하는 상황에서도 문제를 정면으로 돌파하지 못하는 모습은, 순박함이 결코 선(善)으로 합리화될 수 없음을 보여 주는 장면이다.

이러한 경향을 두고 어떤 사람은 외국인노동자를 나쁘게 그리는 것보다는 낫지 않느냐고 반문할 수도 있겠다. 하지만 문제는 긍정적 스테레오타입은 부정적인 것 못지않은 편견을 심어 준다는 점이다. 루다인 심스 비숍(Rudine Sims Bishop)은 소수자들을 긍정적인 방향으로 묘사

---

[4] 『지붕 위의 꾸마라 아저씨』에 실린 「지붕 위의 꾸마라 아저씨」, 「러시아에서 온 올가 언니」, 「루우가 인사드리겠대요」, 「웃는 것도 죄가 되나요」에서나 『블루시아 가위바위보』에 실린 「마, 마미, 엄마」, 「블루시아의 가위바위보」에서도 이러한 스테레오타입은 재생산되고 있다.

하는 것에 대해 "잘못된 묘사를 하라고 주장하는 것과 같다"고 하였고, 캐롤라인 헌트(Caroline Hunt)가 "우리를 불편하게 만드는 부분을 애써 무시하면서 우리가 좋아하는 부분만을 선택하는 위선"이라며 통렬하게 비판한 것도 이런 맥락이다.[5] 타자를 긍정적인 이미지로 고착화하려는 시도는 수용의 조건으로 '선함'과 '순종', '인내'를 강요하는 것과 별반 다르지 않은 것이다. 다양한 인종만큼이나 그들의 개별적 특성 또한 천차만별일 터인데, 이 시기에 호명된 타자들은 일정한 유형 안에 갇혀 있는 듯하다. 욕망하는 타자를 그리는 일이야말로 다문화동화가 넘어야 할 첫 번째 과제가 아닐까.

3. 타자를 포획하는 시선: 구원자로서의 어린이와 동일시하기

이번에는 타자의 재현이 아닌 타자를 보는 우리의 시선에 대해 이야기해 볼 차례다. 시점의 문제에서 '보는 자'는 '보이는 대상'을 포획한다는 점에서 이데올로기적인 의미를 내포하기 마련이다. 특히 아이들일수록 주인공과의 동일시가 강하다는 특성을 감안한다면 누구를 통해 이야기가 전달되는지는 눈여겨봐야 할 대목이다.

『지붕 위의 꾸마라 아저씨』에는 열 편의 단편이 실려 있다. 이 중에서 '한국인 어린이'의 시점으로 전달되는 이야기가 다섯 편이다. 1인칭 시점은 독자의 감정이입을 더욱 강화할 수 있지만, 때로는 작가의 생각을 주입하기에 유효한 방식이기도 하다. 이 작품집에 등장하는 아이들은

---

5 페리 노들먼『어린이 문학의 즐거움 I 』, 김서정 옮김, 시공주니어 2001, 256~58면 참조.

대체로 온정이 넘치고 능동적인 인물인 데다, 외국인노동자를 구제하는 역할까지 수행한다.

> 나는 데니엘 아저씨를 용서하고 다시 일할 수 있게 해 달라고, 그동안 있었던 일들을 자세히 이야기했다.
> "데니엘 아저씨는 죽을지도 몰라요. 아저씨를 용서하시고 다시 일하게 해 주세요."
> 사장님은 나에게 이것저것을 물었다. 그러더니 자전거를 타면서 소리쳤다.
> "고맙다. 내가 나가서 데니엘을 찾아보마." (송재찬 「다시 핀 부겐빌레아 붉은 꽃」, 『지붕 위의 꾸마라 아저씨』, 124~25면)

필리핀에서 코리안드림을 꿈꾸며 한국에 온 데니엘은 돈을 더 많이 받을 수 있다는 친구의 꾐에 빠져 맘씨 좋은 사장님을 배신하고 직장을 옮긴다. 그러다 악덕 업주를 만나 호되게 일만 하고 쫓겨나는 신세가 되는데, 이것을 알게 된 형우가 이전 공장 사장을 설득하여 문제를 해결해 준다. 위기에 빠진 외국인노동자를 구제하는 서사 진행은 한국인 어린이를 1인칭으로 하는 다문화동화에서 패턴화된 방식 중 하나다. 이때 한국 어린이는 인권침해를 자행하는 악덕 한국인 업주와 선명한 대립 구도를 형성한다. 한국인 어른을 계몽하고 외국인 어른을 구원하는 역할을 바로 이 한국인 어린이가 담당하고 있는 것이다.

3인칭 시점도 예외는 아니다. 1인칭 시점에 비하여 내포독자와의 간격은 좀 더 느슨하지만, 초점화의 중심은 여전히 한국 어린이를 향해 있다.

"이 사진 좀 보세요. 탁신 아저씨는 태국에서 역사 선생님이자 유명한 킥복싱 선수였어요. 정말 나쁜 마음을 먹었다면 아저씨한테 끌려서 여기까지 왔겠어요? 그 자리에서 치고 달아났지요. (…) 탁신 아저씨는 착하고 정직한 분이세요!"

파출소 안은 아무도 없는 듯이 조용했습니다. (김병규「웃는 것도 죄가 되나요」,『지붕 위의 꾸마라 아저씨』106~07면)

태국에서 온 탁신은 딸처럼 귀여운 여자아이를 하염없이 바라보다가 집을 기웃거리는 것을 수상하게 본 부모에게 뒷덜미를 잡힌다. 도둑으로 오해받은 탁신은 이내 파출소로 끌려가고 이 소식을 들은 동규가 한달음에 달려와 오해를 풀어 주는 장면이다. 원활하지 못한 의사소통으로 인해 오해가 증폭됐다는 점은 이해할 수 있지만, 아이의 말 한마디로 모든 갈등이 일사불란하게 정리되고 이내 화해를 이루는 방식은 지나치게 작위적이다. 계몽성에 집착하는 태도도 문제이거니와 이러한 해결 방식이 과연 독자들에게 어떤 편견을 남길지가 더 걱정이다. 차별받는 외국인노동자들에 대한 문제의식, 이것보다는 구원자의 역할을 수행하는 한국 어린이의 시선을 공유하게 될 확률이 높아 보이기 때문이다. 이것은 잠재적 우월감이나 문화적인 위계의식을 공유한다는 의미와 크게 다르지 않아 보인다.

요컨대 일련의 작품에 등장하는 아이들은 문화적 우월감이 투사된 인물이라 해도 지나치지 않다. 외국인노동자들의 차별과 폭력의 문제를 응시하고자 했으나, 결과적으로는 그들을 타자화하는 쪽으로 기울고 말았던 것이다.

4. 있는 그대로 바라보기

앞에서도 말한 것처럼 2000년대 다문화동화의 출현은 시대적 요청에 의한 기획의 산물이었다. 이 시기 동화들이 계몽적 측면에서 강박을 보이는 연유도 이와 무관치 않을 것이다. 한데 과도한 계몽성도 문제이거니와 더 심각한 것은 계몽 그 자체의 담론이 성숙하지 못했다는 데 있다. 차이가 차별이 되지 말아야 한다는 주문이 유효하기 위해서는 타자에 대한 위계의식부터 떨쳐 내야 할 것이다. 소수민족을 우리 문화 속으로 흡수해야 한다는 동화(同化)정책도 물론이거니와, 우리와는 다른 유형의 인물로 고착화하는 것도 문제라 할 것이다. 시종 순박하고 순종적인 모습으로 이주노동자를 형상화하는 것은 결국 그들을 타자화하는 것과 다르지 않기 때문이다.

또한 외국인노동자들이 처한 고통을 어떻게 그려 낼 것인가에 대한 부분은 좀 더 숙고가 필요해 보인다. 뉴베리상 수상작인 팔라 폭스(Paula Fox)의 『춤추는 노예들』(사계절 2002)마저도 흑인의 시각이 아닌, 그들의 고통에 연민을 느끼는 소년의 시각이 도드라진다는 비판을 받지 않았던가. 그만큼 소수민족의 고통을 그리는 방식은 매우 조심스러울 수밖에 없다. 그들의 아픔과 진정으로 공명하기 위해서는 고통에 대한 통찰과 더불어 그들을 기어코 다른 사람으로 인식하려고 하는 우리 자신에 대한 성찰이 동반되어야 할 것이다. 보고 싶은 타자, 안전한 이웃에 대한 바람일랑 접자. 이제는 실재하는 타자의 생생한 이야기에 귀기울여야 할 때다.

탄광마을, 그 삶에 대한 기억

임길택 『탄광마을 아이들』을 중심으로

1. 지역문학과 임길택

우리 아동문학에서 지역문학의 전범을 묻는다면 나는 아무런 망설임 없이 임길택을 말할 것이다. 물론 여기에서 말하는 지역문학은 '지방문학'이니 '향토문학'이니 하는 것처럼 중앙문단과 구분 짓기 위한 타자적 개념이 아니라는 것은 잘 알 게다. 지역민의 삶 속으로 들어가 낯설었던 공간을 진실한 문학의 언어로 형상화한 작품, 한 번도 가 본 적 없는 곳을 마치 살아 본 듯한 마을처럼 느끼게 하는 작품을 지역문학의 전범이라고 한다면 말이다.

임길택 첫 동시집 『탄광마을 아이들』(실천문학사 1990: 개정판 2004)은 그것을 에누리 없이 증명해 보인다. '산업화'와 '막장'이라는 말로 대변되는 탄광마을의 특수한 환경은 우리 근현대사에서 아픈 손가락이라고 해도 과언이 아닐 터. 임길택은 그 통증을 잊고 사는 우리에게 다시금 그때를 환기시킨다. 박물관이나 관광지가 아닌, 탄광노동자와 그 가족들의 처절한 삶의 터전으로 말이다.

그런데 여기서 한 가지 흥미로운 것은 임길택의 고향이 강원도가 아닌 전라남도 무안이라는 점이다. 게다가 정선분교로 발령을 받기 전까지 전라남도를 거의 벗어난 적이 없는 사람이었다. 넓은 평야에서 20년을 살았던 총각이 갑자기 강원도 산골 마을로 오게 됐으니, 얼마나 낯설었을지는 충분히 짐작할 만하다.

남자들, 그것도 총각이 호미를 들고 밭에 앉아 김매는 걸 보고는 웃지 않을 수 없었다. 내가 자라난 고장에서 밭일은 모두 아낙네들 몫이었다. (…) 거기에 길들여졌던 내 눈엔 총각들이 밭에 앉아 있는 게 이상할 수밖에 없었다. (임길택 『하늘 숨을 쉬는 아이들』, 종로서적 1996, 59면)

임길택은 당시 강원도에서 흔하게 볼 수 있는 이향민 중 한 명이었다. 물론 여느 사람들처럼 광부노동자가 되기 위해 찾아온 것은 아니었지만 말이다. 그가 탄광마을과 인연을 맺게 된 것은 발령을 받은 지 3년 뒤인 1979년, 정선군 사북읍 사북초등학교로 전근을 가면서부터다. 1990년 경남 거창으로 가기까지 약 12년을 사북[1]과 고한 등에서 근무하면서 학급문집을 엮는 등 어린이 글쓰기에도 깊은 관심을 갖는다. 그리고 1980년 4월, 탄광촌 노동자들의 울분이 터져 나온 일명 '사북 사태'를 계기로 본격적으로 글을 쓰기 시작하였으니,[2] 임길택 글쓰기의 원천

1 사북은 전국 무연탄 생산량의 25퍼센트를 생산했던 대표적인 광산지역일 뿐만 아니라 이른바 '사북 사태'로 잘 알려진 탄광노동운동의 상징적인 지역이다. 사북청년회의 소 편 『탄광촌의 삶과 애환』, 선인 2001, 9면.

이 어디에 있는지를 가늠할 수 있는 대목이다. 그는 우리 사회의 모순이 응축된 탄광촌을 경험하면서 그곳의 삶과 아이들을 증언하고 싶었던 게다.

동시집 『탄광마을 아이들』에는 사북 지역과 그곳에 살았던 아이들의 삶이 생생하게 담겨 있다. 그곳의 기억을 소환하는 일은 지금 우리에게도 꽤 유의미한 가치를 지닌다. 이 글이 그 유의미함의 실체를 조금은 드러낼 수 있길 바란다.

2. 소망과 절망이 흐르는 땅

탄광촌은 전국 8도 사람들이 모여 만들어진 곳이었다. 그러니까 전통적 의미의 지역성은 이 마을에서 통용되지 않았던 셈이다. 혈연이나 지역적 연고보다는 하층민들의 가가호호(家家戶戶) 사연들이 모여 만들어진 곳이었기 때문이다. 정든 고향을 떠나 탄광촌에 들어올 수밖에 없었던 저마다의 사연과, 하루라도 빨리 벗어나고 싶은 탈주의 욕망은 동시집 전반에 걸쳐 두루 드러난다. 장가갈 돈 벌어 보자고 탄광에 들어왔는데 한 달도 못 돼 불구의 다리가 된 외삼촌의 사연(「외삼촌」), 비어 가는 친구들의 자리를 보며 야속해하는 아이(「방학이 끝나고」), 모두들 떠나는데 방 얻을 돈이 없어 홀로 남게 된 아이의 걱정(「걱정」)은 사북이 처한 특수한 삶의 단면들이다.

2 "내가 아이들과 글쓰기를 시작한 것은 세상에 '사북 사태'로 널리 알려진 1980년 4월이 지난 뒤부터였다." 사북초등학교 64명 어린이 시 『아버지 월급 콩알만 하네』, 임길택 엮음, 보리 2006, 6면.

그중에서도 다음 시 「약속」은 떠나고 싶은 아이의 마음을 너무도 담담한 어조로 드러내고 있어 더 가슴이 아프다.

이곳에 이사 올 때
아버지는
오 년만 살고 가자 했습니다

나중에 알고 보니
정훈이네도
금옥이네도
성욱이네도
우리와 같은 약속으로 살러 왔는데

성욱이네 넉 달도 못 채우고 떠나갔고
정훈이네 금옥이네
벌써 십 년째랍니다

거짓말 모르던 우리 아버지
약속을 지키실지 궁금합니다

―「약속」 전문

약속의 땅. 하지만 우리가 흔히 말하는 그 의미와는 사뭇 다르다. 떠날 것을 미리 약속해야만 견딜 수 있는 땅인 것이다. 5년만 열심히 살면 당당하게 여기에서 벗어날 수 있으리라는 소망을 품어 보지만, 10년째

유예되고 있는 친구들을 보노라니 불안하기만 하다. 그래도 화자는 떼를 쓰기는커녕 '거짓말 모르는 아버지'의 약속임을 강조한다. 과연 아버지는 그 약속을 지켜 주었을까? 이사 올 때 "삼 년만 하자고 해 놓고/벌써 팔 년이 지났다"(5학년 김명희 「헛수고」)[3]는 어린이 시를 보아하니, 그리 녹록하진 않았을 듯하다.

그러함에도 부모들이 이곳을 떠나지 못하는 이유는 자식들 때문이었다. 언젠가는 "한겨울에도/부엌에 수돗물 철철 넘쳐 나는 집"(「어머니의 꿈」)에서 온 가족이 오순도순 살아 보겠다는 소박한 꿈이 있었기 때문이다.[4] 그리고 그 꿈에 대한 열망은 대개 자식에 대한 교육열로 이어졌다. 자식을 위해 자신의 삶을 일터에 저당 잡힌 탄광촌 부모의 초상화는 다음 시를 통해 잘 드러나 있다.

곱슬머리
뒷집 아저씨
밤에만
가만가만 빨래를 해요

아이들을 도회지에 내보내고
봄부터 혼자 남아
일을 다녀요

---

3 같은 책 68면.
4 개인집마다 수도가 있지 않고, 사택 중간중간에 공동우물이 있고 그나마 하루에 1~2회씩 1시간 정도 시간물을 주기 때문에 식수 부족 현상은 매우 심각했다. 사북청년회의소 편, 앞의 책 66면.

일터에 나갈 때면

아이들 성적표 들여다본대요

그래야 맘이 놓인대요

키다리

우리 뒷집 아저씨

──「뒷집 아저씨」 전문

흔히 광부의 삶을 거지보다 못한 삶이라고 한다. 하지만 그런 삶을 선택한 큰 이유 중 하나가 바로 자녀의 교육 문제였다. 1970년대부터 정부에서 장학금을 지원하면서부터 자녀교육을 위해 탄광촌으로 모여드는 이들이 많았던 것. 한집에서 두 명은 중학교부터 대학교까지 수혜를 받을 수 있었다고 하니, 당시 사회적 약자들에겐 상당한 혜택이었던 것이다.[5] 한데 문제는 열악한 교육환경 탓에 대학교까지 장학금 혜택을 보는 경우가 극히 드물었다는 사실이다. 이로 인해 주변 도시로 유학을 보내는 집이 적지 않았으니, 저 시에 등장하는 키다리 아저씨도 그중 한 명이었을 것이다. 춤추는 탄면지들 속에서 도시락을 먹을지언정 자식에게만큼은 가난을 물려주고 싶지 않았던, 우리 시대의 키다리 아저씨 말이다.

아버지만큼 자주는 아니더라도 탄광촌 여인네들의 모습도 간간이 엿볼 수 있다. 반찬값이라도 벌겠다고 하루 2천 원 벌이도 안 되는 뜨개질

---

5 같은 책 94~95면. 학자금의 지급 내역은 입학금, 수업료, 기성회비, 육성회비를 비롯해 학생회비까지 광범위하였다.

을 하거나(「어머니와 뜨개질」), 남의 집 연탄을 날라 주는 일을 (「현이네 어머니」) 하는 어머니까지. 남성 중심적인 문화가 강했던 탄광촌에서 어머니로서의 삶은 철저한 희생 그 자체가 아니었을까. 그러고 보면 자식에게 미래를 걸고 있는 이곳 부모들에겐 탄광촌이 진짜 약속의 땅이었을지도 모르겠다.

3. 공포와 불안의 일상

오염된 자연과 열악한 근무 여건 등은 『탄광마을 아이들』의 주요 소재 중 하나다. 그것은 동심 언저리에 드리워진 죽음에 대한 공포이기도 했다.

빗물에 파인 자국 따라
까만 물 흐르는 길을
하느님도 걸어오실까요

골목길 돌고 돌아 산과 맞닿는 곳
앉은뱅이 두 칸 방 우리 집까지
하느님도 걸어오실까요

한밤중,
라면 두 개 싸 들고
막장까지 가야 하는 아버지 길에

하느님은 정말로 함께하실까요

——「아버지 걸으시는 길을」 전문

골목길을 돌고 돌아 겨우 만날 수 있는 앉은뱅이 집. 빗물도 생명수가 되지 못하는 길을 따라 막장으로 향하는 아버지의 발걸음. 이 음산하고 절망적인 풍경 사이로 아이의 음성이 나지막이 들려온다. "하느님은 정말로 함께하실까요", 간절함과 더불어 어딘가 모를 불안감이 잔뜩 배어 있는 목소리. 아니 불안하니 간절한 것이리라. 광부를 아버지로 둔 가족들이라면 하루에도 이러한 기도를 수십 번씩 되뇌었을 것이다.

그 간절한 기도 속엔 사고나 죽음에 대한 공포가 자리하고 있다. 썰매를 타다가도 길을 가다가도 일상의 한 자락엔 언제나 위협받는 안전에 대한 불안함이 도사리고 있는 것이다.

썰매를 타다 보았어요
셀 수 없는 까마귀 무리
뒷산 참나무숲 위를
떼 지어 날았어요

길을 가다는 말고
뒤돌아선 영복이 할매
쓰레기를 태우던
가겟집 명호 어머니
고개 들어 퉤퉤 침을 뱉었어요

우리들도 따라 침을 뱉고

너도나도 질세라

욕도 퍼부었어요

손말뚝도 박고

돌멩이도 던져 댔어요

　　　　　　　　　　　　　—「까마귀들」 부분

　예로부터 까마귀는 불길한 징조로 여겨져 왔다. 한데 침을 뱉는 것도 모자라 욕을 퍼붓고 손말뚝에 돌멩이까지 던지는 행동은 재미 삼아 하는 주술과는 격이 달라 보인다. 모든 액땜을 다 하고 나서야 마음이 놓일 정도로 일상에 드리워진 죽음의 그림자는 우리가 상상하는 것 이상이었던 것이다. 이 시가 쓰인 1980년대만 하더라도 54,000명이 넘는 사고 희생자[6]가 있었다고 하니, 까마귀를 보는 이 아이들의 마음이 어떠했을지 조금은 이해가 된다.

　막장에서 일어나는 사고가 죽음에 대한 공포의 전부는 아니었다. 저 탄장 산마루에 뜨는 저녁별도 비켜 갈 수 없는 탄가루의 공포. 아이들은 아주 어릴 때부터 석탄 가래를 내뱉으며 진폐증에 고통받는 가족과 이웃을 보면서 자란다. 이 지역이 아니라면 평생 한 번도 입에 오르지 않을 단어 '진폐', '규폐'가 이 탄광마을 아이들에겐 일상 그 자체였던 것이다.

　무심코 똥을 누다가

---

6 사북청년회의소 편, 앞의 책 192면 참조.

변소 모서리에 처진
거미줄을 보았어요

거미는 보이지 않는데
그 거미줄에도
석탄 가루 내려앉아
까맣게 되어 있었어요

거미도
아버지처럼 규폐에 걸렸을까
규폐 걸린 거미는 어디로 갈까

똥을 누다 말고
나는 한참이나 생각해 보았어요

—「거미와 거미줄」 전문

아버지와 거미. 원관념과 보조관념의 거리가 다소 생뚱맞다 싶지만,
시적 화자의 아버지가 광부라면 이야기가 달라진다. 똥을 누다 말고 거
미줄을 보고 병마와 싸우는 아버지를 떠올리는 아이의 모습은 우리 근
현대사의 아픈 손가락 그 자체가 아닐까 싶다. 진폐증은 광부인 아버지
를 표현하는 가장 명징한 단어 중 하나이다. 그리고 진폐증은 죽음과 가
장 가까이에 있는 말이기도 했다. "일에서 돌아와 씻을 적마다/석탄 가
래 내뱉으시"던 아버지가 결국에는 "새가 되어 하늘을 나시"(「아버지 2」)
고, "병으로 누워 계실 때만 해도/(…)/우리 집을 꽉 채우고 있"(「아버지

사진」)던 아버지가 어느 순간 식구들 가슴에 커다란 구멍을 남기고 떠나버렸듯 말이다.

4. 시련을 넘어선 희망의 노래

모순의 일치처럼 고난과 시련은 성장의 저항이자 동력이다. 불안과 절망이 깊은 만큼 저항과 극복의 시들이 적잖은 것도 같은 맥락일 것이다. 이번에는 고통스러운 현실을 응시하며 극복을 노래하는 동시들을 만나 보기로 하자.

아버지의 왼손 네 손가락

엄지손가락만 빼고는

모두 잘라 냈다

그 손으로도

아버지는

나를 업어 주셨고

내 팽이를 깎아 주셨고

하루도 빠짐없이

탄광일을 나가신다

오늘은

축구를 하다 넘어져

오른쪽 얼굴을 깠지만
나는 울지 않았다
잘려 나간
아버지의 손가락 생각을 하며
쓰린 걸 꾹 참았다

이제 나는 울지 않는다

　　　　　　　　　　　　　　　—「이제 나는」 전문

　　암벽 사이에서 고난을 이기며 피어난다는 고란초의 생명력을 느끼게
하는 시다. 아버지의 잘려 나간 네 손가락은 분명 쓰라린 고통이겠으나
이 가족은 왠지 화목할 것 같다는 생각이 든다. 엄지손가락 하나로 팽이
를 깎아 주는 아버지가 있고, 그 희생과 고마움을 누구보다 잘 헤아리는
자식이 있지 않은가. '울지 않았다'는 과거형이 '울지 않는다'는 현실형
이 된 것도 희망을 품어 볼 수 있는 이유라 할 것이다.
　　메마른 풍경 사이로 희망의 기운이 움트고 있는 것은 『탄광마을 아
이들』을 관통하는 정조(情調) 중 하나이다. 「선이와 봉숭아」에서는 잎
만 자라다 마는 탄광촌에 봉숭아가 핀다. 화자의 손톱마다 피어난 봉숭
아는 '탄바람'에도 오롯이 살아 있는 희망을 상징한다. 「유리창을 닦으
며」에서는 훌쩍 성장한 아이들을 만날 수 있어서 반갑다. 창틈마다 켜
켜이 쌓여 있는 탄가루를 닦으면서 걸레를 빨고 또 빨지만 그래도 그 가
루들이 싫지 않은 자신을 발견하고는 "내가 많이 컸나" 하며 스스로를
대견해한다.
　　한편 「여기 이곳에서」는 사회적 상상력이 충만한 시다. 임길택이 글

을 쓰게 된 계기라고 밝혔던 '사북 사태'를 강하게 떠올리게 하는 작품
이기도 하다.

아버지
우리 이사 가지 말아요
여기 이곳에서
그냥 살아요

나도 커서는
광부가 되겠어요
거짓말 않고 사는
아버지처럼
일하는 사람 되겠어요

글씨 모르는 이 찾아오면
글씨 가르쳐 주고
튼튼하지 않은 굴엔
들어갈 수 없다고
앞장서 따질 거예요

아버지
우리 이사 가지 말아요
아무에게도 지지 않는
멋진 광부가

나는 꼭 되고 싶어요

—「여기 이곳에서」 전문

이 시에는 이사를 언제 가나 전전긍긍하는 아이의 모습은 찾아볼 수 없다. 이사를 오자마자 몇 년 안에 떠날 거냐며 약속을 청하는 아이도 없다. 오히려 이곳에서 그냥 살면서 자신도 멋진 광부가 되겠노라는 아이가 있을 뿐이다. 이런 갑작스러운 변화는 당시의 시대적 사건과 밀접한 연관성이 있다. 1980년대 후반부터 시작된 이른바 '석탄산업 합리화 사업정책'이 바로 그것이다. 이 정책은 탄광노동자들의 삶을 송두리째 뒤흔들어 놓았다. 168개에 달하던 사북·고한지역 탄광이 달랑 두 곳만 남았을 정도였으니 말이다. 대다수의 탄광노동자들은 입때껏 고생한 보람도 없이 강제 이주를 당하게 되고 남은 노동자들은 삶의 터전을 지키기 위해 투쟁의 목소리를 높이게 되었던 것이다.[7] 끝까지 남아서 멋진 광부가 되겠다는 아이의 외침은 이러한 맥락에서 이해가 가능하다. 그러니까 이 시는 사북 사태 그 자체가 아니라, 탄광노동운동이라는 연장선상에서 1980년대 후반의 상황을 담고 있는 것이다. 아버지가 외치는 구호 "탄이 안 팔린다! 정부가 책임져라!"(「아빠랑 나랑」)를 아이가 속으로 따라 외치는 모습 또한 당시 사북이 뜨거운 노동운동의 현장이었음을 보여 준다.

7 사북청년회의소 편, 앞의 책 225~26면 참조.

5. 그날 그곳이, 지금 여기에게

문학이 '겨레의 기억'이라고 한다면, 임길택 동시집 『탄광마을 아이들』은 1980년대 강원도 사북읍 탄광촌에서 살았던 소외된 이웃들에 대한 생생한 기억이라 할 것이다. 그의 시에는 지역민의 삶과 그 안에 놓인 순박한 아이들의 모습이 살아 있는 풍경처럼 펼쳐져 있다. 이웃과 하나가 된 작가의 시선은 진정성이라는 말이 불필요하게 느껴질 정도다. 탄광촌 박물관에 전시된 기록들이 사실에 가깝다면 그의 시는 진실에 가깝다 할 것이다.

그 진실이라 함은 결국 '지금 여기'를 향하는 무엇인가가 있기에 가능한 것일 터. 탄광마을의 기억은 단순히 산업화의 후일담이 아니다. 그날의 기억은 에누리 없이 지금 우리의 현실을 되돌아보기 위한 거울인 게다. 문이 닫힌 탄광촌의 오늘을 떠올려 보자. 카지노, 술집 등 향락 산업이 대거 들어오면서 돈이 넘쳐 나고 있는데, 지역 주민의 삶은 외려 더 피폐해진 듯하다. 정신적 공황과 도박 중독, 자살 등이 지역 문제로 등장한 지는 이미 오래다. 어쩌면 현재의 그곳은 진폐증보다 더 무서운 병리적 현상을 앓고 있는지도 모르겠다. 오히려 옛날이 좋았다는 광부의 말은 그래서 더 아프게 다가온다.

탄광마을의 기억이 비단 탄광 지역에 국한된 것은 아니다. 탄광마을은 비록 찢어지게 가난했을지라도 우애와 사랑이 메마르지 않았던 우리의 지난날을 상징하는 말이기도 한 것이다. 놀다가 까마귀를 봐도, 똥을 누다 거미줄을 봐도 불안감에 떨어야 하는 일상이었으되, 가족을 사랑하고 부정한 권력과는 당당하게 맞설 줄 아는 건강한 아이들이 있었던 시절 말이다. 구공탄이 거의 사라진 오늘날, 우리 아이들과 함께 『탄광마을 아이들』을 꺼내 읽는다면 나눌 수 있는 이야기가 참 많을 듯하다. 아무 이야기나 좋겠지만 우리가 놓치고 있던 진짜 행복이 무엇인지에 대해 꼭 한번 이야기해 보았으면 좋겠다.

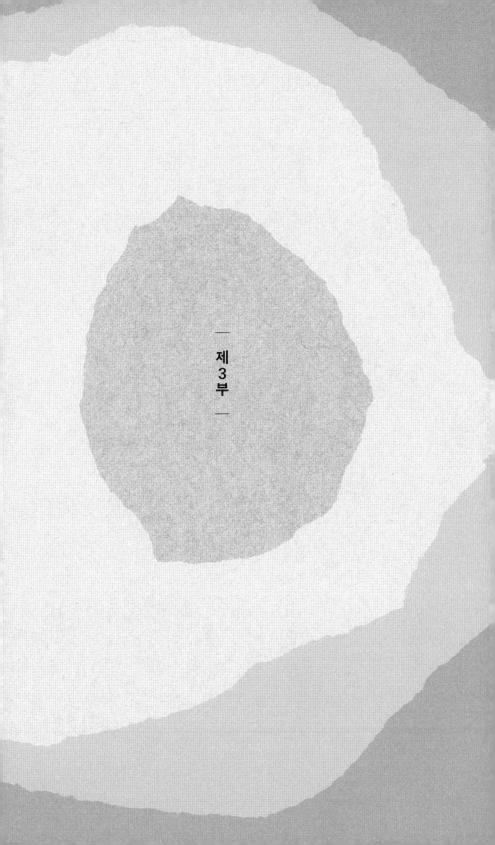

제3부

소년의 발자국*

창비아동문고 속의 소년 주인공을 중심으로

1. 고학생과 고아

우리 아동문학 주인공들이 처했던 결핍의 상당 부분은 어쩌면 아비의 문제에 기인한 것이었는지도 모른다. 아비는 부재한 국가였거나 힘없는(혹은 타락한) 가장, 아니면 그 모두이기도 했다. "나비를 쫓아 엎드렸다 일어섰다 하며 그 똑똑지 못한 걸음으로 밭두덩을 지척지척 돌"던(현덕 「나비를 잡는 아버지」, 교육문예창작회 엮음 『나비를 잡는 아버지』, 창비 1993, 162면) 이도, "몹쓸 애비여서 너희 엄마도 죽게 하고 널 가엾게 버려뒀단다"(권정생 『몽실 언니』, 창비 1984, 189면)라고 고백하는 이도 모두 우리의 아비들이 아니던가. 결핍은 곧 가난이었으니, 그 찢어지는 고통만큼 소년

---

* 이 글은 창비아동문고 간행 40주년(1977~2017)을 맞아 계간 『창비어린이』(2017년 가을호)가 마련한 특집('창비아동문고 40주년, 시대와 어린이')의 한 꼭지로 실린 것이다. 부제를 새로 달고 6절('창비아동문고 속의 소년 주인공 11인')을 덧붙였다.

들은 서둘러 가장이 되었고, 소녀들은 더 빨리 남의 집 식모가 되어야만 했다. 서민의 삶과 함께했던 리얼리즘 계열의 작품들을 읽다 보면, 유독 가방을 메고 일하는 소년이나 아이를 업은 어린 소녀들과 자주 마주치게 되는 이유다.

"면학하라. 면학은 성공의 재료니라. 면학하자. 면학하자."(방정환 「고학생」, 『방정환 동화집』, 처음주니어 2009, 20면)

고학생은 말 그대로 스스로 학비를 벌어서 학교를 다니는 학생으로, 일제강점기부터 우리 문학의 단골 주인공이었다. 그들에게 책가방은 살아남기 위한 구명조끼 같은 것이었다. 일제강점기 고학생들의 책가방에 나라와 민족이라는 거대 담론이 빼곡했다면, 해방 후에는 가난을 벗어나기 위한 실용서가 한층 많았을 터이다. 『열세 동무』(노양근, 창비 2003)의 장시환과 『아름다운 고향』(이주홍, 창비 1981)의 현우는, 전형적으로 농촌계몽주의 소설에 등장하는 헌신적 지식인 계열에 속하는 인물이다. 특히 장시환은 마을 친구들 중에 윤걸이를 대표로 서울로 유학 보내고 자신은 학비 조달을 위해 우물 파기 사업을 벌이는 등 스스로 '아비 되기'에 도전하는 그야말로 입지전적인 인물이다. '어른 아이'의 전형이자 원조 격인 셈이다.

한편 1950년대 포항 빈민촌에 살았던 『땅에 그리는 무지개』(손춘익, 창비 2000)의 영호는 지독한 가난에서 벗어나 자아를 실현하기 위해 고학생을 선택한 경우다. 사실 이 작품은 손춘익 소년소설 『작은 어릿광대의 꿈』(창비 1981), 『어린 떠돌이』(창비 1991)를 이은 마지막 이야기에 해당하는 것으로, 세 작품을 관통하는 시련의 중심에는 일본 강제징용 후에

폐인이 되어 버린 영호(점득이)의 아버지가 있다(앞선 두 작품에서는 '영호' 대신 '점득이'라는 이름을 쓴다). 열한 살과 열네 살, 설익은 가출이 실패로 돌아간 것은 소년이 아직 아버지로부터 독립할 준비가 되어 있지 않음을 의미한다. 열여섯 살이 되어서야 드디어 어머니의 배웅까지 받으며 집을 나서게 되고, 형과 마찬가지로 고학생의 길에 합류한다. 그리고 대학생이 되어 시인의 꿈까지 이루었으니 아주 성공적인 사회화를 이룬 셈이다. 한데 어린 시절 코끼리를 보기 위해 형의 월급을 훔쳐 서울까지 올라왔던 점득이(『어린 떠돌이』)의 엉뚱함과 발랄함은 꿈을 이루기 위한 기회비용으로 죄다 쓰인 듯 보인다. 모진 역경을 이겨낸 투혼은 박수받아야 마땅하지만 개성 있는 캐릭터의 소멸은 못내 아쉽다.

고학생이 자신의 뜻을 이루기 위해 집을 나온 경우라면 고아(혹은 한부모 가정 자녀)들에게는 가출이라는 일탈적인 방법이 더 익숙하다. 나라를 되찾았음에도 강마른 도심을 배회할 수밖에 없었던 창수(현덕 『광명을 찾아서』, 창비 2013)도 그중 한 명이다. 열네 살 소년 창수는 어려서 부모를 잃고 삼촌네 집에서 지내지만 외숙모가 어렵게 마련한 후원회비를 잃어버리면서 소매치기 패거리에 휘말리고 만다(한 번의 실수도 허용되지 않는 가혹함은 1999년 「문제아」(박기범 『문제아』, 창비)의 창수에게서도 반복된다). 한순간의 유혹을 거절하지 못한 대가는 가혹했지만 끝까지 양심을 버리지 않은 창수에게 새로운 아버지(독지가)는 희망의 빛으로 다가온다. 그런데 이때 새로운 아버지의 정체가 심상치 않다. 그는 '모두가 함께 일구는 농장을 건설하자!'라고 제안하고 있지 않은가. 자본주의와 사회주의가 첨예하게 대치하던 해방 공간의 상황을 감안한다면 창수가 찾은 새 '아버지'는 사회주의로 읽히기에 충분해 보인다. 어쩌면 창수는 현덕이 북으로 갈 것을 예견하고 있는 유일한 주인공일지도 모르겠다.[1] 떠오르는 아침 해를 보며 희망에 부푼 창수의 모습 뒤로 "아버지보다 나라(사회주의–인용자)를 더 사랑하고 싶"다던(권정생『점득이네』, 창비 1990, 54면) 승호의 목소리가 어슴푸레 들려오는 듯도 하다.

아픈 현대사는 이원수 소년소설『메아리 소년』(창비 2002)의 민이를 통해서도 생생하게 증언된다. 전쟁 통에 어머니를 잃고 아버지는 친동생을 죽인 죄책감에 정신병에 걸리더니, 급기야 그 등쌀에 새어머니마저 집을 떠나고 만다. 두 어머니를 떠나보낸 민이에게 가족이라고는 아버지가 유일하지만, 역설적이게도 민이의 희망은 완전한 고아가 된 이후 즉각적으로 찾아온다. 친아버지의 죽음이 당당한 주체로 성장하는 계기가 된 셈이다.

한편 1970년대를 살았던 석남이(이원수『해와 같이 달과 같이』, 창비 1979)는 고학생과 고아, 어디에도 속하지 않는다. 하지만 가난으로 진학이 좌절되고, 상경하여 노동자(구두닦이)가 된다는 점에서 '일하는 아이' 범주 안에 속하는 인물이다. 일하는 아이들의 계보는 2000년대 전후까지 꾸준히 이어져 왔으니, 창수(「문제아」)와 동수(김중미『괭이부리말 아이들 1, 2』, 창비 2000)가 대표적이다. 그러나 이들은 더 이상 배움을 성공의 미덕으로 삼거나 학교를 무조건적으로 신뢰하지 않는다. 또한 최근에는 무거운 가방도, 땀으로 뒤범벅된 일터의 개념도 사라지고 그 자리를 놀이처럼 여기며 일하는 아이들이 차지하기 시작했다. 이를테면『오메 돈 벌자고?』(박효미, 창비 2011)와『우리는 돈 벌러 갑니다』(진형민, 창비 2016)의 아이들일 것인데, 그중에서도 소녀들의 목소리가 점점 커지는 것은 앞

---

1 원종찬「현덕의『광명을 찾아서』와 리얼리즘 소년소설의 계보」,『한국학연구』제 40집(2016) 참조.

으로 예의 주시해야 할 징후일 게다.

2. 문제아 혹은 문제적 개인

루카치(György Lukács)는 소설의 주인공을 한마디로 '문제적 개인'이라고 말한다. 범박하게 말하자면 뭔가 삐딱하고 가만히 있지 못하는 외양적 특성에다, 세계와 불화하며 진실을 마주하고자 하는 내면을 장착한 이들이라 하겠다.

그러한 면에서 새천년을 앞두고 등장한 「문제아」의 창수는 예나 지금이나 문제적인 인물이다. 가난, 서민, 약자를 대변하던 리얼리즘의 전통에서 무릇 학교(배움)란 계급을 상승시킬 수 있는 유일한 사다리가 아니었던가. 그런데 창수는 학교를 '문제아 양성소'라고 선언해 버린다. 진학이 인생 목표였던 시환이(『열세 동무』), 바우(「나비를 잡는 아버지」), 석남이(『해와 같이 달과 같이』)가 들었다면 기절초풍할 일이다. 1988년생 창수는 학교가 아닌 신문 보급소에서 광명을 찾고 있다.[2] 유보된 희망은 차라리 암울에 가깝다. 창수는 앞으로도 "영원히 문제아로만 있"을 것(89면)이기 때문이다. 그를 "문제아로 보는 사람"(89면)이 너무 많은 까닭이다. 창수는 여전히 묻는다. 누가 진짜 문제아인가?

한편 『괭이부리말의 아이들』의 동수는 학교 밖 청소년을 대표한다. '괭이부리말'이라는 빈민촌은 1950년대 포항 서산(『어린 떠돌이』)의 데

---

2 2000년대 중반에 나온 이현 장편동화 『장수 만세!』(창비 2013; 초판 우리교육 2007)에서 장수는 학교와 인연을 끊는 방법으로 자살을 결심했다가 결국에는 건강한 몸으로 당당하게 학교를 떠난다.

자뷔다. 그러나 열한 살에 공부만이 살길임을 깨달은 점득이와 달리 2000년대 동수에게 학교는 '무의미함'에 가깝다.[3] 가출, 자퇴, 본드로 이어지는 동수의 일탈은 당시 아동문학에서는 다소 충격적인 소재였으나, 사실은 공공연하게 알려진 청소년 일탈의 3종 세트나 다름없었다. 본드를 흡입하며 외로움을 달래는 동수의 모습에는 '지금 여기'가 50여년 전 서산보다 더욱 삭막하고 위태롭다는 절규가 배어 있는 듯하다. 하지만 그 옛날 서산이 그러했듯 가난한 이웃들의 연대는 이번에도 어김없이 미더운 출구가 되어 준다.

『불량한 자전거 여행』(김남중, 창비 2009)의 호진이는 초등학생 가출의 새 역사를 쓴 인물로서 주목해 볼 만하다. 그 전까지 가출의 패턴은 크게 두 가지였다. 부모가 떠나거나, 소년이 떠나거나 가족해체는 이 둘 모두에게 걸쳐 있다. 그런데 호진이가 가출한 이유는 '가족을 지키기 위해서'였으니, 가출이라는 기존 범주에서 방향 전환을 한 셈이다. 결과적으로 이 방향 전환은 성공적이었다. "엄마랑 아빠 문제"라던 이혼 문제를 "내 문제야!"로 전환시켰고(107면) 호진이가 자신을 되돌아보는 계기가 되었으니 말이다. 자전거는 그 성찰을 위한 최적의 도구였으니 이 책을 다시 읽는 독자가 있다면 삼촌이 조카에게 자전거를 꺼내 주는 장면에서 속도를 많이 늦추어 읽길 바란다.

이 외에도 고학년 소년들의 자위와 몽정을 커밍아웃시킨 아이, 하지만 정작 본인은 동생의 죽음에 대한 죄의식에 시달려야 했던 지효(김옥 『준비됐지?』, 창비 2009)를 그냥 건너뛸 수는 없겠다. 어른들의 편견과 위선

---

3 마지막에 다시 학교(야간 공업고등학교)로 돌아가긴 하지만, 기존의 그것과는 전혀 다르다. '일하며 기술을 배우는 곳', 즉 노동자를 키워 내는 곳이라는 의미가 더욱 선명하기 때문이다.

이 아이들을 소외시키고 있음을 폭로했던 석이와 찬이(남찬숙『괴상한 녀석』, 창비 2000)도 충분히 문제적인 소년 주인공이라 할 수 있을 것이다.

3. 창남이의 계보를 찾아서

우리 아동문학에서 꾸러기 계보를 추적한다면『만년샤쓰』(방정환, 길벗어린이 1999)의 창남이를 들머리에 올리는 이들이 많을 것이다. 어두운 일제강점기에 창남이의 유쾌한 생명력과 신념은 아동문학에서 긍정이 어떤 힘을 발휘하는지 여실히 보여 주었기 때문이다.

창비아동문고 중에서는 아마『누가 호루라기를 불어 줄까』(이상락, 창비 1993)의 조동수가 창남이와 가장 근사치에 있는 인물일 것이다. 넉넉지 않은 살림이지만 시종 여유 있는 유머로 주변을 환하게 밝히는 성격이 '싱크로율'의 절반을 차지한다. 나머지 반은 이웃과 사회를 살펴보는 개념의 추를 장착했다는 점. 1983년생 동수는 불과 열한 살의 나이에 불평등한 사회구조에 의구심을 갖는다. "가난한 사람은 왜 가난하고 부자는 왜 부자"(155면)인가를 묻는 소년의 모습은 가벼운 농담과 촐랑거리는 행동에도 불구하고 여느 장난꾸러기에게서 느낄 수 없는 품위 같은 걸 느끼게 한다.

한편 노랑머리 기삼이(이현「짜장면 불어요!」,『짜장면 불어요』, 창비 2006)는 조동수의 7~8년 후를 보는 듯한 인물이다. 역할 면에서는「문제아」의 봉수 형을 연상시키지만, 전 세계에 평화를 배달한다는 투철한 직업정신, 개성 있는 사람으로 사는 게 꿈이라는 남다른 인생철학만큼은 창남이와 동수의 후예로서 손색이 없어 보인다.

그리고 2013년, 창남이와 동수와 기삼이를 한데 모아 놓은 듯한 밀레니엄 세대가 등장한다. 『기호 3번 안석뽕』(진형민, 창비)의 안석진, 조지호, 김을하 트리오가 그들이다. 안석뽕, 조조, 기무라로 더 익숙한 이들은 어딜 봐도 엉성한 인물들이다. 서사문학의 주인공이 '신—왕—영웅·기사—보통 사람'으로 진화해 왔다면, 단언컨대 이들은 가장 마지막 주자, 그중에서도 약간은 부족한 주인공임에 틀림이 없다. 이들에게는 시장판에서나 흘러나올 법한 흥겨운 가락이 실려 있다. 그런데 어느 순간 '스피릿' 충만한 록(rock)으로 장르를 갈아타더니만 이내 사회적 메시지가 선명하게 들리기 시작한다. 안석뽕은 기무라의 도발적이고 엉뚱한 매력에는 다소 밀릴지 모르지만 록이 담고 있는 가사를 정확하게 전달하기에는 딱 맞는 보컬이다.

비슷한 계열의 주인공으로는 「우리들의 영등 폭포」(강정훈『파랑도』, 창비 1985)의 승호와 『소리 질러, 운동장』(진형민, 창비 2015)의 김동해가 있다. 우리 마을은 우리가 지키겠다는 승호의 외침은 침묵하는 어른들과 대조를 이루면서 더 까랑까랑한 울림을 주었고, 김동해는 공희주와 콤비를 이룬 덕분에 마이크 없이도 운동장의 목소리를 힘껏 실어 나를 수 있었다.

4. 새로운 길을 개척한 소년들

『초정리 편지』(배유안, 창비 2006)는 새로운 역사동화의 본격적인 출발을 알린 작품이다. 전기나 위인전에 익숙했던 우리에게 세종대왕(사실)과 장운(허구)의 만남은 묘한 설렘을 안겨 주었다. 그 설렘은 역사와 허구가 교차하는 곳, 위대함과 하찮음의 경계가 허물어지는 지점에서 부활한 아이를 만나는 반가움을 의미한다. 세종대왕과 비교하더라도 석수장이 장운의 존재감은 결코 밀리지 않았을 뿐 아니라, 심지어는 실존인물인 세종보다 더 생생하기까지 했다. 허구가 사실이 되고, 사실이 진실을 담는 일련의 서사 방식은 이후 아동문학 장에서 한층 가속화된다. 책방 심부름꾼 장이(이영서『책과 노니는 집』, 문학동네 2009), 『홍길동전』을 지켜 낸 백산(하은경『백산의 책』, 낮은산 2010), 광대에서 예인으로 거듭난 조막이(김소연『남사당 조막이』, 뜨인돌어린이 2011), 야만의 거리를 관통했던 동천이(김소연『야만의 거리』, 창비 2014)는 그렇게 탄생했다. 그리고 앞으로 호명을 기다리는 무수한 아무개들, 아직 불리어지지 않은 예비 주인공들이야말로 역사동화의 든든한 밑천이 아닐 수 없다.

한편 추리 장르의 성장도 만만치 않은데, 그중에서도 방구 탐정 강마루(고재현『귀신 잡는 방구 탐정』, 창비 2009)의 존재감이 눈에 띈다. 우리가 흔히 보아 온 명탐정은 어떠한 수수께끼도 독존적으로 풀어내는 완전무결한 존재였다. 하지만 강마루는 남다른 분석력과 강한 의협심을 지녔으되, 친구들의 도움 없이는 허방에 빠지기도 하는 친숙한 인물이다. 강마루는 아동문학에서 탐정이 풀어야 할 사건이 무엇인지, 또 해결하는 방식은 어때야 하는지 그 예를 보여 준다. 추리는 인과에 따른 논리적 추론이기도 하지만 삶의 연관성을 찾는 과정이기도 하며, 치밀한 이성이 문제 해결의 전부는 아니라는 것 말이다. 비유하자면 추리 장르가 공식과 규칙이 확실한 체스 판이라면, 어디로 튈지 모르는 아이들 특유의 기질은 주사위와 같다. 체스 판과 주사위 사이에서 최적의 조합을 찾는 것이야말로 아동문학에서 추리가 고민해 나가야 할 방향일 것이다.

추리가 어린이의 삶을 탐색하는 유용한 전략임을 간파하고 있는 작가 중에는 정은숙을 빼놓을 수 없겠다. 『어쩌면 나도 명탐정』(창비 2017)에서는 셜록과 왓슨의 조합처럼 유설록—명세라 콤비를 내세웠는데, 서로 다른 성별과 기질 등이 잘 어우러져 협업을 이루어 가는 과정이 인상적이다. 그동안 추리물에 두각을 보인 작가인 만큼 우리 동화가 아직 갖고 있지 못한 독보적인 탐정 캐릭터를 탄생시켜 주길 기대해 본다.

5. 백석에게서 노마의 향기가 난다는 의미

어느새 끝머리에 다다랐거늘, 아직까지도 노마(현덕 『너하고 안 놀아』, 창비 1995)의 이름이 불리지 않은 것에 대해 의아해할 사람들이 적지 않을 듯하다. 겉으로 드러난 이유는 이렇다. 1999년부터 저학년 대상의 '신나는 책읽기' 시리즈가 출간되었고, 2014년부터는 유년을 대상으로 한 '첫 읽기책' 시리즈가 생기면서 '창비아동문고'만을 대상으로 한 이 글에서는 노마의 자취가 미미할 수밖에 없었던 것. 그렇다면 이 모두를 통틀어 보았다면 상황이 확 달라졌을까? 글쎄, 그렇지만도 않을 것 같다.

누구나 인정하듯 노마는 천진난만하고 귀엽다. 하지만 그게 전부는 아니다. 나는 노마의 존재감을 희비극이 유발하는 카타르시스에서 찾고 싶다. 노마가 신나게 놀고 있는 그 동네에는 아이들의 웃음소리 외에도 물컹하게 잡히는 슬픔 같은 게 있다. 그 슬픔은 욕망의 좌절을 내면화할 수밖에 없는 현실, 그 주변에서 잘곽하니 배어 나온다. 노마는 기동이를 통해 가질 수 없는 것에 대한 좌절과 슬픔을 경험한다. 과일을 팔러 나간 어머니를 대신하여 아기를 돌봐야 하는 영이도 마찬가지다. 다만 유년동화의 특성상 놀이가 압도하기 때문에 그 깊이가 심화되지 않을 뿐이다. 노마도 바우(「나비를 잡는 아버지」) 또래였다면 상황이 그리 단순하지는 않았겠지만 말이다.

중요한 것은 노마가 우리에게 환한 웃음뿐 아니라 아픈 서정의 깊이를 동시에 전해 준다는 점이다. 나는 이러한 감정을 10여 년 전 백석(유은실 「내 이름은 백석」,『만국기 소년』, 창비 2007)에게서 다시금 느낀 적이 있다. 쓰기 쉽자고 지은 이름이 유명한 시인의 이름을 소환하면서 아버지의 무식이 덩달아 딸려 나오던 그때 말이다. 아버지의 목소리가 미세하게 떨릴 무렵부터 무식함이 유발한 웃음은 애잔한 서정으로 전환되기 시작한다. 그리고 갑자기 큰 소리로 백석을 부르며 "닭 모가지를 깃대처럼 쥐고 흔드는" 아빠의 모습은 "입을 다문 채 백석 시집을 손에 땀이 나도록 쥐고 있"던 백석의 모습과 포개어지면서 먹먹한 감동을 선사한다. 그러고 보면, 닭 모가지를 흔드는 아버지의 입도 "무거운 닭 바구니를 들 때처럼 꽉 물려 있"지(20면) 않았던가. 꽉 다문 부자(父子)의 입, 차마 말하여지지 않은 이 공백 안에서 나는 한참을 머물렀던 것 같다.

웃음과 슬픔, 좋음과 나쁨, 고급과 저급 등 양자택일이 무력화된 지점에서 불쑥 솟아나는 감동은 얼마나 큰 울림을 주는가. 이것이 내가 말한 희비극적 카타르시스의 정체다. 부디 우리 아동문학의 길 위에서 앞으로 더 많은 노마와 백석을 만나면 좋겠다.

6. 창비아동문고 속의 소년 주인공 11인

그러고 보니 이 주인공들을 만나는 일 자체가 희비의 연속이었다. 1950년대 고학생을 시작으로 2000년대 전후까지 이어진 '일하는 아이'

들을 마주할 땐 하릴없이 속이 타다가도, 「만년샤쓰」(방정환)의 주인공 창남이의 후예들을 만났을 땐 답답한 속이 뻥 뚫리고는 했다. 진절머리 나는 현실은 거짓이 없었고, 그것을 호기롭게 헤쳐 나오는 주인공의 모습은 참된 희망의 의미를 상기시켰다. 그들 중 어느 누구도 심장처럼 붉게 피어나지 않은 이들은 없었다. 이 글의 마지막은 그 열한 송이의 붉은 꽃들을 하나하나 불러 보는 것으로 대신하려 한다. 첫 만남인 양, 환하게 맞아 주시길.

점득이 손춘익 소년소설 『어린 떠돌이』(1991)

점득이는 1950년대 포항 서산 밑 빈민촌 오두막집 사글셋방에서 어머니, 누나, 형과 함께 살아간다(권정생 소년소설 『점득이네』의 점득이와 헷갈리지 않길 바람). "세상에서 배고픈 것처럼 서러운 것이 있을까?"(36면) 이미 열한 살의 나이에 가난이 세상에서 가장 무서운 것임을 온몸으로 깨달은 아이. 하지만 어디로 튈지 모르는 엉뚱함과 겁 없는 무모함은 점득이만의 매력이다. 평소 창경원에 있는 코끼리를 보는 게 소원이었던 점득이가 형의 월급을 훔쳐서 서울로 내뺀 사건은 점득이의 기질을 단적으로 보여 준다. 그러나 일제 강제징용 후 집을 나갔던 아버지가 10년 만에 돌아온 후, 날마다 거듭되는 술주정 때문에 점득이와 가족들은 힘든 시간을 보낸다. 열네 살 때에는(『작은 어릿광대의 꿈』 1981) 돈을 벌겠다며 2차 가출을 시도해 보지만 며칠 만에 제 발로 돌아온다. 그나마 엄마가 데리고 왔던 열한 살 때의 가출에 비하면 귀소 능력이 향상됐다는 게 유일한 위안거리인 셈. 열여섯 살이 되어서야(『땅에 그리는 무지개』 2000) 비로소 어머니의 배웅까지 받으며 당당히 독립한다. 그사이 아버지는 술병으로 세상을 뜨지만, 가족은 각자의 자리에서 가난의 무게를 견디며 어기차게 살아간다. 영호(점득이) 역시 낮에는 일하고 밤에는 공부하기를 거듭하며 야간대학에 입학해서 드디어 시인의 꿈까지 이룬다(『땅에 그리는 무지개』에서는 점득이 대신 '영호'라는 이름을 사용함. 청소년의 이미지를 부각하기 위한 개명이 아니었을까).

조동수 이상락 소년소설 『누가 호루라기를 불어 줄까』(1993)

이제 막 시작된 문민정부(김영삼 정부) 시절, 사다리를 세워 놓은 듯 경사가 심해서 '사다릿골'이라 불리는 마을이 있다. 집집마다 화장실이 따로 없다 보니 아침이면 공동변소를 향한 달리기 시합이 벌어지는 곳. 그래도 이웃들의 인정만큼은 서울 어디에도 뒤지지 않는다. 이 마을에 조동수라는 열한 살짜리 소년이 사는데, 아이의 소원은 자기만의 방을 갖는 것이다. 스스로 돈을 벌어 10만 원 보증금을 마련해 보겠다며 배달의 민족, 그들 말대로라면 '달배'의 대열에 합류한 동수. 최근에 돈 벌러 나온 주인공들보다도 나이는 어리지만, 기개만큼은 결코 뒤지지 않는다. 부모님 동의서가 필요하다는 신문 보급소 소장에게는 '불혹의 나이 4학년'이라며 눙을 치는가 하면, 의자를 들고 벌을 설 때는 신문 돌리기 이미지 트레이닝으로 함께 벌을 서는 덩치 큰 친구의 코를 납작하게 만들기도 한다. 각설이 타령으로 소풍 장기 자랑 대표로 뽑힐 정도로 흥과 끼도 겸비한 녀석이다. 그런데 정작 동수를 더욱 빛나게 하는 것은 이른바 '개념'을 장착한 꾸러기라는 점이다. '누군가 호루라기를 불어서 배구 시합 때 코트를 서로 바꾸는 것처럼 부자와 가난뱅이가 교대할 수는 없는 것인가?' 동수는 부자 마을에서 신문 배달을 하며 사회적 불평등에 눈을 뜨게 된다. 개념 꾸러기로서의 면모는 「만년샤쓰」 창남이의 후예로서 손색이 없을 정도다. 거기에 부잣집 외동딸이자 단짝인 유리를 통해 물질만이 부자의 기준이 아님을 깨닫게 된다. 하지만 '마음이 부자인 게 최고다'라는 식의 뻔한 결말과는 확실한 거리를 유지한다. 마지막까지 불평등에 대한 질문을 내려놓지 않은 동수가 바로 그 증거다.

노마 현덕 동화집 『너하고 안 놀아』(1995)

노마는 일제강점기를 살았던 가난한 유년을 대변하는 인물이다("이 놈아"에서 '노마'라는 이름이 탄생했다는 설이 있음). 아버지는 어디 먼 데 가고 없고 어머니는 삯바느질로 생계를 이어 가는 형편이지만, 천진난만하고 희희낙락한 성격으로 옆에 있으면 와락 안아 주고 싶은 아이다. 영이, 똘똘이와 주로 한편이고, 잘사는 집 아이 기동이는 부러움과 시기의 대상이다. 노마의 주특기는 변신이다. 고양이, 기차, 귀뚜라미, 자동차, 토끼, 싸전가게 주인 등 그야말로 변화무쌍한 변신의 귀재다. 변신 놀이를 할 때 노마는 가장 신이 난다. 영이, 똘똘이와의 우정은 '절친'이라는 말로는 부족하다 싶을 정도다. 군이 덧붙이자면 나물 캐는 일이 마뜩지 않지만 친구를 위해서라면 "장난이 아닌 일을 장난을 하듯이 즐겁게 할"(168면) 수 있는 사이라고나 할까. 하지만 노마 역시 넉넉지 않은 형편 탓에 속이 상할 때가 많다. 기동이가 포도를 먹으며 뻐길 때도 그렇지만, 물딱총 한번 쏘아 보려고 물 심부름까지 해 댔는데, 정작 물벼락만 맞게 되었을 때는 속이 상해 엉엉 눈물을 쏟기도 한다. 억울하면 울고, 신나면 웃고, 얄미우면 싸우기도 하는 아이의 모습은 일제강점기의 특수성과 '지금 여기'의 보편성을 두루 보여 주기에 부족함이 없어 보인다.

창수 박기범 동화집 『문제아』(1999)

　2000년을 바로 코앞에 둔 때, "나는 문제아다"(72면)라고 말하는 소년이 등장했다. 처음에는 문제아라는 말이 듣기 싫었지만, 지금은 상관없고 외려 편하단다. 도대체 뭐 하는 '초딩'인가 싶지만, 알고 보면 이름만큼이나 흔하디흔한 고학년 아이일 뿐이다. 중키에 마른 몸으로 위압감이 드는 외모도 아니고 그저 남들보다 '깡'이 조금 센 편이다. 엄마가 일찍 죽고, 도배장이 아빠와 몸 성치 않은 할머니 아래에서 살아가면서도 씩씩함을 잃지 않던 아이. 그 씩씩함은 불량배들로부터 할머니의 약값을 지켜 낼 만큼 호기로웠지만, 아이러니하게도 창수가 문제아가 되는 데 결정적인 빌미가 되고 만다. 한 대, 두 대, 세 대……. 날아오는 주먹 앞에 살아야겠다는 본능이 꿈틀대는 순간, 창수는 저도 모르게 의자로 그 애의 얼굴을 내리치고 만다. 그날 이후 창수는 애들 사이에서 '독종'이라 불리었고, 선생님은 창수를 '벌레'처럼 쏘아보기 시작한다. '독종+벌레'는 문제아라는 고약한 딱지가 되어 돌아왔고, 아이는 차라리 점점 그 딱지를 이용하는 쪽으로 기울어 간다. 창수를 보통 아이로 바라봐 주는 유일한 사람은 신문 보급소에서 만난 봉수 형뿐이다. "나는 나를 문제아로 보는 사람한테는 영원히 문제아로만 있게 될 거다"(89면)라는 독백은 독자를 향한 서늘한 질문으로 돌아온다. 당신은 이 소년을 어떤 시선으로 보고 있는가?

동수 김중미 소년소설 『괭이부리말 아이들 1, 2』(2000)

　동수는 2000년대 초반, 우리 아동문학에 '본드 부는 아이'로 충격을 선사한 인물이다. 열일곱 살 나이에 경찰서와 구치소까지 들락날락하고, 스트레스는 본드로 해결하는가 하면, 가출은 일상이다. 고등학교를 자퇴하고, 패거리와 어울려 슈퍼에서 물건을 훔치거나 학교 앞에서 아이들의 돈을 뺏는 등 문제가 될 만한 행동은 도맡아 한다. 하지만 열두 살짜리 동생 동준이를 아끼는 마음만큼은 여느 아이들 이상이다. 동수의 어머니는 그가 초등학교 4학년 무렵 돈을 번다며 집을 나가서 소식이 끊겼고, 급기야 아버지마저 돈 30만 원을 던져 주고 집을 나가 버린 상황. 이웃인 영호 삼촌이 보호자로 나섰을 때, 동수는 버려질지 모른다는 두려움에 마음의 문을 열지 않는다. 그러나 도무지 빠져나올 수 없어 보이는 어둑한 터널에서, '더불어'를 자청하는 이웃들의 진정성이 동수의 마음을 움직인다. 그 이웃들 덕분에 동수는 자신이 하고 싶은 일이 무엇이었는지를 깨닫게 된다. 공장 기술자가 되어 동준이 대학도 보내고, 좋은 아빠가 되는 것. 그 옛날 서둘러 가장이 될 수밖에 없었던 수많은 고학생(혹은 고아)의 내력과 유사하지만, 입신양명을 꿈꾸지 않고 기술 좋은 노동자가 되겠다는 점이 새롭다. 야간 공업고등학교에 입학하고, 낮에는 공장에서 기술을 배우게 된 동수, 그의 입에서 흘러나온 노래, "봄, 봄, 봄, 봄, 봄이 왔어요……"가 부디 사계절 내내 끊이지 않고 이어지길 바랄 뿐이다.

민이 이원수 소년소설 『메아리 소년』(2002)

단란했던 민이의 가족은 6·25 전쟁을 거치면서 풍비박산이 된다. 아버지는 전쟁터에 끌려가고 홀로 고생하다 병에 걸린 어머니는 끝내 세상을 떠난다. 전쟁이 끝나자 아버지가 돌아오고 새어머니도 생기지만, 민이의 불행은 이제부터가 시작이다. 아버지는 전쟁의 후유증으로 정신병에 걸리고, 따뜻한 모정을 느꼈던 새어머니마저도 남편의 등쌀에 집을 떠난다. 그 참혹한 밑바닥에서 민이는 전쟁에서 친동생을 죽일 수밖에 없었던 아버지의 사연을 알게 된다. 동족상잔의 비극이 아버지를 관통하였고, 가족마저 초월하는 반공과 애국이라는 역사적 진실과 대면하게 된 것이다. "전 아버지가 북괴군이라면 죽이지 않겠어요"(126면)라는 발언 때문에 빨갱이라는 공격을 받기도 하지만, 민이는 더 이상 주변의 조롱에 위축되거나 스스로를 가두지 않는다. 아버지는 끝내 낭떠러지에서 떨어져 비극적인 생을 마감하지만, 아이러니하게도 이때부터 민이의 삶에는 희망의 기운이 감돈다. 새로운 가족들과 산마루에 올라 메아리를 외치는 마지막 장면은 처연하기보다는 차라리 기운차다. 아버지(슬픈 애국자)를 떠나보내는 애도(哀悼) 의식이 흡사 내일의 희망을 부르는 의식처럼 느껴지기 때문이다.

장운 배유안 장편동화 『초정리 편지』(2006)

세종대왕에게 한글을 배운 직속 제자가 있었으니, 그 아이가 바로 장운이다. 때는 바야흐로 세종대왕이 한글 반포를 하고 눈병을 치료할 겸 초정리 약수터를 찾았던 무렵이니, 장운이는 1443년 청주에 살았던 소년이었을 게다. 소년의 형편은 당시 밑바닥 서민의 삶이 어떠했는지를 짐작게 한다. 어머니는 돌아가시고 아버지는 그 상심으로 인해 병세가 깊어지는데, 믿고 의지하던 누이마저 남의 집 종으로 팔려 간다. 조금은 고리타분한 레퍼토리처럼 느껴질 법도 하지만 사실과 허구 사이에서 부활한 아이가 발휘하는 힘은 생각보다 강했다. 약수터에서 만난 할아버지(세종대왕)에게 배운 한글을 누이에게 알려 준 덕분에, 장운이와 누이는 서로 안부를 주고받을 수 있게 된다. 그리고 이번에는 아버지에게 기술을 전수받아 석수장이가 되었으니, 조선 최초로 한글을 아는 석수장이가 된 셈이다. 할아버지 세대까지 노비 출신이었다는 사실은 장운을 위축시키지만, 배움에 대한 열망을 가로막지는 못한다. 그는 어느새 석수들 사이에서 흙바닥 훈장으로 불리면서 누군가의 삶을 변화시키는 존재로 거듭난다.

백석 유은실 동화집 『만국기 소년』(2007)

백석은 시장에서 '대거리 닭집'을 운영하는 닭대가리 씨의 아들이다. 닭대가리는 '큰거리'를 유식해 보이려고 대(大) 자로 바꾸었다가 생긴 별명이다. 유식한 척했다가 무식한 사람으로 불리게 된 것인데, 그래도 백석에게 아빠는 닭대가리가 아닌 '용머리' 같은 사람이다. 유식과 무식의 경계가 주는 시소게임은 백석의 이름에서 계속된다. 백석은 아빠가 부르기 쉽자고 지은 이름이다. 그런데 담임이 천재 시인 백석을 소환한 순간, 느닷없이 아빠에게 위기가 찾아온다. 소련과 러시아도 구분 못하는 무식함이 드러나고, 건어물집 아저씨가 내뱉는 "닭대가리"가 진짜가 되고 말았던 것. 쑥스러워하는 아빠를 보자니 백석의 고개도 슬그머니 숙여지고, 아빠의 떨리는 목소리에 고개는 더 아래로 떨어진다. 그러나 이내 닭 전문가의 위용을 되찾으며 닭 모가지를 손아귀에 쥐고 흔드는 아빠의 모습이 대거리 닭집을 가득 채운다. 백석은 함께 손을 흔들며 환하게 웃고 싶지만, 어쩐 일인지 입도 손도 말을 듣지 않는다. 손에 천재 시인 백석의 시집이 들려 있었던 탓일 게다.

신호진 김남중 장편동화 『불량한 자전거 여행』(2009)

호진이의 아빠는 12시가 되어야 들어오는 술 취한 신데렐라에 회사 좀비이고, 엄마는 아들의 성적에만 몰두하는 학원 추종자다. 호진이의 집에서 나는 소리의 99퍼센트는 텔레비전 소리이고, 나머지 1퍼센트는 무의미한 몇 마디와 한꺼번에 터져 나오는 싸움 소리일 뿐이다. 밟히고 밟혀 길바닥에 까맣게 눌어붙은 껌 자국이 되었다고 느끼는 아이, 급기 야 이혼 이야기까지 불거지면서 호진이는 집을 나오기로 결심한다. 집 안에서 불량품 취급을 받는 삼촌과 얼떨결에 자전거 순례에 동참하게 된 호진. 처음에는 조수석에 앉아 꾸벅꾸벅 조는 게 다지만, 가출 사실 을 알게 된 삼촌이 꺼내 준 자전거를 타면서부터 순례단의 진정한 일원 이 된다. 가지산에 미시령 고개까지 넘어서면서, 호진이는 눌어붙은 존 재가 아니라 쏟아 내는 존재로 거듭나기 시작한다. 이혼은 부모의 문제 라는 아빠의 말에 "내 문제야!"라고 말하는 호진이의 당당함은 요즘 흔 한 말로 사이다 같은 통쾌함을 준다.

강마루 고재현 장편동화 『귀신 잡는 방구 탐정』(2009)

문방구집 외아들로 '방구'라는 별명을 달고 다닌다. 별명처럼 냄새가 나기는커녕 외모나 성격은 아주 깔끔한 편이다. 좀처럼 친구들에게 다 가가지 않는다는 점으로 미루어 봐선 필시 사회성은 부족해 보인다. 방 구 뒤에 탐정이라는 수식어가 붙게 된 것은 지난 1학기, 문방구 앞 길거 리에서 납치당했던 2학년 현규를 구하는 데 큰 공을 세우면서부터이다. 송곳 같은 옆차기와 풍차 같은 돌려차기로 납치범을 제압했다는 둥, 납 치범들이 탄 트럭 짐칸에 몸을 숨겨 영화 같은 추격을 벌였다는 둥, 과 장된 소문이 퍼지면서 탐정으로서의 위상은 셜록 부럽지 않다. 강마 루는 남다른 분석력과 의협심, 뛰어난 관찰력 등 탐정의 자질을 두루 갖 추고 있다. 그러나 소문처럼 과장된 능력의 소유자가 아니라 친구의 도 움이 필요하다는 점에서 '어린이 탐정'이 지녀야 할 미덕을 보여 주는 인물이라 하겠다.

안석진 진형민 장편동화『기호 3번 안석뽕』(2013)

"야, 좀 나가 줄래? 우리 뭐 중요한 거 해야 돼서."(7면)

중요한 걸 해야 해서 나가 달라는 반장 패거리에게 "그렇게는 못 하겠는데?"(7면)라고 발끈한 친구 녀석 때문에 얼떨결에 전교 어린이 회장 선거에 출마하게 된 안석진. 재래시장 떡집 아들이라고 시장 골목에서 '떡집 석뽕이'로 불린다. 그러고 보면 '기호 3번' '안석뽕'은 순댓국집 손자 조조와 건어물집 아들 기무라가 없었더라면 빛을 보지 못했을 이름이다. 이들은 연례행사와 같은 전교 어린이 회장 선거를 한바탕 축제의 장으로 도약시키는 데 결정적인 역할을 한다. 어디로 튈지 모르는 돌발성과 누구에게도 기죽지 않는 기질로 따지면 기무라가 한 수 위인 것은 사실이다. 하지만 이 작품의 주인공이라면 대형마트와 위대한 싸움을 준비하고 있는 백보리와의 파트너십을 겸비해야 한다.『기호 3번 안석뽕』은 전교 어린이 회장 선거라는 씨줄과 재래시장 및 대형마트라는 날줄로 직조된 작품이기 때문이다. 그래도 마지막 장면을 장식하는 발차기의 품새는 여럿이 하니까 더 멋있긴 하다.

홀로 자라는 게 아니라 함께 나아가는 동시

성명진 『오늘은 다 잘했다』

1

"선생님, 재밌는 동시 없어요?"

그동안 내 주변에서 이런 '이상한' 질문을 받는 일은 좀처럼 일어나지 않았다. 그런 일이 일어날 확률은 아이들이 체육 시간에 수학을 공부하자거나, 아이돌 가수의 노래 대신 동요를 부르자고 할 가능성만큼이나 희박했다. 그런데 요즘 들어 그 이상한 일이 심심치 않게 벌어지고 있다. 지각변동의 발생지는 교과서 밖의 동시들이다. 아이들이 골라 온 동시 바구니에는 그들의 바람이나 감정을 대변하는 동시들이 가득하다. 그동안 교과서 동시가 채워 주지 못한 영역인 것이다. 그중에는 아이들의 마음을 단번에 사로잡는 동시도 있지만, 처음에는 시큰둥한 반응을 보였다가 함께 곱씹는 과정을 거치면서 '좋아요!'를 외치는 동시들도 적지 않다. 중요한 것은 언어의 진솔함과 시적 감각이 아닐까 싶다. 새롭지만 모호하지 않고, 뚜렷하지만 진부하지 않은 언어들의 조합. '진짜', '정말', '짱' 같은 부사 없이도 진실하게 의미를 전달할 수 있는 언어의 힘. 그것이 곧 시의 힘이기도 할 터.

　내가 보아 온 성명진의 동시에는 그러한 힘이 있다. 그동안 펴낸 동시집 『축구부에 들고 싶다』(창비 2011), 『걱정 없다 상우』(문학동네 2016)에서 드러났듯, 그는 아이들의 마음을 정갈하게 대변하면서도 따뜻한 언어로 감동을 전할 줄 안다. 희희낙락한 아이들의 세계로부터 출발하여 슬픔의 영역에 머물렀다가, 자연에 대한 깊이 있는 통찰에 이른다. 이 모두가 성명진 동시의 본모습이다.

　　2

　　　비 내리는 날
　　　우리들은 다른 곳에
　　　빗방울들처럼 살며시
　　　내리고 싶었다

　　　힘차게
　　　책 대신 펼친
　　　우산 낙하산

　　　우리들은 특공대원이 되어
　　　낙하산을 타고

서로 신호하면서

수학 학원 그냥 지나치고

영어 학원 몰래 지나치고

집도 지나쳐

드디어 무사히

게임방에 도착했다

—「작전」 전문

비가 내리는 날은 은밀한 작전을 수행하기에 딱 좋은 날이다. 우산은 아이들을 은밀한 곳에 데려다줄 최적의 방패막이이자 낙하산이다. 우산을 펴는 순간 아이들은 중대한 임무를 띤 특공대원이 된다. 어른들에게 들키지 않고 목표 지점에 안착해야 하는 상황은 흡사 게임의 세계를 연상시킨다. 서로 신호를 주고받으며 학원이며 집을 몰래 지나치는 장면 속에서 콩닥콩닥 뛰는, 아이들의 심장 소리가 들리는 듯하다.

특공대원들이 게임만 좋아하는 것은 아니다. 그들의 다재다능함은 여러 분야에서 빛을 발한다. 잘하는 게 많으니 바쁜 게 당연하다. 오죽 바빴으면 제목에 '너무'라는 말까지 붙여 놓았을까.

잘하는 게 많아요 난

심부름을 잘해서

맨날 엄마 아빠의 심부름을 해야 해요

난 노래를 썩 잘해요

다들 가수 되길 기대하니

틈틈이 노래 연습을 해야 하죠

게다가 운동도 잘해서

축구하자 야구하자

친구들이 가만 놔두지 않아요

정말 너무 바빠요

그래서 말인데요

어,

난 어쩔 수 없이

공부는 좀 못해요

──「너무 바쁘거든요」 전문

이 동시를 아이들에게 읽어 주면 여기저기서 "바로 나네, 나야!"를 외칠 것 같다. 자신도 몰랐던 이유를 시인이 콕 짚어 이야기해 주니 반가울 수밖에. "잘하는 게 많아요 난"으로 시작하는 첫 행은 요즘 유행하는 말로 '근자감(근거 없는 자신감)'이 넘친다. 심부름을 잘하는 착한 아이인 데다, 노래와 운동 실력까지 겸비한 능력자라니, 근거 없는 자신감이라 말할 수도 없겠다. 그러다 보니 아이는 "정말 너무" 바쁘다. 왜 이렇게 바쁜 걸 강조하나 싶더니, "어"에 이르러 수상한 반전이 이뤄진다. 그러니까 「너무 바쁘거든요」는 공부를 못할 수밖에 없는, 그 어쩔 수 없음에 대한 당당한 항변인 것이다. 어, 그래서 말인데 이 시의 마지막 두 행은 부디 기어드는 목소리로 낭독하지 않았으면 좋겠다. 쿨하게 혹은 당당하게 읽어 주는 것이 '너무 바쁜 아이'에 대한 예의일 것이다.

3

『오늘은 다 잘했다』(창비 2019)라는 동시집의 제목은 다분히 중의적이다. '잘했다'고 하니 칭찬인 것 같긴 한데, '오늘' 뒤의 보조사 '은'이 마음에 걸린다. 마치 '다른 날과 달리 오늘은 멋지다'와 같은 묘한 어투가 아닌가. 어딘가 의심스러운 구석이 있는 이 제목은 희(喜)와 비(悲)가 버무려져 있는 이 동시집의 성격을 잘 보여 준다. 웃음과 장난기가 넘치다가도 어느 순간 따뜻한 언어로 아이의 슬픔을 보듬는다.

요컨대 성명진은 타인의 슬픔에 공감할 줄 아는 작가다. '신파'가 작정하고 누군가를 울려 보겠다는 의도라면, 슬픔은 타인의 고통을 이해하려는 노력의 산물이다. 앞에서 아이들의 '들키지 말아야 할 작전'을 보았다면, 이번에는 아이들의 '들키고 싶은 눈물'을 살펴보자.

선생님이 바빠 어딜 가는 중이라서
서로 스치고도 들키지 않았다

집에 왔는데 엄마 아빠가
다른 일에 열중하고 있어서
들키지 않았다

다들 다른 곳을 보고 있거나
다른 생각에 팔려 있어서
들키지 않았다, 내 눈물

사실은

다정히 불러 주는 사람에게

어깨를 감싸 주는 사람에게

가만히 들키고 싶다

내가 울고 있다는 것을

—「들키고 싶은」 전문

　화자가 처한 상황은 갑작스러운 슬픔이나 순간적인 화(火)와는 그 깊이가 다르다. "작은 불빛이랑/나랑/둘이만 있"다 보면 내 안의 힘으로 극복되는 슬픔이 있고(「오늘은 달라」), "친구에게서 전화가 와도/받지 않"고 마냥 쏘다니다 보면 저절로 가시는 화가 있다(「이런 날」). 하지만 「들키고 싶은」 속 화자는 누군가의 따뜻한 관심이 절실한 상황이다. 이 시에서 세 번에 걸쳐 반복되는 "들키지 않았다"는 말은 화자가 처한 외로움의 깊이를 말해 준다. 외로워서 우는데, 내가 울고 있는 것을 아무도 모르니 더 외로운 것이다. 몇 번을 다시 읽노라니 "가만히 들키고 싶다"는 말이 목에 걸린 가시처럼 남는다. 다정히 불러 주지 못한 이가 바로 내가 아닐까 하여.

　때로는 눈물 한 방울 묻어나지 않아도 슬픔이 느껴지는 시가 있다. 이때의 슬픔은 주로 가족이라는 이름에서 질펀하게 배어 나온다. 닳고 터진 상호의 옷을 입고 일하러 나간 상호 엄마(「엄마의 힘은」), 떨어져 사는 아들을 몰래 보기 위해 모퉁이에서 서성이던 승기 아빠(「삼월에 온 눈」), 그리고 눈발 속에서 들려온 할머니의 숨소리가 그러하다.

눈이 온다

아무 소리 안 나는데
성현이는 눈발 속에서
숨소리가 난다고 한다

할머니랑 둘이 사는 성현이
잠든 할머니의 가느다란 숨소리가
이렇다고
그러면 할머니를 흔들어 깨운다고

저쪽 하얗게 웅크린
성현이네 집이 조그맣다

―「눈발 속」 전문

　눈이 온다. '눈발'이라고 하니 꽤나 세차게 내리는 듯하다. 그 눈발 속에서 성현이는 할머니의 숨소리를 듣는다. 나에겐 들리지 않는 소리다. 대부분의 독자들에게도 들리지 않을 것이다. 그러나 무릇 시인은 다른 이가 보지 못하는 것을 보고, 듣지 못하는 말을 듣는 사람이다. 성현이가 할머니와 단둘이 사는 아이가 아니었다면, 시인 역시 그 소리를 듣지 못했을지도 모른다. 시인이 들은 소리는 할머니마저 잃게 될지 모르는 성현이의 불안과 슬픔이기 때문이다. 그나마 고요한 눈발 속을 가만히 걸어 주는 이가 있어 다행이다. 하얗게 웅크린 조그마한 집이 마냥 외롭

게만 느껴지지 않는 까닭이다.

4

『오늘은 다 잘했다』에는 고학년 남자아이들이 자주 등장한다. 성현
이, 준하, 현우, 민재, 승기, 상호 등이 그 주인공이다. 구체적인 일상 속
에 놓인 아이들은 비끄러매기 어려울 만큼 개성이 넘친다. 그런데 이 아
이들이 진짜 멋있을 때는 따로 있다. 바로 다 같이 모여서 서로의 이름
을 불러 줄 때다.

　　뒤에서 내 이름을 부르며
　　달려온 준하

　　농구공을 팅기면서
　　다가온 승기

　　현우 집 앞에서 현우가 붙고
　　마트 앞에서 새롬이가 붙었다

　　우리는 함께 가고 있다
　　민재에게 가고 있다
　　오늘은 민재네 이사 가는 날

준하야

왜?

그냥

걸으면서

우리는 괜히 서로를 불러 보곤

가까이 붙는다

──「우리는 함께」 전문

　아이들이 왜 실없이 서로의 이름을 부르며 가까이 붙어 가는지, 이 시
만 읽고서는 잘 알기 어렵다. 「고양이 힘」을 읽고 나서야 비로소 그 의
미가 오롯해진다.

함께 걷던 민재가 갑자기

담장 위에 올라섰다

이사 가게 됐다고

아빠 일이 잘 안됐다고

기어드는 소리로 말하고는

담장 위를 몇 발짝 걸었다

위험한 데서

용기를 잘 내는

고양이 힘을 가진 민재

괜찮아!

또렷이 말하고는
툭 뛰어내려
우리 앞에 반듯이 섰다.

——「고양이 힘」 전문

함께 걷던 민재가 갑자기 난간에 올라선다. 위태한 곳에서 아이는 중 얼거리듯 작별을 고한다. '아빠 일이 잘 안됐다'는 사연이 이별을 더 아프게 한다. 그러니까 「우리는 함께」는 「고양이 힘」에서 예고된 작별이 현실로 다가온 날의 풍경이다. 그런 사연을 알게 되고 시를 다시 읽으니 각자 다른 곳에 있던 아이들이 마치 약속이나 한 듯 하나둘 무리를 이루는 장면이 뭉클하게 다가온다. 소리 내 부르지 않아도 행렬은 자연스럽게 늘어난다. 그리고 몇 마디 대화가 오고 간다. "준하야/왜?/그냥" 많은 말이 생략된 이 싱거운 대화가 얼마나 뜨끈하게 다가오는지. 민재가 '고양이 힘'을 가질 수 있었던 것도 이 뜨거움 때문이었으리라. 떨어지고 싶지 않아 친구 곁에 가까이 붙으며, 일부러 서로의 이름을 불러 보는 아이들. 가슴이 뻐근하면서도 미소를 머금게 되는 장면이다. 말로 표현할 수 없는 감동이 아니라, 말이 필요 없는 상황이 주는 감동인 셈이다.

5

자연은 동시의 단골 소재 중 하나다. 그런데 우리 아동문학에서 자연은 현실과 동떨어진 세계라는 인식이 강했던 것이 사실이다. 자연에 대한 어른의 감상을 주입하는가 하면, 자연을 말장난의 도구로 부리는 경우도 빈번하기 때문이다.

그와 달리 『오늘은 다 잘했다』에 실린 자연 풍경은 앞서 나누었던 아이들의 삶과 뿌리를 공유한다. "티격태격 서로 조이고 밟으면서" 놀다 보니 높은 곳에 싱싱한 잎사귀를 틔운 등나무 줄기(「등나무 줄기」), 혼자인 줄 알았는데 등을 맞대고 있는 친구들을 찾아낸 포도알(「친구들」) 등이 「우리는 함께」를 연상시킨다면, 주인 몰래 신발 속에 숨어든 홍길동 콩(「홍길동 콩」)은 「작전」의 특공대원들을 쏙 닮았다. 성명진의 동시 세계에서 아이들과 자연은 한 뿌리에서 나고 자란 가지이자 열매인 셈이다.

그리고 여기 새로운 뿌리, 아니 그 자체가 한 그루의 나무인 동시가 있다. 세상에는 자연을 통해서 깨닫게 되는 삶에 대한 통찰이 있는 법. 다음의 동시 「공부」에는 제목 그대로 공부에 대한 성찰이 담겨 있다.

집 안
구석진 데서 발견한
씨 몇 알

아빠와 나는
무슨 씨인지

내내 궁리하다가

봄이 오면
흙에 심어 보기로 결정했다

이 문제는
봄에게
흙에게 물어보기로 했다

—「공부」 전문

'공부(工夫)'라는 말에는 '오랜 시간과 노력을 들여 이치를 깨닫는다'라는 뜻이 담겨 있다. 요컨대 공부에서 가장 중요한 것은 기다림과 깨달음이다. 속도 경쟁, 주입식 수업이 주도하는 우리 교육 현장에서는 너무 낯선 말이지만 말이다.

다시 동시 「공부」를 보자. 아빠와 아들 앞에 문제가 제출됐다. 구석진 데서 발견한 씨 몇 알이 그것. 아빠와 아이는 내내 궁리하지만 두 사람의 지식과 경험으로는 당장 답을 구할 수가 없다. 그래서 "봄에게/흙에게" 물어보기로 한다. 해결책을 찾았으니 답을 구한 것이나 다름없다. 일단 봄까지 기다려 봐야 한다는 것을 알았고, 그 답이 흙에게 있다는 것을 알았기 때문이다. 봄이 오면 아빠와 아들은 함께 씨앗을 심고 가꿔 나갈 것이다. 기다리고, 깨닫고, 함께 하는 것. 모름지기 진짜 공부란, 그리고 삶이란 이런 것이 아닐까.

아이들에게 동시가 사는 곳이 어딘지를 물으면, 대부분 "교과서요"라고 대답한다. 동시가 살고 있는 집, 곧 '동시집'을 제대로 구경해 본 아이들이 많지 않은 탓이다. 어쩌면 아이들은 동시를 좋아하게 될 기회 자체가 부족했는지도 모른다.『오늘은 다 잘했다』는 동시를 잘 몰랐던 아이들은 물론 시를 잊은 어른들에게도 좋은 벗이 될 만한 동시집이다. 아이들과 함께 동시 사이를 걷다 보면 어느 순간 깨닫게 될 것이다. 성장은 홀로 자라는 것이 아니라 함께 나아가는 것임을.

SF로 가는 새로운 다리

정재은 『내 여자 친구의 다리』

정재은의 『내 여자 친구의 다리』(창비 2018)는 그 제목과 우주를 배경으로 한 표지만으로도 장르를 짐작하게 한다. 표제작을 제외한 다섯 편의 작품도 예상을 크게 벗어나지 않는다. 홀로그램 아바타가 나를 대신한다거나(「아바타 학교」), 거실에 가상 정원이 들어온다는(「이 멋진 자연」) 식의 발상은 다소 뻔하게 느껴질 수 있다. 하지만 독특한 소재나 풍부한 과학적 지식이 SF 서사를 감상하는 절대적인 기준은 아니다. 문제는 평범한 소재가 아니라 진부한 서사이기 때문이다.

『내 여자 친구의 다리』는 '평범한 일상'과 '철학적 질문'을 통해 새로움에 도전한다. 일상이 갖는 의미는 출판사 서평에서 밝혀 놓은 바와 같다. 즉 이 책은 "거대 담론을 다루던 기존의 SF와 달리, 정밀한 심리 묘사를 기반으로 미래 사회의 일상을 섬세하게 포착"하였다. 외계인이나 기계 문명과의 전쟁, 파괴된 환경, 유전자 조작, 엄격한 통제 사회 등 암울한 미래 사회를 예견했던 기존 SF와는 달리, 이 작품은 평범한 일상을 소재로 한다. 소소한 사건과 감정을 양각하면서 미래에 대한 확실한 전망은 생략해 놓은 게 특징이다. 섣부른 낙관도 비관도 아닌 그저 '지금 여기'와 같은 정도의 희망이 존재할 뿐이다. 그리하여 지금 우리의 삶을 되돌아보게 하는 데에도 유효하다.

하지만 '일상 SF'나 '동네 SF'라는 말이 새삼스럽지 않은 지금, 이것으로 새로움을 운운하기에는 뭔가 부족해 보인다. 그렇다면 '철학적 질문'에 대한 해명이 필요해 보인다. 결론부터 말하자면『내 여자 친구의 다리』는 '가상(假想)'이나 '인공(人工)'에 대한 기존의 인식과는 색다른 접근법을 보여 준다. 그것은 '실재'나 '진짜'란 무엇인지와 같은 철학적 사유와도 내밀하게 통한다. SF 아동문학이 철학과 만날 수 있는 한 양상을 보여 준다고 해도 과언이 아니다.

2005 과학기술 창작문예 당선작인 「아바타 학교」는 가상 육체(아바타)들이 다니는 학교에서 진정한 관계가 싹트는 이야기이다. 진짜라고는 없는 곳에서 진정한 관계를 맺는다니, 이것이 당최 가능한 일일까 싶다. 작가는 '가상'을 '진짜'의 대척점에 놓는 것을 거부함으로써 그 가능성에 도전한다. 전학생 다영이와 친해지고 싶은 은은이는 자신의 아바타를 보내 다영이(실물)의 방문을 두드린다. 다영이의 방문이 열리자, 정작 당황한 것은 문을 두드린 쪽이다. 일그러진 얼굴과 어눌한 말투로 손을 내미는 다영이는 지체장애인이었다. 아무것도 모르고 문을 두드렸던 은은이는 집으로 돌아와 미안함과 부끄러움, 무서움이 뒤범벅된 감정을 눈물로 쏟아 낸다. 그리고 다음 날 다영이로부터 만나자는 쪽지가 도착하자 은은이는 그 기쁨을 이렇게 표현한다. "나에게는 한꺼번에 두 명의 친구가 생긴 셈이야. 진짜 다영이랑, 다영이 아바타."(26면) 작가가 아바타를 도구가 아닌 하나의 존재로 인식하고 있음을 보여 주

는 대목이다. 가상 육체를 가짜의 동의어로 인식했다면 이러한 결말은 불가능했을지도 모른다. '아바타—다른 모습의 실물과 대면—관계 맺기'라는 공식은 진진과 나리에게서도 반복된다. 물론 이 커플은 우정보다는 사랑에 가깝지만 이들에게도 좋아하는 이성 친구 두 명이 생긴 셈이다.

표제작 「내 여자 친구의 다리」는 교통사고로 두 다리를 잃은 연이가 지능형 보조 다리를 달고 발레리나 선발 오디션에 나가는 이야기이다. 연이의 남자 친구 리오는 화자로서 평면적인 스토리에 숨을 불어넣는 동시에, 줄곧 수평적인 시선으로 연이를 응시한다. 인조 다리를 예술로 인정할 수 없다는 대중의 비난이 쏟아질 때도 그 시선은 변함이 없다. 한편 사람들은 마치 로봇이 예술의 숭고한 영역을 침범하는 양 발끈하고 나선다. 그러자 연이의 주변에서는 "너무나 멀쩡하게 보이기 때문에 사람들이 내면의 고통과 어려움을 몰라주는 것"(45면)이라며 인조 다리를 분리한 채 방송에 나가 볼 것을 권한다. 연민에 호소해 보라는 것인데, 이에 대한 연이의 대답은 단호하다. "뗐다 붙였다 할 수 있긴 하지만, 어쨌든 이건 제 다리예요. 제 몸이라고요. 이 다리가 나 자신이 아니라고 생각해 본 적이 없어요."(같은 면)

어느 순간 연이는 인공 다리를 기꺼이 자신의 몸으로 받아들인다. 짓무르면 쓰라리고 살살 긁으면 간지럽다. 단지 뗐다 붙였다 할 수 있다는 점만 다를 뿐이다. 사람들은 극단적인 자기 합리화가 아니냐 하겠지만, 리오만큼은 그 사실을 이해한다. 연이의 맨발 사진을 찍으며 '얼굴이 화끈거'리는 리오의 반응이 그 증거 중 하나다. 그리고 "나도 연이의 다리가 '연이'가 아니라고 생각해 본 적이 없다"(같은 면)라는 말에서 그 사실은 확증에 이른다. 연이의 간절함이 그러했듯, 리오의 순정한 믿음이 가짜와 진짜의 경계를 무화시킨 것이다. 연이의 슬픔과 간절함을 응시하지 못한 사람에게는 영영 이해할 수 없는 일이겠지만 말이다.

경계를 허물고 악수를 시도하는 대상 중에는 외계인도 포함돼 있다. 대개 SF에 등장하는 외계인은 우리의 안온한 질서를 위협하는 타자들로 호명되어 왔다. 그들이 위협적인 이유는 우리보다 뛰어난 과학기술을 지녔기 때문이다. 하지만 「뚜다의 첫 경험」과 「똥 실명제」에서 나오는 그들은 좀 멀리 사는 이웃처럼 친숙하다. 인간의 슬픔과 웃음이 전이되기도 하는, 감정을 공유할 수 있는 이웃인 것이다. 그 이웃이 인간다움을 환기시키는 도구로 쓰인 것은 아쉽지만, 허물없이 손을 내미는 작가의 열린 태도는 다음 작품을 기대하게 한다.

요컨대 『내 여자 친구의 다리』는 관계에 대한 이야기이자 인간과 기술, 인간과 비인간의 경계를 성찰하는 SF 서사다. 기술과 문명이 위험하지 않다는 게 아니라, 인간 자체의 문제를 응시한다면 충분히 상생할 수 있다는 사실을 보여 준다. 단순히 사람만이 진짜라는 인식은 더 이상 유효하지 않다. 새로운 인류, 포노 사피엔스(phono sapiens)의 출현을 보라. 인간과 과학기술은 이미 '한 몸'이다.

망태 할아버지와 잭이 만났을 때

차나무 『호로로 히야, 그리는 대로』

1

호랑이, 도깨비, 몽달귀신, 처녀 귀신, 망태 할아버지, 경찰, 이놈 아저씨. 필경 이들의 공통점이라면 예로부터 지금까지 아이들에게 공포의 대상이었다는 점이다. 한데 그 발원지가 부모라는 사실이 흥미롭지 않은가. 자연과 인간의 위협으로부터 아이를 안전하게 지키고자 했던 어른들의 배려라고 한다면 글쎄, 그 옛날에는 그럴 수도 있었겠다. 하지만 현대사회에서 아이들을 위한다는 명목은 옹색해진 지 오래다. "너 자꾸 이러면 망태 할아버지한테 잡아가라고 한다"라는 말은 "나 너 때문에 화가 나서 폭발하기 직전이야"라는 의미로 자동 번역된다. 가상의 공포는 부모의 화를 대변하면서 아이의 욕망을 통제하는, 그야말로 손 안 대고 코 푸는 최적의 대체자였던 셈이다.

박연철 그림책 『망태 할아버지가 온다』(시공주니어 2007)는 이러한 어른의 욕망에 백태클을 건 작품이었다. 말 안 듣는 아이들을 잡아다가 얌전하고 말 잘 듣는 아이로 쾅쾅 도장을 찍어 보내는 장면은 (작가의 말처럼) 영화 「The Wall」의 한 장면을 연상시킨다. 아마도 이 작품의 백미는 망태 할아버지가 엄마를 잡아가는 반전이 주는 통쾌함이리라. 한데 이 장면은 책으로 나오기 전에 적잖은 논쟁이 있었던 것으로 알려져 있다. 한 일러스트레이터 학자가 '결국은 아이에게 더 큰 정신적 고통을 주게 될 것'이라며 깊은 우려를 표명하였던 것.[1] 다소 보수적인 견해인 듯하지만, 분리불안이 극복되지 않은 시기의 아이들이라면 무시할 수 없는 지적인 것 또한 사실이다.

결국 작가는 악몽을 꾸었다는 설정을 통해 자신의 소신을 지키면서도, 분리불안을 최소화하는 데 성공한다. 거대한 망태 할아버지의 손아귀에서 바둥거리는 엄마의 모습은 아이들에게 가장 큰 카타르시스를 선사하는 장면이지만, 이 상황이 지속되거나 진짜 현실이 되기를 바라는 아이는 거의 없을 터. 아이와 놀아 주던 부모가 장난삼아 죽는 척하면 아이는 자지러지게 웃다가, 부모가 깨어나지 않으면 이내 울음을 토해 내는 것과 유사한 이치인 것이다. 그런 의미에서 이 책에서 꿈은 한시적인 놀이와 환상의 기능을 수행하기에 적절한 기제인 셈이다. 물론 이 꿈은 현실의 변화를 동반할 때 그 생명력을 얻게 되는 법. "난 이제 망태 할아버지가 하나도 안 무서워"라는 아이, 그리고 엄마 등 뒤에 찍힌 도장은 현실의 변화를 말해 주는 확실한 증거이다.

---

1 박연철 블로그(http://blog.naver.com/daymoon70) 참고.

2

그로부터 정확히 10년이 흐른 지금, 망태 할아버지의 계보를 잇는 작품이 나왔으니, 차나무의 『호로로 히야, 그리는 대로』(창비 2017)가 그것이다. 단순히 소재가 지니는 공통점이 아니라 아이들의 입장을 대변하면서도 환상을 통해 아이와 어른의 조화를 도모한다는 점에서 유전적 계통성을 지닌다. 저학년 아이들의 심리를 정확하게 들여다보는 시선도 미덥게 다가온다. 자신의 뜻과 반대되는 말로 주변의 관심을 끌거나, 순간적인 마음을 진짜 속마음인 양 과대 포장하는 것 말이다. 부모나 선생님이 없어졌으면 좋겠다는 바람도 이러한 심리를 대변한다.

그런데 정작 『호로로 히야, 그리는 대로』가 주목을 끄는 이유는 망태 할아버지라는 소재 때문만은 아니다. 이 작품의 진정한 매력은 망태 할아버지라는 전통적 소재에다 서양 민담의 모티프를 접목하면서 이야기의 풍미를 더하고 있다는 데 있다. 망태 할아버지라는 소재를 활용하고 있으되, 서사를 이끄는 핵심 요소는 오히려 「잭과 콩나무」 쪽에 가깝다. 여기에서 잠시 영국의 민담에 뿌리를 두고 있는 「잭과 콩나무」의 주요 화소를 떠올려 보자. 다소 부족해 보이는 아이, 부모에게는 근심 덩어리인 아이가 주인공으로 등장한다. 어느 날 이 아이는 마법의 힘을 가진 대상을 만나게 되고, 자신이 갖고 있던 물건과 교환을 한다. 신물(神物)을 상징하는 콩 세 개는 거대한 나무로 쑥쑥 자라서 하늘에 이르고, 주인공은 그것을 타고 2차 세계에 닿게 된다. 그곳에는 식인귀가 살고 있는데, 주인공은 그를 속이고 귀한 물건을 가져오는 데 성공한다.[2]

이것을 『호로로 히야, 그리는 대로』에 대입해 보면, 콩나무가 미루나무로, 하늘이 땅속으로, 식인귀가 망태 할아버지로 변신했음을 알 수 있다. 주인공이 난관에 봉착한 이유가, 또 그것을 극복하게 된 계기가 '책'이라는 것도 '잭'과 결코 무관치 않아 보인다.

"엄마, 나 학교 안 갈래."(7면)

아이의 생떼 부리기로 이야기는 시작된다. 여느 1학년 아이들처럼 주인공 바우가 학교에 가기 싫은 이유는 공부(책 읽기)와 선생님 때문이다. 망태 할아버지가 잡아간다는 엄마의 협박에 못 이겨 겨우 학교로 향한 바우. 하지만 책을 안 읽는다는 이유로 복도로 쫓겨나면서 마음속의 삐딱이는 점점 더 커져만 간다. 그러던 어느 날, '하루 장터' 시간에 우연히 만난 고마태라는 아이에게 '그리는 대로 되는 크레파스'를 얻게 된다. 잭이 콩 세 개와 암소를 바꾸었듯, 바우는 7천 원을 주고 다섯 색깔밖에 없는 크레파스를 얻었으니, 둘 다 어리석은 거래를 한 셈이다. 하지만 신물을 얻기 위한 교환의 원칙은, 경제적 원리가 아닌 주인공의 순수성을 담보로 한다. 바우의 거래 역시 '선생님한테 벌받고 미움받는' 아이(마태)라는 동질감이 있기에 가능한 것이었다.

마법의 힘은 곧장 바우의 소원성취로 이어진다. '그리는 대로 되는 크레파스'로 바우가 망태 할아버지에게 잡혀가는 선생님을 그리자 실제로 선생님이 사라졌기 때문이다. 학교에 선생님이 없으면 책 읽는 고통에서 해방될 것이라 생각했던 아이는, 정작 일이 벌어지자 죄책감에 어쩔 줄을 모른다. 앞에서도 말했듯이 이 죄책감은 환상이나 놀이가 진짜 현실이 될 때 일어나는 당혹감과 크게 다르지 않다. 원치 않았던 현실을 다시 바로잡기 위해 바우는 환상의 세계로 모험을 떠난다.

---

2 브루노 베텔하임 「잭과 콩나무」, 『옛이야기의 매력 2』, 김옥순·주옥 옮김, 시공주니어 1998 참조.

바우는 고마태의 도움을 받아 망태들의 세계로 진입한다. 미루나무는 두 세계를 연결하는 통로가 되는데, 이번에는 천상이 아니라 지하 세계라는 점이 흥미롭다. 그곳에 살고 있는 무시무시한 망태, '검두루'로부터 선생님을 구출하기 위한 유일한 방법은 그를 잠들게 하는 것뿐이다. 여기에서 아이들은 엄마가 자신들을 재울 때 어떤 방법을 썼는지를 떠올린다. 따뜻한 물로 목욕을 시켜 주고, 머리맡에서 책을 읽어 주던 그때를 말이다. 아이들은 지금 정반대의 입장에서 일종의 엄마 역할 놀이를 수행하고 있는 셈이다. 그러고 보면 무시무시할 것 같았던 검두루 역시 그저 덩치 큰 고집쟁이 아이 같은 모습이지 않은가.

바우가 두꺼운 책 몇 권을 읽고 나서야 검두루는 잠이 들었고, 선생님을 무사히 구출하는 데 성공한다. 항아리 통에 잡혀 있던 선생님은 착한 도장이 찍힌 엄마처럼(『망태 할아버지가 온다』) 딴사람이 되었는데, 가장 큰 변화는 책 읽기가 문제없어진 바우이다. 이제 아이는 학교 가는 게 기다려진다.

3

『호로로 히야, 그리는 대로』는 책 읽기 때문에 학교 가기가 싫었던 아이가 환상 모험을 통해 자신감을 얻게 된 이야기이다. 망태 할아버지와 책의 만남은 옛이야기들이 창조적으로 변신할 수 있는 무궁무진한 가능성에 대해 생각하게 된다. 좋은 옛이야기와 잘된 환상은 서로 비슷한 힘을 발휘하기 때문이다. '좋은'과 '잘된'이 내포하는 구체성은 대략 이런 것일 게다. 사건의 문제 해결은 비현실적이되 그 문제만큼은 아이들의 삶과 밀착된 가장 현실적이어야 한다는 것. 저학년동화나 옛이야기에서 애용되는 환상을 그저 비현실적이라고 폄하할 수 없는 것도 이 때문이다. 그 상상의 세계를 통해 아이는 현재를 넘어 미래를 살아갈 수 있는 힘과 용기가 얻을 수 있음을 수천 년의 역사가 증명하고 있지 않은가. 그래서 심리학자이자 옛이야기 연구자였던 브루노 베텔하임(Bruno Bettelheim)은 그리도 자신 있게 말했는지도 모르겠다.

옛이야기 속의 주인공은 바깥세상에 뛰어들었기 때문에 자신을 발견할 수 있었고, 오랫동안 함께 행복하게 살 사람도 만나게 되었으며, 더 이상 분리불안에 시달릴 필요가 없게 되었다. 옛이야기는 어린이에게 미래의 지표를 제공한다.[3]

---

3 브루노 베텔하임 『옛이야기의 매력 1』 24면.

복서가 돌아왔다!

김남중 『싸움의 달인』

1

얼마 전 위대한 복서(boxer)가 우리의 곁을 떠났다. 인터넷과 소셜 네
트워크에는 무하마드 알리를 추모하는 행렬이 줄을 이었다. 그의 통산
전적은 56승 5패. 이보다 뛰어난 승률을 남긴 복서들이 적지 않건만, 우
리는 왜 '위대한 복서'라는 수사 앞에서 알리를 떠올리는 것일까. 화려
한 기술과 잘생긴 외모, 물론 이것을 빼놓을 수는 없겠다. 하지만 그것
은 인기의 비결일 뿐, '위대함'을 설명해 내기에는 역부족이다. 아이러
니하게도 그 위대함은 링 밖에서 완성됐다. 그의 주먹은 56승을 안겨 준
이들을 넘어 링 밖에 존재하는 백인들의 허위와 편견을 향해 있었고, 그
진짜 싸움에 전 세계인들이 열광했던 것이다.

우리 아동문학에도 복서의 향기를 풍기는 작가가 있으니, 나는 그가
김남중이라 믿는다. 그는 상대와 거리를 두다가 치고 빠지는 아웃복서

가 아닌, 타격 대상을 향해 저돌적으로 파고드는 인파이터에 가깝다. 돈과 권력, 그리고 문명의 이기를 향해 쉼 없이 주먹을 뻗으면서 정작 자기 방어를 하는 데에는 별로 관심이 없는, 타고난 인파이터인 것이다. 김남중의 상상력은 사회적이거나 정치적인 층위에서 민감하게 반응해왔고, 불가불 독자나 비평가들의 평가도 호부(好否)가 엇갈려 왔다. 특히 『동화 없는 동화책』(창비 2011)이 나온 직후에는 그를 지지하던 독자층 사이에도 불편한 심기를 토로하는 이들이 적지 않았는데, 그중에서도 용산 참사를 다룬 「그림 같은 집」을 향한 껄끄러움이 단연 최고였던 듯하다. 요는 이렇다. 동화로 다루기에는 무거운 소재인 데다 현실의 잔혹함이 뚜렷하게 부각되었고, 일말의 희망조차 찾기 어려운 결말은 지나치게 암담하다는 것. 그때 나는 끄덕끄덕 동의가 되면서도 다른 한편에서는 그럼에도 말이지, 라는 말이 꾸역꾸역 치밀어 오르는, 한마디로 복잡 미묘한 감정이었다. 4년여 만에 다시 현실 문제를 단단히 벼른 작품을 내놓았으니, 『싸움의 달인』(낮은산 2015)이 바로 그것이다. 재개발 현장에서 자본의 폭력성을 응시한다는 점에서 두 작품은 매우 닮아 있지만, 사회 비판에 대한 신뢰도는 4년 전보다 한층 높아졌다. 김남중, 그는 더욱 노련한 복서가 되어 돌아왔다.

2

『싸움의 달인』은 이미 제목과 표지에서부터 묵직한 펀치가 작렬한다. 소재와 주제의식은 「그림 같은 집」의 데자뷔가 분명한데, 장르의 힘을 덧입은 장편은 한층 매력적으로 변신했다. 도시 무협물을 연상시키는 낯선 분위기에 얼떨떨하기도 잠시, 이내 장르가 선사하는 재미에 흠뻑 빠져들기 시작한다. 전학 간 학교에서 전교 주먹 김진기에게 찍혀 괴롭힘을 당하던 이소령이 찐빵 삼촌에게서 싸움의 기술을 배우는 과정은 무협과 코미디가 성장서사와 만나는 절묘한 레시피를 보여 준다. 학교 폭력의 피해자가 은둔의 고수를 만나 복수에 도전한다는 익숙한 코드, 한데 아동문학 쪽에서는 뭐 이렇다 할 작품이 떠오르지 않다 보니, 기대감은 높아질 수밖에. 특히 욕과 침으로 시작해서 원투 펀치에서 줄행랑으로 이어지는 은둔 고수의 싸움 기술은 한참 기억에 남을 만한 명장면이 아닐까 싶다. 여기까지 1라운드는 싸움의 기술을 연마한 소년의 실전 성공담이다.

그런데 이야기 중반부로 들어서면서 독자들이 느끼는 청량감은 그 감도가 점점 무뎌지기 시작한다. 찐빵 삼촌에게 배운 싸움의 기술은 실전에서 확실하게 통했지만, 김진기를 때려눕힌 대가는 가혹하게 돌아온다. 소령이의 삼촌은 진기 어머니 앞에 무릎을 꿇었고, 찐빵 삼촌에게 물려주기로 한 순대 트럭은 치료비로 날아가 버렸으니 말이다. 웃음기가 완전히 사라지기 시작한 것은 엄마손 식당에 재개발 관련 전화가 걸려오는 순간부터다. 이제 작품의 주요 무대는 학교에서 식당으로 완전히 옮겨지는데, 이는 작가의 사회적 상상력이 본격적으로 시동이 걸리는 시점이기도 하다. 1라운드가 이소령과 김진기의 주먹질 싸움이었다면, 2라운드는 보금자리를 지키려는 사람들과 탐욕에 눈이 먼 자본가들과의 싸움, 그러니까 전혀 판이 다른 싸움인 것이다. 장르로 말하자면 명랑 학원물이 사회성 짙은 리얼 다큐로 변모하는 순간이기도 하다. 이 과정에서 마치 두 가지 이야기가 접붙여진 듯 이물감이 느껴지는 것도, 톡톡 튀던 혼종 장르의 소멸이 아쉽게 느껴지는 것도 사실이다. 명랑물로 치장했지만 그 밑바탕에는 여전히 리얼리즘의 정서가 흐르고 있었음을 감안한다면, 1라운드의 분위기를 쭉 밀고 나갔더라면 하는 아쉬움도 적지 않다.

하지만 타고난 인파이터를 누가 말리겠나. 애초부터 김남중의 시선은 폭력적인 현실의 모사(模寫)로서의 학교가 아닌, 현실 그 자체에서 벌어지는 폭력성을 향해 있었던 것을. 헌법에 보장된 행복추구권이 자본의 탐욕 앞에서 얼마나 하릴없이 무너지는지, 심지어는 사회 질서를 위협하는 위험한 타자가 되어 가는지, 그리고 그 옆에 있을 아이들에 대해 말하고 싶었던 것이다.

경찰차에서 경고 방송이 흘러나왔다.

"여러분은 지금 불법 시위를 하고 있습니다. 스스로 흩어지지 않으면 강제로 해산시키겠습니다."(…)

불법이라면 법을 어겼다는 뜻이다. 그럼 우리가 모두 범죄자란 뜻인가? 이유를 생각해 봤지만 아무래도 알 수가 없었다. (152~53면)

일순간에 범죄자가 돼 버린 가족을 바로 곁에서 지켜봐야 하는 아이의 심정은 어떨까. 개미처럼 성실하게 살아온 가족(이웃)이 법의 집행자로부터 범죄자 취급을 받고 있으니 말이다. 급변하는 주변 상황은 또 어떠한가. 형제처럼 돈독했던 두 삼촌이 서로에게 주먹을 겨누는가 하면, 하수들이나 주먹으로 싸운다던 삼촌은 용역과 경찰 앞에서 가장 폭력적인 사람으로 변해 있지 않은가. "싸우지 않기 위해 싸운다"는 말도 알쏭달쏭하기는 마찬가지다. 그 혼돈의 중심에 열두 살짜리 소년을 떡하니 세워 둔 김남중의 처신은 무책임과 당당함 사이를 수선스럽게 오간다. 나는 적어도 '무책임하다'라는 주장에는 동의할 수 없다. 그 혼돈 속에서 소령이의 내면이 흔들리고 요동치며 단단하게 차오르는 과정이 설득력 있게 그려지기 때문이다. 폭력이 난무하는 재개발 현장이 그저 어른들의 싸움에 머물지 않는 것도 아이의 내면을 주밀하게 파고든 공덕 때문일 것이다.

이야기의 흐름이 자연스럽지 못하다는 지적도 반론의 여지는 충분하다. 1라운드가 확실히 재미 쪽이었다면 2라운드는 의미를 선택한 한판이었지만, 이 둘의 연결이 영 생뚱맞다고 보기는 어렵다. 2라운드에서 전개된 카오스의 세계는 1라운드에 깔아 놓은 포석들을 통해 진정한 의미를 획득하기 때문이다. 대상이 확실하게 보이는 싸움과 실체가 모호한 싸움 간의 대비도 그러하거니와 진짜 싸움의 달인이 누구인지, 정작 싸워야 할 대상이 누구인지를 간파하기 위한 과정으로서도 그렇다. 결국 이 작품의 들머리에 제시된 '싸움에서 이기는 법'은 김진기와 맞붙었던 1라운드가 아니라 혼돈으로 얼룩진 2라운드를 관통함으로써 그 비법을 터득하게 되는 것이다. 두 눈 부릅뜨고 당당하게 맞서야 함을 깨달은 이소령, 이 아이가 싸워야 할 상대는 더 이상 김진기가 아니다.

3

『싸움의 달인』은 「그림 같은 집」과는 또 다른 결말을 보여 준다. 장편과 단편의 차이를 감안하더라도, 전작이 탈출구 없는 막막함만 있었다면, 『싸움의 달인』에는 아이의 미더운 성장이 자리한다. 비록 생채기는 깊지만 그 성장은 생존권이 허물어진 자리에서 아이가 품을 수 있는 최대치의 희망이 아닐는지. 희망이 없는 분노는 냉소로 흐르기 쉬우나, 반대로 과도한 희망은 위선이 되고 말 일이다.

　다만 이 시합을 마무리 짓기 전에 한 가지 문제는 짚고 넘어가야 할 필요가 있겠다. 그것은 선과 악의 대립 구도에서 '김진기'를 향한 분노가 과연 타당한가 하는 것이다. 심리학적으로 혐오는 약자에 대한 강자의 감정이라면, 분노는 약자가 강자를 대상으로 한 감정이다. 혐오는 자신과 타인의 인간성을 훼손하지만, 분노는 자신을 억압하는 대상에 대한 정당한 판단이라 할 수 있다. 그런 의미에서 세입자를 돈으로 치부하는 건물주와 그 뒷배가 되고 있는 권력들, 이들은 분노의 대상이 맞다. 그러나 김진기는 이소령 못지않은, 아니 그보다 더 연민해야 할 대상이라 할 것이다. 정신적으로 가장 결핍된 존재이자 부모로부터 잘못된 유산을 상속받고 있는 최대의 피해자이기 때문이다. 애초에 선과 악은 타고나는 것이 아니라 상황이나 관계로 인한 산물이라는 점에서 김진기가 그렇게 될 수밖에 없었던 원인에 대한 좀 더 세심한 관심이 부족했던 것, 그게 아쉽다.

세상의 가장 위태로운 존재에 대한 증언

김해원 「최후 진술」

1

2014년 4월에 침몰된 세월호의 진실은 2015년에도 끝끝내 인양되지 못했다. 지난 12월, 4·16세월호참사 특별조사위원회의 주관으로 열린 청문회는 진실 규명에 대한 일말의 기대감을 갖게 했지만, 정부의 민낯은 예상보다 훨씬 더 두껍고 단단했다. 사흘간 진행된 청문회에서 미안하다는 말은 정부 책임자가 아닌 민간 잠수사의 입에서 나온 게 전부였다. 막장 드라마는 유가족이 최후 발언을 하는 순간, 주섬주섬 가방을 챙기던 관료의 모습에서 정점을 찍었다. 그런데 이 뜨악한 장면이 왠지 낯설지가 않았다. 사람의 죽음 앞에서 아무도 책임지지 않는 상황, 피해자가 마치 돈이나 뜯어내고자 하는 드잡이꾼 취급을 받고 있는 이 말도 안되는 상황. 뭐지 이 기시감은? 내 몸은 자연스럽게 김해원의 「최후 진술」(『추락하는 것은 복근이 없다』, 사계절 2015)에 반응했다. 2015년 늦은 봄에 읽었던 글을 그믐날 밤에 다시 읽어 내려가면서 내 몸은 조용히 흐느꼈다. 공명(共鳴)이란 함께 운다는 뜻임을 조용히 깨닫게 된 밤이었다.

2

『추락하는 것은 복근이 없다』는 김해원이 7년 만에 내 놓은 단편소설집이다. 첫 작품 『열일곱 살의 털』(사계절 2008)에서 그랬던 것처럼 김해원은 다소 무거운 사회적 문제를 의제로 삼되, 적절한 유머로 서사의 긴장감을 능숙하게 다룰 줄 아는 작가다. 7년의 세월 동안 그의 유머는 더욱 능청스러워졌고, 사회를 향한 비판의식은 한층 예리해졌다. 그의 문체에는 하얀 분필로 꾹꾹 눌러쓴 듯한 고딕체의 진중함과 화장실 벽에 휘갈겨 놓은 흘림체의 가벼움이 두루 공존한다. 고딕과 흘림이 직조해 낸 김해원 식의 화법은 리얼한 현실 세계를 보여 주는 데 제격이다. 절망스러운 상황에서 툭툭 튀어나오는 언어유희와 제멋대로 비집고 나오는 엉뚱한 상상은 피시식 실소를 자아내다가도, 그것이 엄혹한 현실과 싸우는 방식임을 간파하게 되는 순간, 이내 가슴을 쿡쿡 쑤셔 오는 아픔이 된다.

「최후 진술」은 7편의 단편들 중 두 번째 작품이다. 여기에는 고등학교를 졸업하자마자 반도체 회사에서 일하다가 백혈병에 걸리게 된 스물두 살 청년 박선혜가 등장한다. 백혈병 걸린 주인공처럼 뻔한 레퍼토리의 청춘소설이 또 있겠느냐만, 이 작품의 진정성만큼은 단연코 의심의 여지가 없다. 그것은 작가의 실제적 체험을 바탕으로 한 성찰과 우리 사회 전반에 대한 문제의식이 내밀하게 조응한 결과일 것이다. 막강한 법인 변호사, 대기업 편에 선 근로복지공단과의 싸움은 더 이상 양치기 소년 다윗이 거인 전사 골리앗을 쓰러트렸던 구약의 신화가 통용되지 않는 모진 현실의 단면을 보여 준다. 신자유주의라는 자본주의 시스템 안에서 계급은 더욱 완강해졌고, 지혜와 정의가 승리하는 공식은 현저히 힘을 잃었다. 잠시 잠깐, 권총 두 자루를 뽑아서 3연속 공중회전으로 고결한 의사 다섯을 멋지게 쓰러뜨리는 주인공의 상상이 통쾌하면서도 못내 씁쓸하게 여겨지는 것도 이 때문이다.

'열심히 일한 당신'에게 찾아온 몹쓸 병. 성실 근면한 노동자가 이 나라 경제의 근간이라는 말은 회사와의 관계가 원만할 때나 성립 가능한 말이다. 산재를 신청하는 순간이 되자 성실 근면했던 노동자는 일순 자본주의 질서를 뒤흔드는 위험한 존재로 전락하고 만다. 그녀를 도와주어야 할 산재 자문협의회는 회사 측 변호인단이나 다름이 없었다. 그들은 반도체 공장과 백혈병 세포를 만들어 낸 근원지의 관련성을 부인하기에 급급했고, 마치 최대의 아량인 양 최후 진술의 기회를 부여한다.

최.후.진.술.
나는 속으로 그 말을 되씹어 봤다. 그건 말이 아니라 시위를 떠나 허공을 가르고 매섭게 날아든 화살이었다. 그 화살은 내 가슴을 뚫고 심장에 박혔다. (…) 눈시울이 뜨거워졌다. 나는 눈물을 떨어뜨리지 않으려고 눈에 힘을 주고 진술서를 노려봤다.
"박선혜 씨! 지금, 시간이 없어요……." (54~55면)

죽음을 코앞에 둔 스물두 살 청춘에게 시간이 없다니, 이보다 더 잔인한 말이 또 있을까? 그녀는 결국 '정말 살고 싶습니다'라고 적어 놓은 최후 진술을 스스로 거두어들인다. 잔인한 거대 권력 앞에서 목숨을 구걸하는 대신, 자존심을 지키는 쪽을 택했던 것. 결국 회사는 이겼고 그녀는 죽었다. 그리고 그녀의 곁에는 이 모두를 감내해야 하는 가족들이 남았다. 겨울이 가면 봄이 오는 계절의 윤회는 이 가족에게는 해당되지 않는 이야기다. 회사 측에 맞서 당당하게 '링 위에 글러브를 끼고' 올랐던 엄마와 그의 가족들에게 돌아온 대전료는 수천만 원의 빚이 전부다. 아빠의 연장통이, 엄마의 설렁탕 그릇이 마르고 닳다 보면 언젠가 이 빚을 다 갚게 될지 모른다. 그러나 가족들이 평생 떠안고 가야 할 죄책감은 정해진 유통기한마저도 없다. 도대체 이 가족이 무엇을 그렇게 잘못했기에 이러한 고통과 불행을 겪어야 하는 것일까? 제 의지와는 무관하게 죽음 앞에 내몰린 청춘들에게 작가는 무슨 말을 하고 싶었던 것일까?

『추락하는 것은 복근이 없다』에 실린 7편의 단편은 사건 고발 차원을 넘어 그것을 움직이고 있는 사회적 시스템에 대한 문제의식과 맞닿아 있다. 「최후 진술」이 자유주의 시장 질서와 무한경쟁 속에 매우 불공정하게 이루어지고 있는 제도의 문제를 다루고 있다면, 가족해체, 따돌림이나 성적 비관 등을 다루고 있는 다른 단편들 역시도 문제의식은 특정 인물이 아닌 우리 사회 전반을 향하고 있다. 엄마의 자궁(가방) 속에서, 철도나 건물 위에서 위태한 생명을 나부끼고 있는 존재들의 외침은 그래서 더 깊은 울림을 준다. 이들에게 '아프니까 청춘이다'라거나 '힘을 내요 슈퍼파워'라는 주문은 그야말로 냉혹한 현실을 감상이나 오락으로 윤색하는 것과 다르지 않다. 우리를 아프게 하는 문제를 생생하게 응시하고 때로는 분노할 줄도 아는 청춘이 되는 것. 나도 이 세상의 일부로서 일말의 책임이 있다는 사실을 깨닫는 것. 그리고 어기차게 이 세상을 살아 내는 것. 김해원이 말하고 싶었던 것이고, 내가 공명한 것이 아니었을까.

"감추는 자가 범인이다". 세월호참사 진상규명 청문회가 열린 서울 명동 YMCA 회관 앞에 걸린 현수막 문구이다. 진실은 여전히 인양되지 못하였지만 증언은 고스란히 남아 있다. "세상의 가장 위태로운 경계에 대한 증언"(2014년 6월 2일 문학인 시국선언 「우리는 이런 권력에게 국가개조를 맡기지 않았다」)이 문학이 해야 할 일이라고 했던가. 2016년 한 해, 우리 문학이 범인을 찾진 못하더라도 거기에서 희생된 이들의 목소리를 생생하게 증언하고 더 많이 공명해 주길 바란다. 이것이야말로 이 시대에 절실한 사회적 정의이며 작가적 소명이 아니겠나.

너구리 물리학자와 만나다

유승희 『참깨밭 너구리』

똑똑똑. 딱딱한 이론 공부에 빠져 있던 내게 너구리 한 마리가 불쑥 찾아왔다. 대형 놀이공원 마스코트를 닮아 친숙하기는 한데, 하는 짓은 별스럽기가 그지없다. 녀석은 순식간에 제 연구실이 있는 달고개 마을 참깨밭으로 나를 데려갔고, 지구의 미래를 연구 중이라며 궤변에 가까운 너스레를 늘어놓았다. 137억 년 전 지구와 200억 년 뒤에 일어날 우주의 종말이며, 아인슈타인의 상대성이론에서부터 입때껏 들어 본 적도 없는 물리학 이론들까지. 우주의 기원과 미래 연구에 모든 삶을 걸었단다. 『참깨밭 너구리』(책읽는곰 2015)와 첫 만남은 황당무계함과 묘한 호기심 사이를 출렁거렸다.

『참깨밭 너구리』의 화자는 화가 아저씨다. 멀쩡한 가족을 두고 3년씩이나 치악산 자락에서 썰렁한 그림과 씨름하는 이 사람이나, 제 짧은 수명은 생각 못 하고 몇백억 년 뒤의 일을 고민하는 너구리나 별종인 것은 마찬가지다. 너구리는 능청스럽게 간식을 빼앗아 먹고, 연구에 필요한 에너지를 쓴다며 한 달치 생활비에 달하는 30만 원어치 전기를 끌어다 쓰는 뻔뻔한 녀석이지만, 화가 아저씨의 마음 안에는 너구리가 점점 더 크게 자리한다. 잠깐씩 서울에 있는 가족을 만나고 올 때면 너구리와 그 가족들이 먹을 것을 바리바리 챙겨 오는가 하면, 추운 겨울이 오자 실험에 몰두해 있는 너구리가 걱정돼 보온병을 싸 들고 찾아갈 정도로 돈독한 정을 쌓아 간다.

이야기는 내내 유머러스하고 쿨한 대화가 오고 가지만, 그 심연에는 자본주의와 문명을 향한 진중한 문제의식을 담고 있다. 두 인물은 인간과 자연의 대립적 관계가 아닌 물질문명이 추구하는 삶의 방식으로부터 도태된 모습으로 포개진다. '집 밖으로 나온 가장'은 그중 하나이다. 본인이 사랑하는 일을 하고는 있지만 가족의 경제적 욕구를 충족시키지 못하는 가장의 선택은 산 중턱에서 홀로 그림을 그리며, 한 달에 한 번 가족 간의 정을 나누는 방식으로 대체된다. 허구한 날 밤하늘만 쳐다보다가 새끼 먹여 살릴 책임도 다 못 하는 너구리의 처지는 가부장제에 어울리지 않는 화자의 모습과도 꼭 닮아 있다. "물고기나 열심히 잡을 것이지. 그럼 부인이랑 새끼들이랑 행복하게 살고 있을 것 아니냐?"(163면)는 질문은 화자가 자신에게 묻고 싶은 말이었을 게다.

한편 공간이 던져 주는 이미지는 주제의식을 더욱 선명히 드러낸다. 산과 마을 중간 정도에 자리 잡은 달고개 마을, 간식을 나눠 먹는 툇마루, 하늘을 바라보는 참깨밭. 이 공간들은 인간과 동물이 자연스럽게 공존할 수 있는 세계다. 이쯤 되면 일본의 대표적인 동화작가 미야자와 겐지(宮澤賢治)의 향기를 느끼는 것은 어렵지 않다. 특히 두 존재가 툇마루에 나란히 앉아 인절미와 옥수수를 먹는 장면은 「늑대 숲, 소쿠리 숲, 도둑 숲」에서 찹쌀떡을 매개로 늑대, 산도깨비 등과 관계를 맺어 가는 장면이 연상된다. 점묘처럼 서정적이고 살뜰하게 그려진 자연의 풍경, 땅을 일구는 사람들, 유머러스한 설정 위에 인간과 자연의 공존, 문명의 폭력성에 관한 질문거리를 넣어 두는 방식도 겐지를 연상하기에 충분하다.

이야기는 후반부로 접어들면서 문명과 인간의 폭력성에 바짝 다가선다. 꿈쟁이 너구리와 그 녀석을 사랑스럽게 바라보는 인간의 아름다운 동거는 '마을'이라는 이질적 공간과의 대립을 통해 균열을 맞게 된다. 마을에 내려가 실험에 필요한 연장을 뒤지고, 비닐하우스에서 전깃줄을 끊어 놓는 사건들이 마을 사람들을 분노케 한 것이다. 아무리 시골이라도 동물은 '착한 이웃'일 때 인간에게 공존을 허락받을 수 있다. 생업에 피해를 입히는 동물은 그저 '유해 조수(鳥獸)'로 분류되는 게 인간 세계의 법칙인 것이다. 너구리는 진돗개의 공격에는 죽은 척하는 기지를 발휘해 가까스로 위기를 모면하지만, 여기저기 설치해 놓은 올무만큼은 비켜 가지 못한다. 살이 파이고 잘려 나가는 고통 속에 서서히 죽게 만드는 올무는 인간의 폭력성을 상징적으로 드러낸다.

너구리는 화가 아저씨의 그림 속에서 다시 태어난다. 달빛이 환하게 비치는 참깨밭에서 거미들을 거느리고 어기차게 실험하던 그 모습으로. 결말 부분이 낭만적으로 윤색된 점은 다소 아쉽지만 작가의 첫 동화임을 감안한다면 크게 흠이 될 정도는 아니다. 오히려 파뜩파뜩 생동감 넘치는 캐릭터와 경박하지 않으면서 적당히 눙칠 줄 아는 화법, 깊이를 확보하고 있는 미더운 주제의식은 유승희 작가의 다음 작품을 기대하게 만든다. 해박한 과학적 지식은 덤이다.

허구, 역사가 되다

하은경 『백산의 책』

역사동화와 전기문의 차이가 허구와 팩트, 그것이 전부는 아니다. 전기문이 거대한 민족의식이나 당대의 절대적 가치를 전면에 내세우는 것이라면, 역사동화는 그 거대함에 가려져 있던 개인의 삶을 파고든다. 시대를 구원하는 영웅적 스토리가 아닌, 기록되지 않은 무수한 이름들 속에서 민중의 삶을 찾아내는 것이 역사서사의 책무인 게다.

하은경의 『백산의 책』(낮은산 2010)은 『홍길동전』의 작가로 알려진 허균을 소재로 하고 있다. 명망 높은 사대부 출신으로서 서자가 왕이 되는 세상을 꿈꿨다는 사실만으로도 상당히 매력적인 인물임에 분명하다. 하지만 어린이를 주된 독자로 삼는 책에서는 외려 부담스러운 인물일 수도 있을 터. 기인에 가까운 성품이나 조선시대 신분제도의 모순, 당파 싸움 등은 자칫 무거운 정치 이야기로 변질시킬 우려가 있거니와, 『홍길동전』이 너무 익숙한 이야기라는 것도 부담스럽기는 마찬가지일 것이다.

하지만 작가는 허균의 책을 '백산의 책'으로 재발견함으로써 이러한 문제들을 단박에 넘어선다. 허 대감이 역사적 사실을 끌고 가는 씨줄 같은 존재라면, 백산은 문학적 상상력을 이어 가는 날줄 같은 존재이다. 백산은 허 대감이라는 역사적 단서가 있기에 출현 가능한 인물이요, 허 대감은 백산이 있어 박물관에서 되살아난 인물인 것이다. 실제로 작품 속 허 대감은 사료에 기록된 허균의 삶을 고스란히 대변하고 있다. 이야기 첫머리에 좀도둑질로 매타작을 당하던 백산을 제 식솔로 들이게 되는 장면도 그러하다.

'부처님 말씀이 한갓 미물도 함부로 내쳐서는 아니 된다 했거늘! 이를 어찌할꼬……'

(…)

영리한 것이 오히려 더 걱정되었다. 천한 신분에 영민함을 갖춘 것이 죄악이 되는 세상 아닌가! 허 대감은 문득 떠나간 벗들의 얼굴이 떠올랐다. (23면)

사료(『규사葵史』 1858)에 따르면 허균은 유교의 형식주의를 비판하며 불교에 관심이 많았고 특히 서자들과 어울리며 신분의 굴레와 맞섰다. 인연을 소중히 여기는 불교 사상, 그리고 형장의 이슬로 사라진 벗들에 대한 그리움. 허 대감이 비천하기 그지없는 백산을 거두어야 할 운명으로 받아들인 데에는 이러한 요소가 복합적으로 작용한다.

하지만 허 대감이 매타작을 당하던 백산을 구해 주고 제 식솔로 들이게 된 것은 그저 약자에 대한 인정 끌림에 불과한 것이었다. 허 대감과 백산이 운명적 동반자로 거듭나는 순간은 이야기를 함께 만들어 가면서, 그러니까 일종의 문우 관계가 형성되면서부터이다.

> "내 며칠 쉬다 다시 『홍길동전』을 쓰고 있느니라. 한데 이번에는 또 이 대목에서 꽉 막혔지 뭐냐. 한번 들어 보겠느냐?"
>
> (…)
>
> "축지법이랑 둔갑술을 써요. 축지법을 쓰면 천리 길도 단숨에 다녀올 수 있다 하잖습니까. 또 둔갑술로 멍텅구리 수령들을 손 하나 까딱 않고 골려 먹을 수 있지요. 읽는 이들도 아마 그리 생각할 겁니다요. 길동이 도술을 써서 못된 자들을 골려 먹으면 속이 시원하지 않겠습니까." (102~104면)

백산은 몸과 마음으로 느낀 밑바닥의 삶을 통해 허 대감이 책에서 얻을 수 없는 혜안을 제시해 준다. 이야기가 막힐 때면 그 대목을 뻥 뚫어 주는 해결사가 되기도 하고, 때론 서민의 삶과 생각을 말해 주는 대변자가 되기도 한다. 한글소설의 효시인 『홍길동전』의 작가, 신분제도의 모순을 비판한 혁명가, 유교적 가치에 대한 맹종을 거부했던 자유분방한 사상가. 허균에 대한 이러한 기록들은 백산을 탄생시키고 『홍길동전』을 재탄생시키는 역사적 단서가 된 셈이다.

한편 옛 동료 박치의가 허 대감을 찾아오면서 이야기의 긴장감은 점차 고조된다. 모든 사람에게 동등한 기회가 주어지는 새로운 세상을 위해 거사를 실행하기로 결심했기 때문이다. 여기서부터 허 대감은 위인다운 틀거지를 벗고 한 집안의 가장이자 목숨을 두려워하는 한 인간으로 그려지기 시작한다. 제아무리 괴물이라 불릴 만큼 시대와 불화하며 약한 자들에게 손을 내밀던 위인이라 하더라도 가족의 안위와 죽음의 공포 앞에서는 고통스럽고 두려울 수밖에 없을 터. 거사가 실패했다는 소식을 듣게 된 순간에 이르자 곧 닥칠 죽음 앞에서는 무쇠같이 단단했던 신념도 하릴없이 녹아내린다.

'아무렴, 두렵고말고. 내 두려워 죽을 것만 같다네……' (142면)

허 대감의 읊조림은 형장의 이슬로 사라진 허균의 음성으로 되돌아온다. 허 대감도 아니고 『홍길동전』의 작가 허균도 아닌, 인간 허균의 고뇌와 두려움을 느끼게 하는 장면이다.

그렇다면 주인공 백산은 어떤 모습으로 그려지고 있을까. 백산은 비범하기보다는 차라리 비루한 인물에 가깝다. 좀도둑질을 하거나 식솔로 거두어 준 허 대감의 책을 탐내고 천한 아이에게 곁을 내준 해경 아씨가 끌려가는 순간에도 차마 용기를 내지 못한다. 하지만 외려 행짜를 부리고 다소 비겁해 보이는 모습이 있어 아이다운 진실성을 느끼게 해 준다. 더욱이 부모도 없이 저잣거리에 버려진 상한 음식을 먹으며 죽을 고비를 수없이 넘겨 온 아이라면 돈과 목숨이 가장 귀한 가치인 것은 당연하다.

백산이 성숙한 인간으로 거듭나는 순간은 거사가 실패로 돌아가고 허 대감과 그의 가속이 능지처참을 당한 이후부터다. 예전처럼 저잣거리를 떠도는 좀도둑으로 돌아간 어느 날, 새하얀 두루마기를 입은 이야기꾼에게서 『홍길동전』 이야기를 듣게 된 것이다. 백산은 이야기꾼의 입을 통해 다시 살아난 허 대감과 그의 꿈을 만나게 된다. 허 대감은 사라졌지만, 그의 소망은 그대로 남아 장터를 누비며 많은 사람들에게 들리고 또 읽힐 것을 깨닫게 된 것이다. 더욱이 그 이야기 속에는 자신의 소망도 함께 살아 있지 않은가.

백산과 허 대감. 두 인물은 허구와 사실의 관계이지만 역사도 하나의 이해와 선택의 산물이고 모든 이해는 일종의 재구성이라는 점에서 이러한 도식성은 무화되고 만다. 물론 기록으로 남겨진 사료를 듬성듬성 다뤄야 한다는 의미는 결코 아니다. 기록이 단서가 되어 미더운 개연성을 부여할 때 허구가 새로운 역사로 되살아날 수 있기 때문이다.

『백산의 책』은 허균이라는 역사적 기록을 통해 허구의 인물 백산을 불러내어 그의 소망을 키워 나갔다. 또한 당대의 정치 문제를 회피하지 않으면서도 아이들이 읽어야 할 책이라는 사실을 놓치지 않았다는 점도 미덥게 다가온다. 주변 인물을 보다 세심하게 살려 내지 못한 점이 아쉽지만, 역사동화의 미덕을 보여 주기에는 부족함이 없어 보인다.

거인을 응시하는 두 가지 시선

위기철 『우리 아빠, 숲의 거인』

1

"한 장의 사진은 작가의 선택과 배제의 산물이다." 사진작가 노순택의 말이다. 이어진 시간과 펼쳐진 공간에서 잡아낸 일찰나(一刹那). 그것은 무수한 배제 속에서 선택된 단 하나의 순간이라는 것이다. 문학작품도 예외는 아닌 듯하다. 드러낸 세계가 있다면 동시에 감춰진 세계도 있는 법. 때로는 가위질당한 부분이, 보여 주는 그것보다 진실을 밝히는 강력한 힘을 발휘하기도 한다. 따라서 작품을 온전하게 감상하기 위해서는 그 양면을 동시에 응시하는 노력이 필요하다.

하지만 보이지 않는 것과의 대화는 으레 다양한 해석을 낳기 마련이다. 때로는 그것이 진실을 드러내는 후경(後景)인지, 아니면 얄팍한 기만인지를 판단하는 것도 쉽지 않을 때가 있다. 하나의 작품에는 작가의 의식뿐 아니라 무의식이 반영되기 마련인 데다, 그것을 읽는 사람 역시

각기 다른 경험과 지식, 젠더 의식을 갖고 판단하기 때문이다. 더군다나 젠더적인 문제는 독자의 성별이나 연령에 따라 상이한 반응이 나오는 게 사실이다. 위기철의 『우리 아빠, 숲의 거인』(사계절 2010)도 바로 그러한 책 중 하나였다.

2

『우리 아빠, 숲의 거인』은 딸의 입을 통해서 엄마 아빠의 결혼담과 자신의 탄생기를 들려주는 이야기이다. 결혼 전의 이야기는 흡사 올리브를 구원하는 뽀빠이의 영웅담처럼 익숙하지만 이 후에는 시금치를 빼앗긴 뽀빠이와 영웅으로 거듭나는 올리브를 만나는 반전이 기다린다. 그런데 얼마 전에 아동문학을 공부하는 한 모임에서 이 책을 두고 작은 (?) 논쟁이 있었다. 서로 이해를 공유하는 공감 영역이 분명한 만큼 해석을 달리하는 부분 또한 뚜렷했다. 먼저 대략적인 줄거리부터 살펴보자.

사건은 코끼리 통조림 공장에 다니던 엄마가 못된 해적들에 쫓겨 숲으로 도망을 치게 되면서부터 시작된다. 이때 숲의 거인이었던 아빠가 엄마를 구해 주고, 사랑에 빠진 이들은 어른들의 반대를 이겨 내고 결혼에 성공한다. 이러한 '위기-해결'의 서사 구조는 결혼 이후에도 반복된다. 숲에서는 절대 아이를 키울 수 없다는 엄마의 반대 때문에 숲의 거인은 도시에서 살 것을 결심한다. 하지만 숲을 호령하던 거인은 도시에서는 아무짝에도 쓸모없는 '찌질이'로 전락하고 만다. 이것저것 닥치는 대로 일을 해 보지만, 그때마다 해고를 당할 뿐이고 거대했던 몸은 한 뼘 한 뼘 줄어들어 급기야는 주먹만 한 목각 인형이 되고 말았던 것.

이때 엄마가 작은 거인의 구원자로 등장한다. 작은 거인을 들고 숲으로 향해 뛰는 엄마 앞에 해적들이 나타나지만, 겁쟁이 엄마의 모습은 오간 데 없다. 해적들은 엄마의 이단 날아차기에 후두둑 추풍낙엽처럼 떨어진다. 결혼 승낙을 위해 부모님을 설득할 때도 모기 소리로 앵앵대던 엄마의 모습은 더 이상 찾아볼 수가 없다. 비로소 그들은 숲에서 진정한 가족으로 다시 태어난다.

이 책을 읽고 토론에 참가한 사람들 대부분은 시공간을 자유롭게 넘나드는 동화적 상상력과 단순하면서 재미있게 풀어 가는 이야기의 힘을 높이 평가하였다. 동화가 간직해야 할 고유한 특질을 잘 보여 주고 있다는 의견이 주를 이뤘던 것이다. 단순함은 화려한 수사 없이도 웅숭깊은 의미를 만들어 내는 도구가 된다. 이를테면, '통조림 속 코끼리', '아파트에 갇힌 거인', '새장에 갇힌 여인', '점점 작아지는 거인'과 같은 표현들은 문명의 문제의식을 강하게 환기시킨다. 만화가 이희재의 그림도 서사를 풍성하게 만드는 데 일조를 한다. 만화풍의 그림은 과장된 표현으로 재미를 선사하면서도 표정 하나하나가 섬세하면서도 상징적이다. 가령, 자궁을 거대한 나무 밑동으로 연상한 장면(98면)이 대표적이라 할 수 있다. 이처럼 단순함이 선사하는 무한한 상상력과 자유로운 환상은 동화가 지녀야 할 본령임에 틀림없을 것이다.

3

그렇다면 이 작품이 대화자들 간에 논쟁이 된 이유는 무엇이었을까? 그것은 작가의 젠더적 감각에 대한 문제였던바, 흥미로운 것은 대화자들의 성별에 따라 의견이 명확하게 갈렸다는 점이다. 여기에 그날 있었던 대화의 한 부분을 옮겨 보면 이렇다.

F1: 『우리 아빠, 숲의 거인』은 남성 편향성이 강하게 느껴져서 매우 불편했어요. 약해진 남성성에 대한 위기의식과 강한 남자에 대한 열망이 작품 저변에 깊이 깔려 있는 것을 느꼈거든요.

M1: 이 작품은 사랑과 가족의 의미, 그리고 문명에 대한 성찰을 담고 있다고 봐요. 만약 남성 판타지라고 한다면 작품 속 엄마는 끝까지 소극적인 여성으로 일관해야 할 텐데, 오히려 해적들을 단숨에 제압하고 스스로 가정을 구하는 주체적인 자아로 일어서잖아요.

F2: 하지만 그것 역시도 위장술 같은 게 아닐까요. 여자는 냉장고나 세탁기가 없다는 둥 하면서 숲에서 살 수 없는 이유를 98가지나 댔죠? 마치 여자들은 문명의 이로움 없이는 도무지 살 수 없는 존재처럼 말이죠. 또한 여자가 주체적 자아로 변화했다고 했는데, 결과보다는 변화의 계기가 무엇인지 살펴보는 게 중요하다고 생각해요. 결정적인 순간에 "이건 내가 사랑했던 남자가 아니야! 내가 사랑했던 남자는 숲의 거인이었어!"를 외치잖아요. 왠지 남자들이 외치고 싶은 것을 이 여자가 대신 하고 있다는 생각이 들지 않나요?

M2: 사랑이나 가족에 대한 물음을 지나치게 남성과 여성이라는 이분법으로 접근하는 것 같네요. 마지막 부분에서 사랑을 나누는 게 무엇인지를 물으면서, "아마 노을을 바라보며 가만히 앉아 있는 건가 봐요"라고 화답하죠. 그러면서 다 같이 노을을 바라보는 가족의 뒷모습을 그리잖아요. 남성 중심의 가족제도가 근대문명과 밀접한 연관이 있는 것이라면, 반대로 이 작품은 숲, 자연을 공경하고 있어요. 모두가 같은 곳을 바라보며 사랑을 나누듯, 숲에서는 모두가 평등하거든요. 숲에서 다시

태어난 것은 비단 아빠만이 아니잖아요. 당당한 주체가 된 엄마, 새로 탄생한 생명에 이르기까지 가족 모두가 그렇다는 점을 생각해야죠.

F3: 과연 아이들이 이 작품을 그렇게 이해할지 의문이네요. 작가가 의도적으로 남성중심주의를 내세우진 않았더라도, 아이들에게 미칠 영향은 분명히 있다고 봅니다. "한때 세상의 모든 아빠는 숲의 거인이었고, 엄마는 그런 아빠를 보고 반했다지?" 하고 말이죠.

4

글로 옮기는 과정에서 다듬어지긴 했으나 첨예한 논쟁의 중심에 '젠더'가 놓여 있다는 점은 분명하다. 그렇다면 나의 입장은? 한바탕 토론을 거친 지금도 여전히 나는 M의 입장을 지지하는 편이다. 남성 편향적이라기보다는 오히려 자연적 세계관을 바탕으로 양성평등을 지향하는 작품이라 보기 때문이다. 남성 구원, 여성 구원 어느 한쪽에 쏠려 있지 않다는 점도 그러하다. 물론 이것은 관점의 차이일 뿐, 상대방의 견해를 오독으로 폄하하고 싶은 생각은 추호도 없다. 오히려 이러한 말겨룸은 작품을 해석하는 데 다양한 정황을 제공해 주었을 뿐 아니라, 내가 자명하다고 여기는 것에 대해 의문을 가져 보는 계기가 되었기 때문이다. 우리가 잘 알고 있는 그림책 『괴물들이 사는 나라』(모리스 센닥 글·그림, 시공주니어 1994)만 하더라도 연구자의 관점에 따라 다양하게 해석되고 있지 않은가. 명작임에는 분명하나 투쟁을 통해 가치를 인정받으려는 남성적 서사로, 혹은 침략을 정당화하는 제국주의 서사로, 부정적인 견해도 만만치 않은 게 사실이다.

『우리 아빠, 숲의 거인』역시 혼자 읽고 말았다면 젠더적 문제를 깊이 있게 고민하지 못했을 것이다. 책이 대화의 장에 나와야 하는 까닭을 또 한 번 깨달은 셈이다. 이제 궁금한 것은 아이들의 반응을 살피는 일이다. 내 생각에 균열을 일으키는 아이를 만날 수 있길 기대해 본다.

동심의 결을 읽는다는 것
크리스티네 뇌스틀링거 『겁이 날 때 불러 봐 뿡뿡유령』

책 한 권의 등장으로 조용하던 집이 왁자지껄해졌다. 다섯 살배기 여자아이는 제 그림책이 맞다고 우기고, 아홉 살배기 남자아이는 이렇게 글씨가 많은 그림책이 어딨느냐며 핏대를 세운다. 오빠는 뿡뿡유령이라는 제목이, 동생은 표지에 장식된 귀여운 유령 인형이 탐이 났던 게다.

아이들에게 유령은 공포의 대상이자 둘도 없는 친구다. 깜깜한 침대 위에서는 언제 나타날지 모르는 공포의 대상이지만, 애니메이션이나 책에서는 가장 만나고 싶은 친구가 된다. 허구적 세계에서 유령은 아이들의 욕망을 대변하거나 충족시키는 대상이기 때문이다. 성인 호러물에서 괴물이 주체를 위협하는 타자로 그려지는 반면, 아이들의 세계에서는 카니발적인 대상으로 등장하는 것도 이러한 맥락이다.

크리스티네 뇌스틀링거(Christine Nöstlinger)의 『겁이 날 때 불러 봐 뿡뿡유령』(웅진주니어 2010)에 등장하는 뿡뿡유령에는 주인공 요치의 욕망과 두려움이 동시에 투사되어 있다. 겁이 많은 오빠(요치)와 겁 없는 여동생(미치)의 설정이 기왕의 조합과 반대라는 점도 흥미롭다. 저 높은 곳에 의기양양 서 있는 미치의 동상과 그것을 무연히 바라보는 요치의 대조적인 모습은 이들 오누이의 상황을 극명하게 보여 준다. 대체 어떻게 하면 미치가 겁을 낼 수 있을까. 요치는 유령 인형을 만들어서 동생을 놀려 주기로 마음먹는데, 우연히 외친 "꾸꾸빵똥뿡뿡야!"라는 말에 인형은 진짜 유령으로 깨어난다. 동생을 겁먹게 해 줄 절호의 기회가 찾아왔건만, 그러기엔 유령이 너무 어리다는 것이 문제다. 아기 유령에게 무서운 신음소리를 가르쳐서 동생 방으로 밀어 넣어 보건만 오히려 동생이 던진 베개에 얻어맞기가 일쑤다.

동생을 놀려 주려던 요치의 계획은 실패로 돌아갔지만 성장과 화합을 위한 스토리는 여기에서부터 시작이다. 뿡뿡유령과의 동거는 요치 스스로가 무서움을 떨칠 수 있는 다양한 경험을 제공한다. 아기 유령을 위해 옛날이야기를 들려주기도 하고 살아가는 법에 대해 가르침을 주기도 한다. 배고파하던 뿡뿡유령이 지붕 밑 거미줄로 다가가는 걸 두려워하자, "할 수 있고말고. 넌 겁쟁이가 아니잖아!"(40면)라고 말하는 장면은, 요치 자신에게 주문을 외치는 것과 다르지 않다. 뿡뿡유령과의 결별은 요치가 조금은 더 독립적인 자아로 성장하였음을 보여 주는 대목이다.

그렇다면 동생 미치와의 관계는 어떻게 되었을까? 뿡뿡유령의 등장은 오누이가 무언가를 함께 할 수 있는 계기를 제공한다. 뿡뿡유령의 엄마를 만들어 주자는 공감대가 형성되었던 것. 미치는 뿡뿡유령의 엄마를 제 손으로 만들고 나서야 비로소 그동안 오빠가 느끼고 있던 무서움의 실체를 깨닫게 된다.

"있잖아, 나, 유령을 살아나게 했잖아! 그럼 무릎이 덜덜 떨릴 수밖에 없잖 겠어."

미치가 대답했어.

"어휴, 겁쟁이네!"

요치는 그렇게 말하고 미치랑 나란히 침대에 누웠어. (80면)

이 작품에서 가장 흥미로운 장면이 여기다. '하룻강아지 범 무서운 줄 모른다'는 속담에서 하룻강아지는 용맹이 아닌, 무지함을 일컫는 비유적 표현이다. 겁이 없다는 것은 아무런 경험이나 배경지식이 없을 때 성립 가능한 무모함이기도 한 것이다. 이 장면을 통해 이제 동생 요치가 겁을 알게 되었고, 반대로 오빠는 그것을 극복해 냈음을 보여 준다. 유령을 둘러싼 소동이 두 오누이를 한 단계 높은 성장의 지점으로 안내한 것이다. 이제는 동생 미치가 무서움을 극복해야 할 과제가 생긴 셈이다. 주로 높은 연령대의 동화와 소설을 써 왔던 작가가 유아기의 발달단계를 이토록 세밀하게 살피고 있다는 점이 놀라울 따름이다.

또한 눈여겨봐야 할 것은 화해를 목표에 두지 않았으되, 자연스러운 화해가 이뤄졌다는 점이다. 유령을 만들고 살리고 골려 주며 놀다 보니, 티격태격하던 아이들이 어느새 방 안에 나란히 누워 있지 않은가. 괜스레 간섭하지 않고 싸울 만큼 싸우고 놀 만큼 놀게 내버려 둔 결과인데, 그게 어디 말처럼 쉬운가. 이 시기 아이들의 심리를 잘 아는 어른만이 가능한, 진정한 용기이자 믿음인 게다. 어른의 시선을 넘어, 빗장 걸린 문안에서 들먹거리는 아이들의 바람을 제대로 짚어 낼 줄 아는 작가. 이 것이야말로 내가 크리스티네 뇌스틀링거를 신뢰하는 이유다.

거짓말로 들춰내는 성공의 만화경

전성희 『거짓말 학교』

1

"세상은 미쳐 가는 학교 같다."

하이틴 코미디 영화로 더 알려진 톰 페로타(Tom Perrota)의 소설 「일렉션」의 첫 문장이다. 언뜻 보면 익숙한 말인 것 같으나, 곱씹어 보면 불편하기가 그지없다. 뭘까, 이 불편함은? 기왕에 익숙한 표현대로라면, 세상과 학교의 자리가 바뀌는 게 맞을 것이다. '학교는 미쳐 가는 세상 같다'라고 말할 때는 학교가 위태롭긴 해도 세상만큼은 아니라는 최소한의 안도감이 깔려 있기 때문이다. 반면에 저 문장은 그것마저도 거짓 위안이라 선언하며 학교가 세상 못지않게, 아니 그 이상 미쳐 있다고 선언하고 있지 않은가.

전성희의 『거짓말 학교』(문학동네 2009)를 읽었을 때 비슷한 당혹감이 찾아왔다. 학교와 사회에 대한 냉소적인 시선이 최소한의 안전장치조차 거추장스러워하는 듯 느껴졌기 때문이다. 물론 그 당혹감이 불쾌하다는 뜻은 결코 아니다. 오히려 안온함에 이끌려 억지스러운 화해를 맺거나 현실에 대한 불만을 토로하는 수준의 작품들에서 느끼는 당혹감에 비하면 차라리 통쾌하다고 말하고 싶다.

이 작품은 '정직＝학교'라는 등식에 의문을 제기한다. 거짓말을 통제하고 교화해야 하는 교육기관을 거짓말의 생산자로 뒤집어 놓았기 때문이다. 주제의식이 다소 관념적인 측면이 없지 않으나, 현실을 보는 날렵한 시선만큼은 가상세계에 생명력을 불어넣기에 충분해 보인다.

2

'거짓말 학교'는 작은 무인도에 세워진 국가 주도의 비밀 특수목적학교이다. 전국 일류들이 모여 인류 공영에 이바지할 창의적인 거짓말을 배우고, 결과에 따라 스무 명만 살아남는 서바이벌식 엘리트 시스템인 것이다. 다소 황당한 설정 앞에 얼떨떨할 즈음, 교장의 설명을 듣노라니 작가가 무엇을 이야기하고 싶은지 조금씩 선명해지기 시작한다.

"자아가 형성되는 아주 중요한 시기에는 말이죠, 거짓말은 나쁘다, 거짓말하면 혼난다, 이렇게 가르쳐 놓잖아요? 그런데 다 커서 사회에 나와 보니 세상은 그게 아니란 말이죠. 거짓말 없이는 성공할 수 없지요. 아니, 사회생활을 하는 것조차 어렵습니다. 그제야 혼란이 생기고 이게 아닌가 하는 생각이 들지만, 이미 때는 늦은 겁니다. (…) 이 시대에는 창의적이고 널리 이로운 거짓말을 만들 수 있는 인재가 절실합니다. 그래서 정부는 그런 문제를 없애기

위해 엄청난 투자를 하고 있는 거죠."(92~93면)

교장이 말하는 성공의 의미는 개인이 아닌 국가의 이익에 방점이 찍혀 있다. 주변에서 흔히 접하는 성공 신화만 하더라도 대개가 국가와 사회 발전에 헌신한 성과들이지, 개인의 행복에는 무관심하지 않은가.

이야기의 시작은 동물들도 자기의 위기를 피하기 위해 거짓 화해를 쓰고 있다는 일명 '푸이스트' 법칙으로부터 출발한다. 인애는 나영과 친해질 때 이 법칙을 이용한다. 가난한 집안 사정을 털어놓고 친근하게 다가가는 거짓 화해를 통해 중요한 교재를 손에 얻었던 것. 나영 역시 교재를 공유한다는 것이 마뜩진 않았지만 부모의 이혼 문제로 외로웠던 탓에 자의 반 타의 반으로 마음의 문을 연다.

그러다 거짓말 뉴스 시청 중에 도윤이가 쓰러지는 사건이 발생하면서 이야기의 흐름은 급격하게 빨라지기 시작한다. 어느새 인애, 나영, 도윤, 준우는 이 미스터리한 사건의 중심에 서게 되는데, 학교를 둘러싼 음모를 밝혀내는 과정에서 이들은 탐정 같은 역할을 수행한다. 사건 해결의 조력자로 등장하는 의사와 진실학 선생님의 정체를 끝까지 모호하게 유지한 것도 독자들의 궁금증을 붙잡아 두기에 유효한 전략이었다. 누구도 범인이 될 수 있다는 가능성을 열어 놓고 팽팽한 긴장감을 유지하는 방식은 추리의 단골 기법이 아닌가.

한데 나는 추리의 최종 목적이 범인을 찾는 것이 아니라는 점이 더욱 반가웠다. 범인은 교장으로 밝혀졌으되, 이것은 일종의 모의고사에 불과할 뿐 정작 풀어야 할 진짜 시험지는 그 이후에 배부되었던 것. 교장은 학교에 남을 수 있는 조건으로 두 가지를 제시하는데, 그 첫 번째가 자신에게 밀고한 사람을 찾아내라는 것이다. '밀고자를 밝혀내라. 그러면 용서하마'(168면)라는 쪽지 한 장에 아이들은 서로를 의심하고, 결국에는 아무도 믿을 수 없는 지경에까지 이른다. 학교의 비리를 알았지만 성공을 보장하는 학교를 포기한다는 것은 결코 쉬운 결정이 아니었던 게다. 그리고 두 번째 시험지에는 학교가 은폐하려고 했던 실체가 무엇이었는지 적나라하게 드러나 있다.

> "어떤 노력과 고생도 없이 최고의 거짓말로 원하는 것은 무엇이든 얻게 될 거야. 누구나 꿈꾸는 성공한 삶을 사는 거지. 아니면 그냥 그렇고 그런 삶을 살 수밖에 없어. 그게 실패한 인생이 아니고 뭐냐."(190면)

완벽한 거짓말 기계가 되는 것. 교장은 인간의 양심을 없애기 위해 뇌수술을 제안한다. 아이들은 뇌수술을 받고 남느냐, 아니면 거부하고 떠나느냐의 선택의 기로 앞에 놓인다. "강인애, 이제 어떡할래?" 이 책의 마지막 문장이자 작가가 독자들에게 던지는 마지막 질문이기도 하다. 자신의 꿈에 관해 생각해 보기도 전에 사회에서 요구하는 성공을 내면화한 아이들. 작가는 사회나 집단에 묻혀 있던 성공 신화에서 벗어나 너희는 지금 어떤 꿈을 꾸고 있으며, 무엇을 위해 그토록 열심히 공부하고 있는지를 묻는다.

하긴 이 문제를 풀어야 할 대상이 어찌 아이들뿐이겠나. 사실 이 숙제를 풀어야 할 진짜 학생은 아이들을 거짓말 학교로 보내고 있는 어른들이 아니겠느냔 말이다. 이 문제를 받은 어른들은 거짓말 학교 교장의 생각에 절대로 동의하지 않는다고 자신 있게 말할 수 있는지부터 답해야 할 게다. 이때 푸이스트 법칙은 절대 사용하지 않길 바란다.

어린이의 삶을 추적하다

고재현 『귀신 잡는 방구 탐정』

문학을 즐기는 행위도 일종의 놀이이다. 가상의 세계를 상상하는 것은 놀이를 하는 인간의 기본적인 행동 양상 중 하나이기 때문이다. 사소한 일상의 경험을 어떻게 뒤집고, 돌리고, 비틀어 볼까 하는 고민은 문학의 장르가 발전해 온 궤적 속에 고스란히 반영되어 있다.

고재현의 『귀신 잡는 방구 탐정』(창비 2009)은 일상의 진부함을 넘어서는 방식으로 '탐정 놀이'를 선택하였다. 우리 동화에서 추리는 낯선 장르이다. 그동안 추리 기법을 활용해서 독자의 궁금증을 유발하거나 서사 구조의 완결성을 높이려는 시도가 없었던 것은 아니지만, 본격적인 추리 창작물은 최근에 몇 작품이 고작이다. 우리에게 탐정은 뤼팽, 셜록 홈스, 에르퀼 푸아로 같은 벽안(碧眼)의 신사들이다. 오죽하면 아이들 입에서 우리나라에 탐정이 '한글탐정 둘리'밖에 없느냐는 볼멘소리가 나왔을까.

『귀신 잡는 방구 탐정』의 첫 느낌은 시쳇말로 싼티가 물씬 풍긴다. 인터넷 연재만화를 연상시키는 삽화하며 '귀신'이니 '방구'니 하는 유치찬란한 제목은 언뜻 저급한 도서를 연상시킨다. 에드거 앨런 포(Edgar Allan Poe)의 추리소설에 등장하는 검은 고양이의 이름에서 따온『플루토 비밀결사대』와는 무게감부터가 사뭇 다르다. 하지만 부리기에 따라서 이 가벼움은 유치함을 넘어 서사를 추동하는 전복적인 힘을 발휘하기도 한다. 가벼움의 미학은 우리 아동문학이 고민해야 할 영역이라 해도 과언이 아닐 터.

물론 이제 막 발을 떼고 있는 장르의 작품을 두고 미학 운운하며 추어올리고 싶은 생각은 없다. 오히려『귀신 잡는 방구 탐정』은 '추리'나 '동화', 어느 한쪽에 방점을 두더라도 성공한 작품으로 보기는 어렵다. 추리 기법 면에서는『플루토 비밀결사대』의 치밀한 복선이나 긴장감에 미치지 못하고 낭만적인 화해와 교훈적이기까지 한 결말은 씁쓸함을 남긴다. 그러함에도 우리 동화가 극력 꺼려 왔던 장르를 선택하여 추리와 동화가 서로 성장, 발전할 수 있는 계기를 보여 주었다는 점은 높이 평가할 만하다.

아동문학에서 추리는 이성적 우월성을 지나치게 강조하는 것을 경계해야 한다. 자칫 논리적 증명이라는 인과성에 매몰된 나머지 정작 사건 해결의 본질이어야 할 어린이의 삶을 놓칠 우려가 있기 때문이다. 아동문학에서 추리는 사건 해결을 위한 증명 과정이기도 하지만 결국에는 아이들의 삶을 보여 주는 서사적 장치인 게다.

『귀신 잡는 방구 탐정』은 아이들의 사소한 일상에서 긴장과 공포의 소재를 찾는다. 이것은 아이들이 바라는 소소한 욕망을 제대로 포착한 결과라 할 것이다. 애지중지하던 애완견이 사라지고, 누군가로부터 느닷없이 협박 편지가 날아들기도 한다. 좁은 골목 주차 문제로 집 담벼락이 무너지는 사건이 벌어지는가 하면, 방학 때 찾은 시골집에서 귀신 소문을 듣는다. 누구나 경험할 법한 이러한 사건들은 하나같이 '지금, 여기'라는 현실성을 담지하고 있을 뿐 아니라 어린이의 욕망을 품고 있다.

첫 번째 이야기 「포동이를 찾아라」에서는 애완견을 열망하는 아이들의 심리를 잘 파고들었다. 어린이날에 가장 갖고 싶은 선물로 애완견을 꼽을 만큼 어린이들이 강아지를 갖고 싶어 하는 욕망은 돈에 대한 욕망에 비할 바가 아니다. 욕망이 높으면 거세되는 아픔은 그만큼 깊기 마련이다. 아이들에게 애완견 실종이 추리소설의 그 흔한 유괴 사건보다도 섬뜩하게 와닿을 수 있는 것도 이 때문이다. 두 번째 이야기 「협박 편지를 추적하라」에서는 의뢰인이 아닌 범죄자의 심리를 공유한다는 점이 신선하다. 대개는 의뢰인의 절박한 사정에 독자들의 공감을 불러일으키고 악의 세력을 제압하는 탐정의 활약을 극대화하는 것이 일반적이지만, 이 작품에서는 범인을 약자이면서 피해자로 설정함으로써 반복적인 규칙성이 뒤집힌 것이다. 사건 의뢰인 고한석은 학교운영위원장 아들이라는 권력과 고릴라처럼 강한 완력을 앞세운 인물이기에, 차라리 범인이 선포한 디데이에 뭔가 벌어졌으면 하는 아쉬움까지 남는다. 세 번째 이야기 「뺑소니를 잡아라」는 집 담벼락을 무너뜨리고 도망친 차량을 추적하는 이야기이다. 이웃 간에 흔히 벌어지는 주차 문제라는 현실감은 있지만 당장 아이들에게 와닿는 문제는 아니라는 점이 아쉽다. 네 번째 이야기 「귀신을 쫓아라」에서는 낯선 시골 여행이라는 공간적 배경을 택하면서 왠지 으스스한 일이 벌어질 것 같은, 아니 그러한 일이 한 번쯤 벌어지길 바라는 아이들의 심리를 곡물 도둑 사건과 자연스럽게 연결하였다. 공포와 추리를 적절하게 활용하여 서스펜스를 유지하는 장르의 기법을 잘 살려 낸 셈이다.

여기에 문방구 아들, 일명 방구 탐정이라 불리는 강마루의 캐릭터도 독자와의 거리를 가깝게 해 준다. 우리가 흔히 보아 온 명탐정은 어떠한 수수께끼도 척척 풀어내는 완전무결한 존재다. 하지만 강마루는 예리한 분석력과 강한 의협심을 지녔으되, 결정적인 상황에서는 친구의 도움이 필요하고, 어이없는 실수도 저지르는 평범한 인물이다. 정작 그를 영웅적 인물로 만든 건 사람들의 입을 거치면서 풍선처럼 불어난 소문 덕분이었다. 이렇듯 불완전하지만 아이다움이 살아 있는 탐정 캐릭터는 추리와 동화가 만날 수 있는 좋은 사례를 보여 준다.

물론 표가 나게 드러나는 문제들도 적지 않다. 가장 치명적인 것은 사건 해결에 대한 강박과 동화가 극복해야 할 오래된 과제인 계몽성에 있다. 네 가지 사건은 공히 사건 해결을 통해 행복한 화해를 이루고, 인물들은 그 안에서 훈훈한 덕담을 주고받으며 스스로를 각성한다. 작은 제목만 보더라도 ― '잃어버린 뒤에 알게 되는 것들', '생각과는 다른 것들', '피와 땀을 훔치는 귀신' ― 화해와 계몽의 순간이 여기이겠구나 할 정도다. 더군다나 두 번째 이야기를 제외하고는 모두가 '선한 의지의 어린이'와 '잘못을 저지른 어른'이라는 도식적 관계를 형성하고 있으며, 사건을 해결한 아이들은 어른들을 계몽하는 위치에 올라선다. 이야기의 막바지에는 어른들의 반성이 이어지고 이내 화해를 맺는다. 자신이 풀어놓은 문제를 깔끔하게 수습해야 할 것 같은 작가의 조급함과, 아이들에게 안전함을 확인시켜 주려는 과도한 친절은 결과적으로 재미를 반감시키는 결과로 이어지고 말았다.

그러함에도 불구하고 이 작품이 보여 준 추리동화의 가능성에 주목하고 싶다. 추리의 인과는 논리적 추론이기도 하지만 삶의 연관성을 찾는 것이라는 점, 그리고 그것을 탐색하는 데 추리가 유용한 전략일 수 있는 가능성을 보여 주었기 때문이다. 추리 기법의 진전이 필요하겠지만 아이들의 삶에서 불안과 공포를 찾아내고, 그것을 적당한 가벼움과 긴장감 속에 풀어내는 역량은 이 작가의 다음 작품을 기대하게 만든다.

아이러니는 나의 힘

유은실 『멀쩡한 이유정』

1

유은실의 작품에는 뭔가 특별함이 있다. 작품의 틀은 야무지고 단단한데, 그 속에 담긴 이야기는 비끄러매기 어려울 만큼 생동감이 넘친다. 진지함을 유머화하고, 그 안에 질문거리를 담아내는 능력은 유은실이 지닌 독보적인 장기다. 여기에 개성 넘치는 캐릭터와 희극과 비극이 교차하는 아이러니 기법은 그녀의 장기를 빛나게 하는 확실한 아이템이라 할 것이다.

동화집 『멀쩡한 이유정』(푸른숲 2008)은 전반적으로 「내 이름은 백석」에서 보여 준 극적 아이러니, 「보리 방구 조수택」이 선사했던 애잔함, 「손님」의 두근거림에는 다소 못 미치는 게 사실이다(이상의 세 작품은 『만국기 소년』, 창비 2007). 전작의 그림자가 워낙에 큰 탓일 게다. 하지만 유은실의 작가적 색깔은 한층 더 선명해졌으니, 실망보단 반가움이 앞섰던 것 또한 사실이다.

작가의 말을 빌리자면 『멀쩡한 이유정』은 "엉망진창인 세상을 살아가는 문제투성이 얘기들"이다. '우리 할아버지 말고도 훌륭하지 못한 할아버지가 있어서 다행'이라는 경수(「할아버지 숙제」), 병원에 입원하는 엄마 앞에서 해방감에 웃음을 참지 못하는 진이(「그냥」), 오른쪽 왼쪽도 제대로 구별 못 하는 학급회장 유정이(「멀쩡한 이유정」), 자장면 맛이 송해 아저씨 본 기분처럼 기똥찼다던 기철이(「새우가 없는 마을」), 장갑 한 켤레로 세상을 공평하게 만든 영지(「눈」). 엉뚱한 주인공들과 어긋난 상황이 유발하는 코믹한 상황들은 키득키득 웃음을 자아내지만 마지막 문장이 끝나기 직전에는 깊은 여운과 마주하게 된다. 이 글에서는 「멀쩡한 이유정」과 「새우가 없는 마을」을 중심으로 그 묘한 여운에 대해 이야기해 볼 작정이다.

2

표제작 「멀쩡한 이유정」은 지독한 길치인 열한 살 이유정의 '나 홀로 집 찾기'를 에피소드로 삼고 있다. 시간을 재배치하는 플롯은 「만국기 소년」을 연상시킨다. 주인공은 3학년 때 학급회장을 맡았던 모범생이지만, 실은 2학년짜리 동생 유석이가 없이는 학교도 집도 찾아갈 수 없는 지독한 길치다. 감각이 어찌나 무딘지 2학년 겨울방학 때 생긴 손 흉터로 겨우 오른쪽 왼쪽을 구분할 정도다. 게다가 4학년에 올라오자마자 집이 이사를 하면서 동생의 도움은 더욱 절실할 수밖에 없다. 그런데 어느 날 동생이 사소한 일로 토라져 먼저 집에 가 버리면서 주인공은 인생

최대의 위기에 봉착한다.

학습지 선생님을 만나기까지 유정이가 좌충우돌하는 실제 이야기 시간[1]은 겨우 한 시간 남짓 정도. 한데 독자는 꽤나 긴 시간 동안 다양한 사건들을 경험한 듯한 느낌을 받는다. 이것은 이야기 시간 중간중간에 과거의 경험들이 소환되면서 서술 시간[2]이 그만큼 늘어났기 때문이다. 2학년 때 총명탕을 지어 먹고도 모자라 곰 세 마리 노래에 가사를 붙여 '방향 노래'를 지어 불렀던 일, 3학년 때 선생님 심부름 하다가 길을 잃고 헤매다 부회장에게 발견된 창피한 사건들은 현재의 시간들과 자연스럽게 이어져 있다. 특히 심부름을 하며 길을 잃었다는 사실을 감추기 위해 한상규 앞에서 다리를 다친 척 절룩대던 과거의 장면은 상규 엄마 앞에서 달리기 연습을 하는 척하는 현재의 시간과 포개어지면서, 유정이에게 '길 찾기'가 얼마나 심각한 문제인지를 여실히 보여 준다.

겉으로 드러난 유정이의 문제는 남들보다 부족한 방향감각 때문이다. 한데 이보다 심각한 것은 누군가에게 내가 멀쩡하게 보여야 한다는 강박에 있다 할 것이다. 그러다 우연하게 마주친 학습지 교사는 유정이의 비밀이 조금 더 유예될 가능성을 열어 주는 듯하다. 이 대목에서 유은실 특유의 반전 유머가 빛을 발한다.

"유정아, 잘됐다. 나 너희 집 좀 데려다줘."

"예에?"

"아파트 단지를 십 분째 헤매고 있었거든." (89면)

---

1 작품에서 사건이 벌어진 시간 순서대로 기술된 시간.

2 이렇게 재구성되어 편성된 시간을 '서술 시간' 혹은 독자가 소설을 읽을 때 받아들이는 데 소요되는 시간이라 하여 '독서 시간'이라고도 한다.

막다른 골목에 서게 된 유정이는, 과연 어떤 대답을 했을까. 웃긴데 그냥 웃어넘길 상황, 이것은 독자들도 마찬가지일 것이다.

3

한편 「새우가 없는 마을」은 제목과는 다르게 새우가 아닌 자장면으로부터 이야기가 시작된다. 생활보호 대상자가 된 지난 7년 동안 한 번도 자장면을 먹지 못한 이용수 할아버지와 태어나서 한 번도 자장면을 먹어 보지 못한 손자 이기철. 기철이의 소원은 9년 전 집을 나간 엄마가 돌아오는 것도, 7년 전 집을 나간 아빠가 돌아오는 것도 아닌, 진짜 자장면을 먹어 보는 거다. 이용수 할아버지는 자장면을 사 주겠다는 기철이와의 약속을 기어코 지킨다. 말끔한 옷을 차려입고 도착한 길림성에서 기철은 입때껏 TV를 통해 눈으로만 삼켜 왔던 자장면을 드디어 맛보게 된 것이다. 이 장면에서 애잔한 눈빛으로 손자를 바라보며 제 것을 덜어 주는 할아버지의 모습을 기대했다면 오산이다. 7년 만에 맛보는 할아버지도 자장면 한 그릇이 성에 안 차기는 마찬가지. "손자, 많지? 내가 좀 먹어 줄까?"(110면) 하며 생전 자장면을 처음 먹어 보는 손자의 그릇 쪽으로 젓가락을 뻗는 할아버지의 모습은, 최근에 본 할아버지 캐릭터 중 가장 매력적이다. 어느 누구보다 손자를 사랑하는 것은 맞지만, 7년 만에 먹는 자장면 앞에서는 그도 살짝 흔들리고 있는 게다.

자장면을 먹은 날 기철이에게 새로운 소원이 생겼다. 새우깡 말고 진짜 왕새우를 먹어 보는 것. 진짜 사나이 이용수는 겨울 내내 모은 병과

박스를 판 돈으로 손자와 함께 왕새우를 먹으러 나선다. 왕새우가 대형 마트에서 판다는 것까지는 겨우 알아냈지만, 그들 앞을 가로막은 것은 다름 아닌 카트라 불리는 철수레였다. 난생처음 보는 대형마트 철수레 앞에서 할아버지는 한참 뜸을 들이고, 그만큼 말줄임표는 늘어난다.

"음…… 그럼 집에 가자. 돈을 넣어야 커다란 철수레를 빌린다는데, 음…… 아마 비쌀 거야."(127면)

"음…… 너는 나중에 왕새우가 있는 마을에서 살아라."
"응."
나는 할아버지랑 약속을 했다. 진짜 사나이 이용수랑 이기철 약속이니까 꼭 지킬 거다. (130면)

둘의 대화에서 「내 이름은 백석」의 아빠와 그의 아들 백석이 떠오르는 사람이 비단 나뿐만은 아닐 것이다. 누구보다 멋진 할아버지(혹은 아버지)가 되고 싶었던 이들에게 무식함이 자꾸 현실의 벽으로 작용하고 있지 않은가. 하지만 백석이 그러했듯, 이 상황이 슬픔으로 질척대거나 비관적으로 다가오지 않는 것은 진실한 어른과 그 어른을 너무나 좋아하는 아이가 있는 까닭이다. 이제 할아버지가 지킨 약속을 손자가 지켜야 할 차례다. 그 약속이 기어이 지켜질 것이라는 믿음이 있기에 나는 다시 읽으면서도 마음 놓고 웃을 수 있었다.
그러고 보면 「멀쩡한 이유정」과 「새우가 없는 마을」 사이에는 다르면서도 비슷한 구석이 있다. 정확히 말하자면 대동소이(大同小異), 많이 같고 조금 다르다. 주인공이 처한 상황은 거의 정반대다. 유정이는 큰길도 골목도 많은 도심 아파트에서 살고, 기철이는 대형마트 한번 구경 못 한 시골에서 산다. 유정이는 한의원에서 총명탕을 지어 먹고, 기철이는 진짜 자장면을 먹는 게 소원이다. 유정이에게 학습지 선생님이 있다면 기철이에게는 사회복지사 선생님이 있다.

그런데 두 이야기 모두는 상황이 유발하는 희극적인 아이러니를 통해 현실을 풍자하고, 우리를 되돌아보게 하는 힘을 지니고 있다. 이것은 여기에 실려 있는 나머지 작품에도 유효하거니와, 작가 유은실을 설명하는 말이기도 할 것이다. 이제는 유은실표 장편동화를 만나고 싶다.

매력적인 서사가 엎어진 지점

김리리 『나의 달타냥』

얼마 전 한국미술치료학회 세미나에서 충격적인 그림을 본 적이 있다. 6학년이 그린 이 작품의 제목은 '미친 아빠'였다. 희번덕거리는 눈에 귀까지 찢어진 입, 정육점에나 쓰일 법한 커다란 칼을 쥔 사내의 모습은 흡사 괴물에 가까운 형상이었다. 제목이 아니었다면 아빠라는 것이 믿기지 않을 정도다.

가족은 환상과 환멸, 행복과 공포가 공존하는 양가적인 존재이다. 집이라는 곳은 지상 최대의 안식처이자 끔찍한 폭력의 밀실이기도 하다. '미친 아빠'를 그린 소년에게 가족과 집이 어디에 놓여 있는지는 굳이 물어보지 않아도 될 듯하다.

김리리의 『나의 달타냥』(창비 2008)은 가족의 어두운 그림자를 조명한 작품이다. 다만 폭력이라는 문제를 가족이라는 카테고리를 넘어 인간 보편적인 문제로 접근하고 있다는 점이 색다르다. 이것은 인간에게 상처를 받은 동물의 시선을 공유함으로써 가능한 일이었다. 인간과 동물의 따뜻한 교감과 폭력의 잔혹함이 유발하는 팽팽한 긴장감은 플롯의 세밀함을 덧입어 생생한 현실로 다가온다.

이 작품은 1인칭 다중 시점이다. 독자와의 정서적 거리를 가깝게 하면서도 서사의 진폭을 확장하려는 의도로 읽힌다. 특히 다중 시점의 대상이 개와 사람이라는 점이 독특하다. 동일한 사건을 각각의 시점에서 바라보기도 하고, 혹은 다른 사건을 이끌어 가는 독립적 시선이 되기도 한다. 전자는 이야기의 깊이를, 후자는 이야기의 폭을 확장하는 데 유용해 보인다. 여기에 민호의 시점은 암초록 톤으로, 달타냥의 시점은 붉은 톤으로 읽어 낸 삽화의 감각도 한몫을 담당한다.

하지만 치밀한 구성력이 없다면 이러한 장치는 잔기술에 불과했을지도 모른다. 로널드 토비아스(Ronald B. Tobias)의 말을 빌리자면, "서사의 힘은 독자나 관객의 기대감과 호기심을 충족시켜 주는 소재나 내용 자체보다도 짜임새 있는 플롯이 좌우하는 것"[1]이기 때문이다. 특히 서사 장르의 특성상 인물의 구조화는 플롯의 짜임새에서 큰 비중을 차지할 수밖에 없다. 『나의 달타냥』은 인간과 개의 관계를 내밀하게 연결함으로써 서사의 힘을 극대화하고 있다. 먼저 중심인물부터 살펴보자.

첫 번째 주인공 민호는 집에 들어설 때마다 옷장과 신발장부터 열어젖힌다. 엄마의 물건이 제자리에 있는 것을 확인해야 안심이 되기 때문이다. 아빠의 폭력 때문에 엄마가 자신을 떠날지도 모른다는 불안감은, 공부에 대한 과도한 집착을 불러온다. 그것만이 아빠의 폭력으로부터

---

1 로널드 B. 토비아스 『인간의 마음을 사로잡는 스무 가지 플롯』, 김석만 옮김, 풀빛 1997, 7면. 플롯은 사건의 결합으로써 개개의 사건들이 원인과 결과의 관계를 맺고 있다. 어떤 사건이 일어나면 그 결과 다른 사건이 일어난다. 나중에 발생한 사건은 또 다음 사건의 원인이 되는 과정을 보면서 흥미를 느끼게 된다.

엄마와 자신을 구출할 수 있는 유일한 길이라 믿기 때문이다. 또 다른 주인공은 사육장에서 엄마를 두고 탈출한 떠돌이 개다. 함께 탈출한 형마저 검은 옷을 입은 사람에게 잡혀가고 만다. 사육장을 탈출했지만 이들 형제에게 세상은 또 다른 사육장일 뿐이다.

이야기는 서로 다른 사육장에 사는 민호와 떠돌이 개가 우연히 조우하는 장면으로부터 시작된다. 둘은 첫 만남부터 거부할 수 없는 눈빛을 느끼고, 서로를 '슬픈 눈'과 '달타냥'으로 부르기 시작한다.

> 푸른 눈동자. 돌멩이를 던지면 끝없이 떨어질 것 같은 깊은 호수. 그 푸른 눈동자가 내 가슴 깊은 곳까지 들여다보는 듯했다. 그러고는, '두려워하지 마. 난 널 알아!' 하고 내게 말을 걸어오는 것 같았다. (10면)

> 바라보고 있는 것만으로도 그 슬픔이 나에게까지 느껴질 정도였다. 그리고 그 눈빛이 낯설지가 않았다. 분명히 내가 아는 눈빛이었다.(…) 형, 형의 눈빛이다. (47~49면)

한편 민호의 가족은 '아빠-엄마-나'로 구성된 삼각형 구도의 전형적인 핵가족이다. 민호의 아빠는 가정 폭력의 희생자이자 가해자다. 민호의 아빠는 할아버지의 폭력에서 할머니를 지켜 주지 못한 자책감에 시달렸고, 이러한 분노가 폭력을 재생산하는 악순환으로 이어진 것이다. 특히 엄마의 가출과 할머니의 죽음이 교묘하게 연관되면서 아빠의 폭력은 더욱 가혹해진다. 아빠의 매질이 심해질수록 엄마를 지켜 주지 못해 괴로워하는 민호의 모습은 아빠의 어린 시절과 포개어진다. 피해자에서 가해자가 된 폭력의 악순환이 민호에게도 이어지지 않을까 걱정스러운 것도 이 때문이다.

달타냥의 가족 상황 역시 민호네와 거의 흡사하다. 달타냥의 식구는 본래 넷이었지만 아빠의 죽음으로 '형－엄마－나'가 된다. 형은 아빠를 대신하는 인물로, 엄마를 지켜 주지 못했다는 죄책감에 시달린다. 민호와의 첫 만남에서 달타냥이 형의 눈빛을 떠올렸던 것도 이러한 공통점 때문이었다. 두려움과 슬픔으로 가득 찬 눈빛. 하지만 몇 달 뒤 투견장에서 만난 형의 눈빛은 분노와 복수심으로 가득했다.

"사람을 절대로 믿어선 안 돼. 엄마 소식을 전해 주었던 개가 죽는 걸 봤어. (…) 사람들한테 가치가 없어지면 우리 모두 그렇게 되는 거야."(178면)

이야기가 진행될수록 두 가족 사이에는 서로 짝패를 이루는 인물군이 윤곽을 드러낸다. 처음엔 달타냥의 형과 민호가 아닐까 싶지만, 점차 '달타냥 형－민호 아빠', '민호－달타냥'이란 조합이 설득력을 얻기 시작한다. 형과 아빠가 폭력을 승계하는 쪽을 대변한다면, 민호와 달타냥은 아직은 미궁 속에 있다. 특히 읽는 내내 달타냥이 이 폭력의 고리를 끊는 데 어떤 역할을 할 것인지가 궁금했던 게 사실이다. 작품 제목도 이런 궁금증을 부추겼다. '나의 달타냥'이란 제목을 보면, 달타냥이 주인공인 듯하지만, 소유하는 주체는 '나(사람)'이기 때문이다.

그럼 이제는 폭력의 고리를 끊는 방식을 지켜볼 차례다. 이야기는 달타냥이 아빠와 맞서는 장면에서 절정을 이룬다. 술에 취한 아빠가 민호와 엄마에게 무차별 폭행을 가하던 순간, 달타냥이 민호를 구하러 나섰던 것이다. 달타냥은 엄마를 구하지 못한 지난날을 떠올리며, 자신을 묶고 있던 끈을 혼신의 힘을 다해 끊어 낸다. 한데, 이때 끊긴 것은 달타냥의 목줄뿐이 아니었다. 민호와의 마음의 끈도 함께 끊어져 나갔던 것. 아니 정확하게 이야기하면 민호가 일방적으로 끊었다고 해야 할 것이다. 아빠를 살려 달라는 민호의 간절한 눈빛을 읽은 달타냥은 아무런 반항 없이 아빠의 손에 죽음을 맞는다. 거의 미쳐서 날뛰는 아빠의 폭력 앞에 자칫 죽임을 당할 수 있었던 아이가 폭력의 가해자 편을 든 것을 어떻게 이해해야 할까. 게다가 달타냥은 위협을 가하며 짖어 댔을 뿐, 아빠를 공격하지도 않은 상황이 아닌가.

동물의 희생이 극적인 카타르시스를 전달하기 위한 장치였는지는 모르나, 그것을 담보로 한 화해는 못내 씁쓸한 여운을 남긴다. 이것은 달타냥을 대신해 아빠가 죽었어야 한다는 뜻이 아니다. 문제는 가정 폭력, 거기에 달타냥 형제를 죽음으로 몰고 간 아빠에게 배부된 면죄부가 과연 타당한가 하는 것이다. 게다가 희생된 것은 모두가 동물이요, 회복된 것은 모두가 사람이니, 이것은 좀 불공평하지 않은가 말이다. 인간이 지닌 폭력의 다층적인 면모를 조명한 작품이었기에 인간 중심적인 결말은 못내 아쉬운 대목이다.

『나의 달타냥』은 최근에 읽은 작품 중에 가장 탄탄한 구성과 매력적인 서사 구조를 가진 작품이었다. 하지만 결정적인 순간에 모든 상황을 블랙홀처럼 빨아들이는 가족주의와, 동물을 인간과 나른 층위에서 다루는 위계의식에 대해서는 고민이 필요해 보인다. 특히 그 동물이 인간과 다름없이 생각하고 고뇌하는 존재로 그려졌다면 말이다.

열일곱 살 아이들이 그곳을 떠난 이유

이현 『장수 만세!』

크리스티네 뇌스틀링거 『언니가 가출했다』

대개 고학년은 성장통의 시발점이 되는 시기이다. 가끔은 성장통이란 말이 무색할 정도로 혹독한 시련을 동반하기도 한다. 심각한 결핍이 있는 가족이라면 그런 가능성은 한층 농후해진다. 사랑이라는 명목으로 혹은 말을 안 듣는다는 이유로, 아이를 학대하는 상황을 우리는 너무도 쉽게 목도하고 있지 않은가. 가족은 사회를 보는 가장 정확한 바로미터 중 하나일 게다. 문학이 가족 안에서 벌어지는 다양한 유형의 갈등에 주목하는 것 또한 이 때문이다.

그동안 아동문학의 '가족' 이야기에는 도덕적인 스토리가 편만해 왔던 게 사실이다. 가족주의를 강화하고, 가족 간의 시끄러웠던 갈등이 급작스러운 화해나 배려, 깨달음을 통해 일순 행복한 결말로 끝을 맺는 것도 이러한 맥락 위에 있다.

최근에 읽은 『장수 만세!』(우리교육 2007; 개정판 창비 2013)와 『언니가 가출했다』(우리교육 2007)는 이러한 패턴에서 벗어나 있다는 점이 반가웠다. 각각 동화와 소설이라는 장르적 특성을 최대한 살리면서 현대사회가 안고 있는 가족의 문제를 심도 있게 파고들었다. 『장수 만세!』가 환상과 긍정이라는 동화적 세계에 발 딛고 있다면, 『언니가 가출했다』는 사실에 입각한 소설적 기법이 돋보인다. 동양과 서양의 문화적인 차이, 그 속에서도 겹치는 공통점을 발견하는 일은 두 작품을 나란히 읽을 때 느끼는 재미이기도 할 것이다.

1. 열일곱 살 소년이 학교를 그만둔 사연: 『장수 만세!』

우리의 교육 현실을 보노라면 '부모는 아이의 주인이 되고자 한다'는 미셸 푸코(Michel Foucault)의 말이 웅숭깊게 와닿는다. 『장수 만세!』는 욕망의 대상이 된 아이들이 당당한 주체로 거듭나는 과정을 설득력 있게 보여 준다. 꽉 막힌 현실과 그 속에 봉인된 아이들. 작가는 현실을 굴착하는 방법으로 초현실적인 상상력을 불러들인다. 현실과 초현실, 문명과 전통. 그 사이로 불어오는 바람이 제법 신선하다.

사건은 열세 살 소녀 혜수가 저승사자의 착오로 저승을 가게 되는 장면으로부터 시작된다. 이 과정에서 혜수는 전교 1등이자 집안의 자랑인 오빠가 자살할 운명이라는 것을 알게 된다. 오빠 장수를 살릴 수 있는 시간은 단 일주일. 혜수는 생령(生靈)인 상태로 좌충우돌하며 오빠가 자살하려는 이유가 공부 때문임을 알게 된다. 공부 잘하는 오빠를 모두가 부러워했지만, 정작 본인은 공부 때문에 삶의 끈을 놓으려는 것이다. 오래 살라고 지어 준 '장수'라는 이름이 아이러니하게 다가오는 상황이다. 많은 아이들이 그렇듯 장수에게 공부는 다른 누군가의 욕망이었다.

"집안에 판검사 하나쯤 있어야 억울한 일이 없는 기다. (…) 할배는 니만
믿는다!"(12면)

　　"너도 구질구질하게 살기 싫지? 남부럽지 않게 살고 싶지? 그럼 엄마 시
키는 대로만 하면 돼."(25면)

　　전통적으로 우리나라 사회조직의 기본단위는 '가(家)'이다. 할아버지
가 강조하는 가문의 영광은 장자(長子)가 가부장권을 이어받고 집안을
부흥시키기를 바라는 유교적 세계관을 대변한다. '구질구질하지 않고
남부럽지 않게' 살아야 한다는 어머니의 주장은 자식을 통해 자신의 욕
망을 채우려는 대한민국 부모들의 목소리를 대변하는 것일 테고 말이
다. 이러한 이데올로기와 욕망이 아이들을 학대하는 도구가 되어 왔음
은 자명한 사실이다.

　　이쯤 되면 동화의 소재로서 지나치게 무겁지 않느냐는 우려의 목소
리가 나올 만도 하다. 하지만 이 작품은 막막한 현실을 고발하거나 한
탄하는 것이 아닌, 동화가 지닌 특유의 긍정성을 바탕으로 현실의 무게
감을 가뿐하게 넘어선다. 이승과 저승, 저승사자와 생령과 같은 이른바
'전설의 고향' 코드가 아이들의 취향을 저격한 측면도 있지만, 생기발
랄한 캐릭터야말로 이 작품의 원천적인 힘이라 할 것이다. 혜수나 정태,
연화 등은 무거운 공기를 날려 보낼 만큼 생동감 있고 역동적인 인물들
이다. 또한 주인공인 혜수를 생령으로 둔갑시킨 것은 매우 성공적인 전
략이었다. 1인칭 시점의 한계를 벗어나 장수가 처한 상황을 내밀하면서
도 폭넓게 살필 수 있는 계기가 되었기 때문이다. 덕분에 우리는 장수의

고통을 더 깊게 이해할 수 있게 되었다.

이야기가 흥미진진해질수록 결말이 어떻게 될 것인지에 대한 궁금증도 커져 간다. 장수를 죽게 내버려 둘 수도 없지만, 살린다 한들 장수가 처한 현실이 바뀌지 않는다면 그 또한 지지받기 어려운 선택인 것은 마찬가지일 것이다.

"이제 알겠어요. 제 꿈은요, 고등학교를 졸업하는 거예요. 아니, 졸업하지 않아도 좋아요. 그냥 떠나기만 하면 돼요. 그러니까 관둘래요. 지금 당장." (205면)

많은 동화들이 집이나 학교로 돌아가게 함으로써 안정적인 결말을 선택한다. 근본적인 문제는 접어 둔 채 일회성 화해를 통해 지금까지의 문제를 별것도 아닌 양 봉합시키는 경우가 적지 않다. 이때 어른들은 갑자기 착해지기가 일쑤다. 『장수 만세!』는 이러한 류의 작품들과는 다른 방식의 결말을 선택한다. 한바탕 대소동을 겪고 난 이후에도 승진한 아버지는 여전히 술 먹고 토해 대고, 직장에 다니기 시작한 어머니 역시 스트레스성 발작을 멈추지 않는다. 다만 한바탕 소동을 겪고 나니 겁이 좀 늘었을 뿐이다.

진정한 변화는 오롯이 장수와 혜수의 몫이다. 전교 1등이었던 장수는 그토록 소원하던 고등학교 졸업을 2년이나 앞당겨 한다. 한마디로 자퇴를 한 것. 장수가 선택한 새로운 학교는 도서관과 주유소이다. 터프한 여자 친구에게 고백을 받은 것은 덤이다. 중학생이 된 혜수는 질색하던 영어 대신에 새로운 언어(인도어)에 관심을 갖기 시작했다. 인도어가 섹시하다고 하니, 금세 질리진 않을 듯하다. 무엇보다 엄마 아빠의 잔소리에 크게 휘청거리지도 않을 듯하여, 내 마음이 다 든든하다.

2. 열일곱 살 소녀가 집을 나간 사연:『언니가 가출했다』

'학생에게 있어 가장 중요한 두 명의 성인을 초대합니다.'

이 문구는 미국의 어느 초등학교에서 졸업식을 앞두고 가정에 배부된 초대장 내용의 일부분이다. 이미 가족이 해체된 아이들을 위한, 혹은 부모가 있더라도 그 역할이 부재한 아이들을 위한 배려인 것이다. 이 기사는 전통적 의미의 가족 관계가 얼마나 심각하게 붕괴하고 있는지를 단적으로 보여 준다.

아이들에게 타락한 현실을 말한다는 것은 두렵고 용기가 필요한 일이다. 어른들은 순수해야 할 아이들이 혼돈에 빠지는 것을 원치 않는다. 하지만 타락한 현실을 외면하고 순수한 세계만을 보여 주는 것 또한 능사는 아닐 터. 크리스티네 뇌스틀링거의『언니가 가출했다』는 청소년소설이 민감한 사회문제를 다루는 데 있어 어느 정도까지 영역을 확장시킬 수 있는지 그 최대치를 보여 주는 듯하다.

이 작품은 유럽 사회에서 벌어지고 있는 가족의 붕괴와 어른들의 폭력을 열세 살 소녀 에리카의 시선으로 담담하게 그려 낸 일종의 유럽형 홈드라마이다. 에리카의 가정환경은 매우 복잡하다. 친부모는 언니가 여덟 살, 에리카가 여섯 살 때 이혼을 했다. 그래서 2년간 할아버지와 할머니 집에 살다가 엄마가 다시 재혼을 하면서 새아버지 집에서 살게 된 것이다. 그리고 엄마와 새아버지 사이에 동생 둘이 태어났고, 친아버지 역시 새로운 가정을 꾸린다. 가계도를 그려 봐야 할 정도로 복잡한 대가족인 셈이다.

　에리카는 묻는다. 이렇게 많은 가족이 있는데 우리는 왜 대가족이 될 수 없느냐고. 이 작품은 열세 살 소녀의 서술자가 열일곱 살 언니의 방황을 응시하고 있다는 점에서『장수 만세!』와 유사하다. 게다가 인물이 처해 있는 구체적인 문제 상황은 다르지만, 그 심연에 물질문명과 가족이라는 문제가 놓여 있다는 점도 그렇다. 다만 소설과 동화라는 장르적 차이, 여기에 문화적인 차이까지 감안한다면『언니가 가출했다』쪽이 한층 사실적이고 충격적인 것은 사실이다.

　　"먼저 우리 가족에 대한 약속과 의무부터 지켜 보지그래."
　　"도대체 내가 지켜야 할 의무가 뭔데요? 그리고 엄마가 말하는 가족이란 건 누구를 얘기하는 거죠?" (39면)

　이질적인 가족 구성원과 엄마의 편견과 폭력 속에서 언니는 집을 떠난다. 그것도 성인 남자를 따라 해외로 도피를 하였으니, 놀랍지 않다면 거짓말일 것이다. 애착 관계가 없는 가족이 얼마나 허허로운지 이 충격적인 장면이 여실히 보여 주고 있는 셈이다. 작품에 등장하는 가족들 중 어른이라고 하는 사람들은(친할머니를 제외하고는) 한결같이 순종과 겸손, 착하게 살아갈 것을 강요한다. 이러한 규율을 어길 때면 매를 맞거나 쇠사슬에 묶인 개처럼 집안일을 해야 한다. 그녀가 집을 나가기 직전에 마지막으로 대화를 시도했던 친아버지마저도 '착하게 살라고. 그게 엄마가 바라는 거라고' 대답할 뿐이다. 그 어른들은 정작 착하게 살아야 할 대상이 바로 자신들임을 전혀 모르는 듯하다.

　아동청소년문학에서 집을 떠난다는 것은 대개 성장을 위한 과정이요, 궁극적으로는 다시 돌아오기 위한 과정으로서 의미를 갖는다. 하지만 이 작품에서 언니가 집을 떠난 이유는 성장이 아닌 생존의 문제에 가깝다. '장수 만세!'를 외치며 학교를 떠났던 장수처럼 결국에 언니도 살기 위해 집을 떠난 것이다. 이혼과 폭력, 소통의 단절과 같은 현대문명의 폐해들은 낭만적인 화해만이 능사가 아님을 보여 준다. 에리카의 노력으로 언니는 집으로 돌아오지만 그것은 단지 불안한 동거를 조금 더 이어 가는 것일 뿐이다. 결국 언니는 다시 집을 떠난다.

　　이불 밑으로 보이던 언니의 보라색 발톱이 이젠 보이지 않는다. (173면)

　　물론 회기를 거부하는 것 자체가 정형화된 패턴을 깨뜨리는 것은 아니다. 중요한 것은 회기냐 단선적 여행이냐가 아니라, 주인공이 놓여 있는 현실과 그간의 과정이 어떤 선택과 부합하는가 하는 점이다. 이런 면에서 앞서 보았던 두 작품은 가족서사에서 으레 품어 왔던 안온한 도덕주의에서 벗어나 주인공의 당당한 선택을 지지해 주었다는 점이 미덥게 다가온다. 학교와 집을 떠난 아이들의 선택이 그 미더움의 방점이라 할 것이다. 그리고 보면 이 두 작품은 어른들이 꼭 읽어 봐야 할 책이 아닐까 싶다. 아이들이 왜 학교와 집을 벗어나고 싶어 하는지 그 이유를 애써 외면했던 어른들이라면, 이 책을 꼭 읽어 봐야 할 게다.

수록글 출처

제1부

민주주의와 시민, 그 모순에 대한 문답: 『창비어린이』 53호 2016년 여름호

어린이 독자라는 비평적 과제: 『창비어린이』 56호 2017년 봄호

젠더로 풀어 본 교과서 속 문학 이야기: 『어린이와 문학』 2017년 11월호

통증의 맛: 『창비어린이』 50호 2015년 가을호

제2부

최근 아동 가족서사에서 아버지가 놓인 자리: 『어린이책이야기』 35호 2016년 가을호

청소년 역사소설에서 여자 주인공이 넘어야 할 것들—이금이 『거기, 내가 가면 안 돼요?』
　　　를 중심으로: 『어린이와 문학』 2016년 12월호

비극적 과거를 소환하는 아주 솔직한 방식—권정생, 그리고 『몽실 언니』: 『어린이책이야
　　　기』 42호 2018년 여름호

청소년 가족서사에 던지는 윤리학적 질문: 2012년 집필, 미발표

아동 추리물을 탐문하는 세 가지 단서: 2013년 집필, 미발표

2000년대 다문화 동화에 남긴 과제: 『어린이책이야기』 5호 2009년 봄호

탄광마을, 그 삶에 대한 기억—임길택 『탄광마을 아이들』을 중심으로: 『어린이책이야기』
　　　3호 2008년 가을호

제3부

소년의 발자국_창비아동문고 속의 소년 주인공을 중심으로: 『창비어린이』 58호, 2017년
　　　가을호

홀로 자라는 게 아니라 함께 나아가는 동시—성명진『오늘은 다 잘했다』:『오늘은 다 잘했다』, 창비 2019

SF로 가는 새로운 다리—정재은『내 여자 친구의 다리』:『창비어린이』 64호, 2019년 봄호

망태 할아버지와 책이 만났을 때—차나무『호로로 히야, 그리는 대로』:『어린이책이야기』 38호, 2017년 여름호

복서가 돌아왔다!—김남중『싸움의 달인』:『어린이책이야기』 34호, 2016년 여름호

세상의 가장 위태로운 존재에 대한 증언—김해원「최후 진술」(『추락하는 것은 복근이 없다』):『어린이책이야기』 32호, 2015년 겨울호

너구리 물리학자와 만나다—유승희『참깨밭 너구리』:『창비어린이』 49호, 2015년 여름호

허구, 역사가 되다—하은경『백산의 책』:『어린이책이야기』 12호, 2010년 겨울호

거인을 응시하는 두 가지 시선—위기철『우리 아빠, 숲의 거인』:『어린이책이야기』 11호, 2010년 가을호

동심의 결을 읽는다는 것—크리스티네 뇌스틀링거『겁이 날 때 불러 봐 뿡뿡유령』:『어린이책이야기』 10호, 2010년 여름호

거짓말로 들춰내는 성공의 만화경—전성희『거짓말 학교』:『어린이책이야기』 9호, 2010년 봄호

어린이의 삶을 추적하다—고재현『귀신 잡는 방구 탐정』:『어린이책이야기』 8호, 2009년 겨울호

아이러니는 나의 힘—유은실『멀쩡한 이유정』:『어린이책이야기』 5호, 2009년 봄호

매력적인 서사가 엎어진 지점—김리리『나의 달타냥』:『어린이책이야기』 4호, 2008년 겨울호

열일곱 살 아이들이 그곳을 떠난 이유—이현『장수 만세!』, 크리스티네 뇌스틀링거『언니가 가출했다』:『어린이책이야기』 2호, 2008년 여름호

찾아보기